周大新剧作选

第三页

周大新 著

华文出版社
SINO-CULTURE PRESS

图书在版编目（CIP）数据

第三页 / 周大新著. — 北京：华文出版社，2025.
1. -- ISBN 978-7-5075-6026-8
Ⅰ. I235.2
中国国家版本馆CIP数据核字第202449FR08号

第三页

作　　者：周大新
策划编辑：杨艳丽
责任编辑：袁　博
助理编辑：朱晓奕
出版发行：华文出版社
地　　址：北京市西城区广外大街305号8区2号楼
邮政编码：100055
网　　址：http://www.hwcbs.cn
电　　话：总编室 010-58336239　发行部 010-58336212　58336230
　　　　　责任编辑 010-58336191
经　　销：新华书店
印　　刷：北京新华印刷有限公司
开　　本：710×1000　1/16
印　　张：24.5
字　　数：376千字
版　　次：2025年1月第1版
印　　次：2025年1月第1次印刷
标准书号：ISBN 978-7-5075-6026-8
定　　价：48.00元

版权所有，侵权必究

目 录

第一集	002
第二集	020
第三集	039
第四集	059
第五集	078
第六集	099
第七集	116
第八集	134
第九集	153
第十集	173
第十一集	194
第十二集	213
第十三集	233
第十四集	253
第十五集	274

第十六集……………………………………………… 294

第十七集……………………………………………… 315

第十八集……………………………………………… 333

第十九集……………………………………………… 352

第二十集……………………………………………… 370

片头：

一本书出现在屏幕上。

书被慢慢翻开：第一页，一个男婴在书页上爬动并慢慢站起身子。

第二页，一个幼年男孩在书页上走动。

第三页，少年宛强在书页上出现。

伴随着音乐的轰鸣，本片的片名赫然出现在我们眼前：第三页。

本片主人公宛强踏着书页在向我们走来，跟在他身边的人在不断改变……

演职员表……

第一集

1

春。清晨。一座山村小学的鸟瞰全景。

平房校舍,只有一对篮球架的小操场,悬挂在一棵树上的铜钟……

字幕:二十世纪八十年代中期。

学校四周的青山、绿树、小溪。

还不到学生到校的时间,学校里只有声声鸟鸣。

学校一角的一排平房屋顶,炊烟袅袅,显然是教师们的宿舍。

其中一间房子里传来了口琴吹奏声……

2

晨。响着口琴声的房间。

一个约莫十二岁的男孩——宛强,正站在窗台前,看着一张乐谱专心地吹着口琴。

身后传来宛强妈的喊声:小强,饭好了,快摆饭桌。你爸吃了还要去城里拉书。

宛强放下口琴,一边去支开小饭桌,一边问:爸去城里拉啥书?

里屋提个小提包出来的宛强爸应道:给学校拉课本。

宛强:爸,那你记住给我买本书。

宛强爸:啥书?宛强爸跟着坐到了饭桌前。

宛强:《365天》。

宛强妈这时端了饭菜边往桌上放边亲昵地:这孩子,就爱书。

宛强爸点头:中,爸给你买。

给我买把口琴!伴随着这句话,宛强的大弟,七岁的小二提着裤子由里间跑了出来。

给我买十块麻糖!宛强的小弟小三光着身子也由里间奔了出来,显然怕爸把他忘了。

快穿上衣裳!妈妈假装生气地向小儿子扬了扬巴掌。

小三哧溜一下又跑进了里屋。

3

宛强家门前。

一辆小型卡车开了过来。

司机按了按喇叭。

4

宛强家里。

宛强爸放下饭碗：车来了。

宛强妈扭脸：雇谁的车？

宛强爸边起身穿外衣边答：达桐的。

宛强妈有些不高兴地：咋又雇他的车？他可是个酒鬼！

宛强爸：他的车租金少，咱学校又不富。再说，不让他喝不就行了？边说边拎了提包向门外走。

宛强和小二、小三几乎同时由饭桌前站起叫：爸——

爸爸回过身来在三个儿子头上各拍了一下：记住了，书，口琴，糖！

三个儿子都笑了。

5

宛强家门外。

三十来岁的司机达桐由驾驶室里探出头朝宛强爸：宛老师，我今天是准时来的吧？

宛强爸笑笑，拉开了驾驶室门坐进副驾驶座：好，给你颁发奖品！边说边把一个鸡蛋放到了达桐手上。

宛强妈这时由屋里跑出来，不放心地对司机：达桐，记住今天可不能喝酒！

达桐满不在乎地一边把剥了壳的鸡蛋塞进嘴里，一边含混地应着：放心吧，嫂子！边说边发动了汽车。

汽车向校门驶去……

6

正午。府城新华书店门前。

达桐的汽车上已装满了课本。

宛强爸扛来最后一捆书放到了车上。

达桐一边关上车厢板一边笑看着宛强爸：咋样？该喂肚子了吧？

宛强爸：走，喝胡辣汤吃锅盔馍去！

7

正午。府城一家小饭店里。

宛强爸和达桐相对而坐。

两份小菜，两碗胡辣汤和一盘锅盔馍摆在饭桌上。

达桐看了一眼邻桌两个正在喝酒的汉子咽了一口口水，馋馋地看着宛强爸：咱一口酒都不喝？

宛强爸：今天不行，你开车，以后找机会我专门请你喝！

达桐遗憾地咂咂嘴：中，不喝。

正吃饭的宛强爸突然想起什么似的放下筷子：哟，忘了！

达桐：啥？

宛强爸：三个孩子交代的事情。这样，你先吃，我出去一趟。说着站起了身。

达桐看着宛强爸走出饭店门，转身朝店内一个女服务员招了一下手：嗨，来三两大曲！

女服务员应了一声：来了……

8

山村小学，下午。

课间休息的铃声响起，老师和学生们纷纷走出教室休息。

宛强妈拿着教案走出一间教室。

宛强和其他同学一起奔出另一间教室，向操场跑去。

9

操场。课间休息时间。

宛强兴奋地低声对一个同学：知道吧？我就要有一本《365 天》了。

那同学高兴地：真的？

宛强轻声地：我爸今天去新华书店拉书，他答应给我买一本。

那同学：你看完借我看看，行吧？

宛强点头：行。说罢，往两个手心各吐一口唾沫，弯腰在操场上翻起了跟斗。

同学们叫起好来……

10

午后。府城大街。

达桐开着车在街上行驶。

坐在一旁的宛强爸边翻着手上的那本《365 天》边吸了吸鼻子：怎么有一股酒气？跟着转对达桐：你喝酒了？

达桐掩饰地笑着：没有哇。八成是刚才吃饭那阵，邻桌倒酒时溅到我衣裳上了。

宛强爸没有深究地嗯了一声，继续翻看着给孩子们买的书、口琴和糖块……

11

下午。曲折蜿蜒的山区公路。

达桐在驾车疾驶。

宛强爸默然坐在一旁。

达桐眼前出现了一团雾一样的东西，显然是酒劲上来了。

他使劲摇了摇头，分明想从酒劲中挣脱出来。

但更浓重的雾朝他眼前漫过来。

一个急转弯突然出现在前边。旁边的宛强爸惊喊了一声：小心！

达桐想打方向盘急转，但没能如愿转过来，汽车伴着宛强爸的一声惊叫冲向了山谷……

12

傍晚。

宛强家。宛强妈正在做饭。

宛强伏在一张小桌上做作业。两个弟弟在一旁玩耍。

宛强妈边忙碌边对宛强：强儿，作业快写完了吧？去门口看看，你爸该回来了。

宛强应了一声：中。他放下铅笔。

小三这时拿着宛强早上吹的那支口琴过来拦住宛强：哥，吹吹！

宛强接过口琴，吹了几声，调子颇好听。

小三拍手叫：再吹。

宛强放下口琴：走，咱们去大门口看爸爸回来了没。

就在这时，一个中年妇女慌慌张张地奔到门口叫：强他妈，快，强他爸出事了！

宛强妈吃惊地推开面盆，带着两手面粉向门外跑去。

宛强一愣，也紧忙向门外奔去。

13

学校大门外。黄昏。

一堆人围在那里。

宛强奔过去。

这时，人堆里突然响起宛强妈凄厉的哭叫：天哪——

宛强被妈妈那凄厉的哭喊惊得停住了双脚。

呆了一瞬的宛强没命地向人堆里挤去。

挤进了人群的宛强双眼无限惊恐地瞪大：浑身是血的爸爸一动不动地仰躺在地上。

宛强妈伤心欲绝地哭喊：他爸——

宛强的身子摇晃了一下。

宛强妈的哭喊声突然中断，人一下子向地上倒去。

人们急忙去搀扶……

14

暮色已深。宛强家。里间。

几个女邻居焦急地站在宛强妈的床前。

一个医生模样的男子正在对她施行救治。

15

夜。宛强家外间。

宛强一手揽一个弟弟默默站在那儿，眼直盯着里间。

小弟弟手里还拿着那支口琴。

一阵夜风忽由门外扑进来。

两个弟弟不约而同地紧忙向哥哥身边偎了偎。

一个中年男子这时走进来，手里拿着宛强爸爸早上出门时提着的那个小提袋和一本书。

那男子一边把那两样东西放到桌上一边轻声地对宛强：这是从出事现场捡回来的。

宛强定睛向那本书看去。

那是一本《365天》。灯光下看得很清，书的封面上沾有血迹。

宛强身子猛地打了个哆嗦。

16

夜。宛强家里间。

宛强妈慢慢睁开了眼睛，但她的眼神已令人感到陌生。

救治她的医生直起身，舒了一口气。

一个中年女邻居俯身轻声地：强他妈，你要想开点。

宛强妈突然大声地：他在喝酒，我看见他在喝酒！

众人惶惑地互相对视着。

宛强妈猛然从床上挣起身子，一边下地一边叫：你这个狗东西还敢喝酒?!

中年女邻居上前扶她：大妹子，快躺下，咱学校里没有人喝酒。

宛强妈一下子推开那女邻居，边踉跄着向外间走边叫：你想拉走俺强他爸？没门儿，你这个酒鬼！

众人愕然地看着她。

妈妈！宛强拉着两个弟弟站在里间通外间的门口。

宛强妈茫然地看着三个儿子：你们是谁？

两个小弟被妈妈反常的态度吓得哇一声哭了。

救治宛强妈的医生摇了摇头，叹道：她受不了这突然的刺激，精神失常了。

邻居们更加惊慌地互相看着。

宛强妈推开三个儿子，踉跄着要向外走，边走边叫：我一定要找到他！

妈——宛强扑过去抱住了妈妈……

17

白天。墓地。

一座新坟兀立。

宛强和两个弟弟在几个亲友的陪伴下站在坟前。兄弟三个的头上都扎了白布。

小三不明所以地朝四周看着。

宛强牙咬下唇，双眼直直地看着坟墓……

18

白天。山村小学宛强家门前。

宛强和几位婶婶一起，搀着妈妈向一辆地板车上坐。

宛强妈边在车上坐下边喃喃自语着：我一定要找到他……

一个忠厚、木讷的中年男子——宛强的叔叔走过来把宛强拉到一边，从衣袋里掏出一沓钱递到宛强手中：这是学校里给的钱，还有亲戚们凑的给你妈治病的钱，你装好！

宛强默默接过，小心地装进贴身衣袋。

叔叔：我把家里你两个弟弟安顿好，就去看你们。

宛强点头。

两个弟弟这时走过来。

宛强上前用手拢了拢两个弟弟的头发，像大人似的对他们交代：听叔叔的话，别乱跑。

小二带着哭腔：你和妈啥时能回来？

宛强宽慰地：很快，把妈的病一治好就回来！

小三显然还不懂家里发生的变故，懵懵懂懂地：咱爸啥时候回来？

宛强没有说话，只是一下子把小弟搂到了怀里……

19

正午。府城。

一个挂有"府城精神病医院"木牌的大门。

大门旁边的一个小吃摊前，宛强正在对摊主：大叔，烧饼多少钱一个？

摊主：5毛。小家伙来几个？

宛强：两个。边说边掏钱，但钱掏出来后他显然又有些犹豫，因为他手中的钱分明不多了，都只是一些小额票子。

摊主把两个烧饼包好朝宛强递过来：拿住，1块钱。

宛强不好意思地：大叔，只要一个。

摊主有些不高兴：这孩子，一个够你吃？

宛强接过那个烧饼，转身向院里跑去。

20

正午。医院病房。

宛强坐在妈妈病床前，把纸里包着的烧饼取出，朝妈妈嘴边送去。

妈妈神情漠然地咬一口嚼着。

宛强把一碗鸡蛋汤朝妈妈嘴边递过去。

妈妈喝了一口。

一个医生模样的男子这时走进来对宛强：宛强，喂你妈妈吃完饭后你来我办公室一下。

宛强应了一声：行。

21

正午。精神病医院大门口。

宛强的叔叔走进来。

22

正午。宛强妈病房。

妈妈已吃完了那个烧饼。

她把宛强伸到她嘴边的汤碗推开,摇头不喝了。

宛强把碗里所剩不多的几口汤仰头喝了下去。

他忍不住伸出舌头舔了舔碗沿。

他放下碗,紧了紧裤带。

叔叔这时走了进来。

宛强扭头招呼:叔叔。

叔叔上前拍拍他的头:你吃饭了没?

宛强点头:吃了。说罢,示意叔叔跟他去门外。

23

午后。病房走廊。

宛强满怀希望地:叔,你带钱来了吗?

叔叔叹口气,伸出手去衣袋里掏了半天,才摸出一张10元和四张5元的票子,讷讷地:家里就剩这些了。说着,递到宛强手上。

宛强满怀希望的面孔一下子黯淡下来。

走廊远处传来医生的一声喊:宛强,过来吧!

24

午后。医生办公室。

宛强可怜巴巴地站在医生面前,医生面前的桌上,放着叔叔刚才给宛强的那几张票子和一些零钱。

医生叹口气:孩子,不是我不让你妈妈住下去,实在是有规定。这样吧,我给你开些药,你带回家去,让你妈妈每天服药。也许有了家庭生活的环境,对她的恢复还有好处。

宛强张了张嘴,终于无话说出来……

25

黄昏。山村小学宛强家门口。

宛强一手搀扶着妈妈,一手去开门锁。

门开了。

屋里一片凌乱。

宛强扶妈妈进门,让她在椅子上坐下。

他开始收拾屋子。

26

晚饭时分。校园里。

宛强向一家邻居门口走去。

他站在门口向屋里看去。

27

晚饭时分。邻居屋里。

一对教师夫妇和他们的三个孩子加上宛强的大弟弟小二,正在围桌而坐吃饭。

小二吃得小心翼翼,显然怕人家不高兴。

吃菜呀,这孩子。女教师给小二碗里夹菜。

小二抬头,猛然看见了宛强,惊喜地一下子站起:哥哥!

邻居一家人都扭头去看门口。

宛强在门口朝屋里鞠了一躬,喃喃道:谢谢叔叔、阿姨。

28

晚饭后。校院里。

宛强拉着大弟、小弟走过来。

小二边走边问小三:你在姑家好吗?

小弟点头:就是我尿了一回床,姑不高兴。

宛强默然看着两个弟弟。

两个弟弟分明感到有了依靠,面带喜色。

三个人向家门走去。

29

夜。宛强家。

宛强服侍妈妈躺下。

宛强给两个弟弟盖好被子。

宛强去拉灭电灯的时候,看见了放在窗台上的那本《365天》。

书封面上的血迹还隐隐可见。

宛强伸手拿过书,面前闪过了爸爸的身影。

两串眼泪涌出了他的眼眶。

他拉灭了灯。四周一片寂静。

他仰躺在床上,大睁着眼睛。

山月映进窗子,照着宛强那双浸满伤痛的眸子……

30

早晨。宛强家。

宛强正在厨房里忙活:烧水,砍红薯,和面,切菜。

宛强脸上满是汗水。

妈妈坐在一旁,对眼前的一切视而不见,感觉想着什么。

小三走过来:哥,我饿了。

宛强扭头:饭就好了,你快洗了脸吃饭。

31

早饭后,宛强家门外。

宛强正把书包往小二肩上挎,边挎边叮嘱:从今天起你要好好上课!咱们都缺了不少课了。

小二点头。

宛强对小三:你就在院子里玩。

小三:知道了。

宛强转对坐在门内的妈妈:妈,我也去上课了,你在家歇着。第二次药我回来再给你吃。

妈妈不置可否地嗯了一声。

宛强不放心地一步一回头地向远处走去。

32

上午。教室。

宛强正坐在座位上听老师讲课。

太累的他在老师的讲授中慢慢打起了瞌睡。

他猛地摇晃了一下头,想把那困意赶走。

33

上午。宛强家。

宛强妈静静地坐在那儿。

她的目光在屋里无目的地晃着。

她最后把目光定在了挂在墙上的一个相框上。

相框里,年轻的宛强爸妈正相互依偎着朝人微笑——那应该是他们婚后不久的合影。

她的目光停在了丈夫脸上。

她慢慢站起身,向相框走过去。

她眯着眼看着照片上的丈夫,一本正经地:你去哪儿了?

她自问自答:喝酒?是他让你喝的吧?

她发狠地:我一定要找到他!

她猛地转身,向门外走去……

34

上午。宛强教室。

一名女教师慌慌张张地跑到教室门口高叫:宛强,宛强——

宛强闻声急忙站起身子。

女教师对宛强:快,你妈妈向校外跑了,我们没拉住——

宛强急忙扔下手中的铅笔,向门外奔去。

35

白天。小学校院外的山坡上。

宛强妈在漫无目的地走着,边走边喃喃着:我一定要找到他!

宛强追了过来,拉住妈妈的胳膊:妈,咱们回家。

宛强妈神情木然地扭头看着儿子:找到他!

宛强颤声地:好,好,咱们以后再去找,现在先回家。

宛强搀着妈妈,艰难地往回走着……

36

黄昏。小学校院。

写有"校长办公室"的一间房子里。

宛强站在一个中年男子——校长的面前,紧盯着对方。

校长:孩子,你妈妈的病确实应该到大医院里诊治,可我手上实在没有多少钱,学校的经费太少,只能给你这些了。说着把不多的几张票子塞到宛强的手上。

宛强低着头不语。

校长:要不,你去亲友们那里借一借怎么样?

宛强向校长鞠了一躬,转身向门外走去。

37

白天。一个不大的山村。

宛强迟疑地向一家院门走去。

宛强走到门口,喊了一声:大姨。院中立刻响起一个女人的招呼:哟,是宛强,快进来,你吃晌午饭了没?

宛强点点头走进院子。

38

白天。宛强大姨家院子。

这家的房子和院子让人一看就知道家境不富裕。

大姨搬了一把椅子让宛强坐下,关切地:你妈现在好些了吧?

宛强摇了摇头,低声地:我想让她再去省城医院里看看病。

大姨:中,该去,大医院看病看得准,啥时走?

宛强犹豫了一下,终于张开嘴:去看病的钱还没凑齐,我想向大姨借一点。

大姨分明是迟疑了一下，不过立刻又应道：行，我看家里还有多少钱，说着起身向屋里走去。

39

白天。大姨家屋里。

大姨拉开一个抽屉，拿出一个布包，小心地一层层打开包着的布，最后露出里面的钱：一张 10 元的票子，一张 1 元的票子和几张毛票。

她拿出了那张 10 元的票子。

40

白天。大姨家院里。

五岁、六岁、七岁模样的三个孩子由院门外拥进来。

大些的那个男孩看见宛强，高兴地：表哥来了？

宛强起身，走到他们身边，分别摸摸他们的头。

大姨这时走出屋子，一眼看见了自己的三个孩子。

她的步子一下子就慢了。

她对宛强：你等我一下。而后转对自己的孩子高声地：坐下跟你们表哥说说话！

41

白天。村口一个小卖部。

宛强大姨匆匆走过来对售货的：给我换点零钱。说着把那张十元的票子递过去。

那人递过一张 5 元的、两张 2 元的、一张 1 元的票子。

42

大姨家院子。白天。

大姨把一张 5 元的票子放到宛强手上。

宛强一怔，显然没想到这样少。

大姨不好意思地看了一眼宛强，又狠狠心从衣袋里掏出了一张 2 元的票子放到了宛强的手上。

宛强把钱装进衣袋，同时低声地：大姨，那我走了。

大姨眼里含了泪光：强儿，大姨太穷，你别嫌少。待宛强移步，又突然想起地：强儿，等等。说着反身进屋。

大姨用手帕兜着四五个鸡蛋递到宛强手上：这是家里的鸡这两天才下的，给你妈煮了吃。

宛强点头……

43

叠印。

宛强走进一家院门，对一男人恳切地说着什么，那男人从衣袋里掏出了两张10元的票子递给他……

宛强又走进一家院子对一个中年女子说着什么，那中年女子朝他递过来三张10元的票子……

宛强朝一个老人说着什么，那老人无奈地朝他摆摆手。

宛强又向一家院门走去……

44

白天。府城汽车站。

宛强搀扶着妈妈上了一辆开往省城的公共汽车。

宛强扶妈妈在座位上坐好。

宛强挨着妈妈坐下，从背着的书包里掏出了那本《365天》。

书的封面上隐隐可见的血迹。

父亲的面影在那书的封面上一闪。

邻座的一名少女——和宛强年龄相仿的许瑜，探头过来问：啥书？

宛强把书递给对方。

许瑜高兴地：《365天》，我可以看看吗？

宛强点点头。

许瑜翻着书。

车开动了……

45

白天。公路上。

载着宛强他们的公共汽车突然吭哧了两声,停靠在了路边。

司机边起身下车边向乘客们解释:机器出了点毛病。

售票员打开车门,想去帮司机做点什么。

宛强妈就在这时突然起身叫了一声:抓住他——!跟着向车门奔去。

全车人都一愣。

正在打盹的宛强一惊,睁开了眼睛。

宛强妈已奔下车,向远处跑去。

宛强急忙跳下车,向妈妈追去。

46

白天。车门前。

宛强紧抱着妈妈把她拉到了车门前。

车上的人这时都挤下车门惊讶地看着。

人群中传来低语:这女人疯了。

宛强满脸通红地搀扶着妈妈重又上了车。

许瑜满眼同情地看着这一切。

车重新开动。

许瑜身旁的那个姑娘——许瑜的姐姐许玫,这时把一瓶饮料递到妹妹手上:给你。

许瑜接过饮料,悄无声息地把它放到了宛强手上。

宛强先是一怔,随即又把饮料递回到许瑜手里……

47

夜。省城汽车站门外。流彩溢光的省城街道。

一脸茫然的宛强搀扶着妈妈,沿街向路人边问边走着……

48

夜。省城汽车站门口。

许瑜满眼关切地望着宛强和妈妈走远。

看什么啊，小瑜？快走！不远处传来姐姐许玫的一声喊。

许瑜扭过头，向姐姐走去……

49

深夜。一个挂有"省精神病医院"木牌的大门口。

宛强扶妈妈在墙根处坐下。

一阵夜风呼地吹来，地上的纸屑飞起落下。

宛强急忙脱下自己的小褂披在妈妈肩上……

50

白天。省精神病医院门诊部。

宛强扶妈妈走进一间诊室。

宛强向医生说着什么。

医生在给宛强妈做着检查……

51

白天。省城精神病医院走廊。

宛强扶妈妈在一张候诊椅上坐下。

宛强手拿着处方对妈妈：妈，你先在这儿坐着，我去给你取药，然后咱们出去买饭吃。

宛强妈漠然地听着，不过她的眼睛突然盯住了一个从面前走过的男子。

那男子的背影有点像宛强的爸爸。

宛强没有注意到妈妈目光的变化，起身向另外一条走廊走去。

几乎在他刚一拐上另一条走廊时，妈妈就也起了身。

宛强妈对那男子的背影：他爸，你去哪里了？说着快步赶了上去。

52

白天。省精神病院大门外街道。

那背影酷似宛强爸的男子并没有发现背后追他的宛强妈，很快走上了车水马龙的大街。

宛强妈也以少有的快步追了上去，边跑边叫：我可找到你了——

宛强妈根本没有去看马路上飞奔而来的汽车，只是随心所欲地跑着。

尖厉的汽车刹车声。

伴随着一声呀的叫喊，宛强妈被撞飞到马路上。

马路上的车纷纷停住。

路边的人们向宛强妈跑过去……

53

白天。精神病院走廊宛强妈刚才坐过的地方。

宛强手拿着药跑过来：妈。

一见没人，又急忙环顾四周高声地：妈——

他边叫边向大门外走去。

54

白天。精神病院大门外。

宛强大声地：妈——

街道上奔跑围拢的人群引起了他的注意，他本能地感到不好，也跑了过去。他不顾一切地挤进人群。

响起宛强一声撕心裂肺的哭叫：妈妈——

第二集

1

山村小学宛强家。黄昏。

墙上并排挂着的宛强爸妈的照片,上面都披着黑纱。

宛强抱着头和两个弟弟坐在那儿。

屋里还坐有我们见过的宛强的叔叔、大姨及另外的亲友。

人们都一脸凝重。

叔叔:三个孩子仍住这儿确实让人不放心,这样吧,让他们跟我回城里去,他们爷奶去世时还留有两间房子。

大姨:要不,留下一个跟我过?

叔叔担心地:让他们分开——

大姨:让小三跟我过吧。

小三闻言急忙向两个哥哥身边靠了靠。

叔叔:算了吧,让他们都跟我去。

大姨叹口气:那就收拾东西吧,我去做饭。

2

天已黑透。宛强家门外。

宛强默默站在那儿。

邻居家不时传来欢声笑语。

3

晚饭时分。宛强家里。

大姨把饭菜端上了桌子。

叔叔:小二、小三,喊你哥来吃饭。

小二走到门口:哥,吃饭。

没有回音。

小二扭头对叔叔:哥不在外边。

叔叔走到门口:宛强,吃饭了。

依然没有回音。

叔叔有些诧异，向学校大门走去。

4

学校大门外。晚饭时分。

叔叔喊：宛强——

仍旧没有回音。

大姨和几个亲友也走了出来，有人诧异地：这孩子，去哪儿了？

叔叔沉思了一霎：会不会是去他爸妈坟上——

大姨否定地：天这样黑……

叔叔：我去看看。

5

夜。宛强爸妈的坟地。

四周一片漆黑。

只有坟头残留的纸幡显出一点白色。

宛强那小小的身影出现在坟前。

他只站了一瞬，就猛扑到坟上发出了撕心裂肺的哭喊：爸——妈——你们为啥要走呀？……

哭声里含着无尽的委屈。

叔叔的身影出现在宛强背后。

他站了一霎，在黑暗中看着宛强那哭得一鼓一鼓的身子，随后，他俯下身，将宛强搂到了怀里……

6

清晨。山村小学大门口。

宛强和小二、小三兄弟三个，背着简单的行李，站在门外。

学校里为他们送行的老师们在向他们挥手。

人群里响起了叮嘱声：宛强，有空就回来看看。

站在宛强兄弟背后的叔叔轻声对宛强：给伯伯、婶婶们行个礼吧。

宛强扑通跪了下去。

小二、小三见哥的样子，也一齐跪下了双膝……

7

黄昏。府城叔叔家。

叔叔领着宛强兄弟三个走进院子。院子里的一切都表明叔叔家很穷。

叔叔高声朝屋里：她妈，宛强他们来了。

一个三十来岁眉目冷然的妇女从正屋里走出来，哦了一声。

叔叔对宛强兄弟三个：这是你们婶子。

宛强赶忙鞠躬：婶子好。

婶子点点头，不冷不热地：就住前屋吧。

两个和小二、小三年龄相仿的男孩这时也跑了过来，好奇地看着宛强他们。

叔叔对那两个男孩：这是你们宛强哥哥。又对宛强：这是你两个堂弟，一个叫大壮，另一个叫二壮。

大壮、二壮两个男孩笑笑，二壮问宛强：会不会用弹弓打鸟？

宛强摇摇头。

二壮有些不屑地撇撇嘴。

8

早饭时分。叔叔家。

宛强兄弟三个和叔叔一家围桌吃饭。

叔叔：宛强，你和小二记住按时到学校上课。

宛强点头：记住了。

叔叔对小三：你和大壮、二壮在家玩，不要乱到街上跑。

小三点头。

婶子不说话，只是不停地往自己的两个儿子碗里夹菜。

盘子里的菜所剩不多了。

叔叔不满地看了妻子一眼。

婶子不予理会。

宛强发现了婶子的作为，没说什么，只是不再伸筷子夹菜……

9

晚。宛强兄弟三个的睡屋。

宛强照料两个弟弟躺下。

宛强倚在床头,摸出了那本《365天》。

爸爸的面影再次在那书的封面上一闪。

宛强翻开读了起来。

墙角的秋虫叫得时断时续……

10

下午放学时分。府城大街一家电影院门口。一个小书摊前。

宛强和小二背着书包走过来。

宛强被那个小书摊上五颜六色的书所吸引,停住脚步看了起来。

小二走过来催:回吧。

宛强恋恋不舍地离开书摊。

11

傍晚。叔叔家。

婶子边把几碗饺子往饭桌上放,边催自家的两个儿子:吃,快吃。

大壮提醒地:宛强哥他们还没回来。

婶子瞪了儿子一眼:傻东西,咱们先吃,饺子能有多少?

小三闻声走了过来,见状也想朝饭桌前坐。

婶子挥手赶开小三:你先等等,待你哥哥们回来再一块吃。

小三站在门口看着婶子和大壮、二壮吃。

小三不时吞咽着唾沫。

12

晚饭时分。叔叔家。

叔叔和宛强兄弟三个在饭桌前坐下。

叔叔:大壮、二壮呢?

小三接口:他们已经吃过了。

叔叔看了一眼婶子。

婶子：他们两个吵吵着饿，就让他们先吃了。边说边一脸不高兴地往饭桌上端放着稀饭。

婶子给了丈夫一个大馒头，给宛强和小二、小三一人一个小馒头。

桌上没有放菜盘。

叔叔诧异地：咋，没有炒个菜？

婶子不高兴地：你家里有多少钱，还要顿顿炒菜吃？！

叔叔讪讪地不再说话。

宛强闷头吃饭。

小二吃完了手中的馒头：婶子，我还想再吃一个。

婶子：没了，明早再吃吧。

13

晚。宛强兄弟三个的睡屋。

小三对宛强悄声地：哥，大壮、二壮他们先吃的饺子，不给我吃。

宛强拍拍小三的头轻声地：人吃饺子对身子不好。

小三：可我想吃。

宛强：人太馋了个子长不高……

14

天近正午。叔叔家住屋门口。

小三正和大壮、二壮在门外玩着打弹子游戏。

婶子用衣襟兜着一些苹果走过来。

二壮看见，奔过去：妈，我要吃苹果！

婶子悄声地：叫你哥进屋。

15

天近正午。叔叔家住屋。

婶子递给大壮、二壮各一个苹果：就在屋里吃，别出去。

婶子把剩下的一些苹果放进了一个箱子。

小三走到门口，看着大壮、二壮背对着门口大口嚼着苹果。

小三馋得咽了一口口水。

小三两眼直盯着那个放苹果的箱子。

婶子对已吃完苹果的大壮、二壮：好了，出去玩，妈要做晌午饭了。

16

天近正午。叔叔家院子。

大壮、二壮正在聚精会神地打着弹子玩。

婶子端着面盆进了灶屋。

小三蹑手蹑脚地走进了叔叔家的正屋门。

17

正午。叔叔家正屋里。

小三掀开了那个放苹果的小木箱，从中摸出了一个苹果，迫不及待地啃了起来。

小三正吃到兴头上，婶子突然出现在门口。

婶子生气地：好你个小东西，会偷东西了！

小三吓呆在那儿。

婶子继续叫骂：你个没良心的东西，供你吃供你喝，没想到你还偷到家里了！我养你一个贼干什么？！

放学回来的宛强刚走进院里，听到婶子的骂声，疾步过来，他只看了一眼，就明白是怎么回事了，他上前夺过小三手中的苹果，重重地朝小三屁股上打了一巴掌：叫你馋！

小三哇的一声哭了。

宛强拉着小三向门外快步走去。

沾着两手煤灰、拉着一辆板车的叔叔刚进院子，见状急忙过来问：咋回事？

婶子恼怒地：你看看你的宝贝侄子，都偷到家里了，敢把我放在箱子里的苹果都偷出来——

叔叔不高兴地：不就是一个苹果嘛！

婶子撒泼地：噢，偷苹果不算偷？偷金子、偷银子才算偷？你们家有金子有银子吗？你个狗男人，就知道护着你侄儿，你就不知道心疼心疼我和你的儿子们，我嫁给你算倒了八辈子霉了！天哪，你说我还有没有活头呀……

叔叔被气得面色乌青，双手抱头蹲在了地上……

18

正午。宛强兄弟三个的住屋里。

兄弟三个都定定地站在那儿。

婶子的哭叫声清楚地传了过来：这个家早晚要被你的三个侄儿吃光偷光的！……

宛强把手紧紧抠在墙上。

土坯垒就的墙生生被宛强的手指抠出了五个小洞。

他下了什么决心似的朝墙上猛砸了一拳。

19

下午。府城大街，一个卖炉具的小店。

宛强走进来，指着一个煤球炉、一个铁锅、三个碗、一个饭勺问店主：多少钱？

店主：总共12块5毛钱。

宛强从口袋掏出自己的积蓄，数了数，总共是11块8毛钱。

店主：孩子，你这么小，买这些东西干啥？叫你爸妈来。

宛强眼中含了泪：大伯，我只有11块8毛钱，你要是相信我，就把这个炉子和锅卖给我，我日后再还你7毛钱。

店主看见宛强含泪的眼睛，心软了：拿去吧，孩子，这些东西10块钱卖给你了！

宛强把10块钱放到柜台上，朝店主鞠了一躬，提起了炉子和铁锅等东西。

20

下午。府城一家自由市场。

宛强走进来，在一家卖红薯和杂粮的摊子前站定，怯怯地和摊主说着什么。

他用剩下的那点钱买了些红薯和玉米糁。

他把旁边一家菜摊上扔掉不要的烂菜叶捡了一些。

21

傍晚。邻居家院子。

宛强走进来，对一个老太太：王奶奶，我想找您借十个煤球，晚点还您。

王奶奶笑了：这孩子，几个煤球还说借，拿去吧。

22

傍晚。宛强兄弟三个的住屋。

宛强正在炉子上做饭。

小三高兴地围住煤炉子转：吃咱自己的饭了！

小二放学回来，诧异地：哥，咱自己做饭？

宛强点头。

23

晚饭时分。后屋叔叔家。

婶子把饭菜摆上了桌，不满地：那兄弟三个还顿顿要叫人请哩！

叔叔站起身：我去喊他们。

24

晚饭时分。宛强兄弟三个的住屋。

兄弟三个正蹲在地上大口吃着红薯稀饭。

叔叔出现在门口，他吃惊地看着屋里的情景。

宛强看见了叔叔，慢慢站起了身子。

叔叔声音颤抖地：咋回事？单做了？

宛强尽量平静地：叔，总让婶子忙也不好，我自己会做。

叔叔分明知道是咋回事，他眼中慢慢涌上了泪。

大壮在父亲背后看见了屋里的情景，转身跑了。

25

晚饭时分。叔叔家。

叔叔脸色铁青地走进来。

婶子冷嘲地：哟，我听说他们自己会做饭了，有本事就自立门户，永远别来我家吃了！

叔叔砰一下把摆在饭桌上的两个碗扫落到了地上。

婶子哭叫开了：好你个狗东西！你对我耍啥威风？你有本事给他们找个厨子去！老娘不伺候了！老娘嫁给你沾你啥子光了？我没日没夜地为这个家操劳，我的命好苦呀……

叔叔无言地蹲了下去……

26

白天。宛强兄弟三个的住屋。

小三正坐在屋里摆弄着哥哥的口琴。

叔叔提着两筐煤球进来，仔细地在煤球炉前把煤球摆好。

小三怔怔地看着。

叔叔走出去，片刻后，又提着一小袋面粉走进来，放到了锅灶前。

小三怯怯地走过去：叔叔。

叔叔在小三面前蹲下，从衣袋里摸出了五块钱递到小三手上：记住，把这个给你大哥，让他买点盐。

小三懂事地点点头……

27

黄昏。自由市场。一家菜摊前。

宛强背着书包走过来，在摊主扔掉的烂菜叶中翻拣着尚可以吃的菜叶……

28

黄昏。宛强兄弟三个的住屋。

宛强的大姨扛着一袋米出现在了门口。

正在洗菜的宛强抬头看见，意外地惊叫了一声：大姨。

大姨走进屋，放下米袋：我听说你们自己做饭，就给你们送了点米来。

宛强垂下了头。

大姨拍着宛强的肩膀：放心，吃完了，你舅他们还会再送些来！

宛强扑到了大姨的怀里……

29

傍晚。府城大街。电影院门口，小书摊前。

宛强背个书包走过来。

他在书摊前站住，拿起一本书翻看起来。

我们能看清那本书的书名《自强之路》。

宛强看得津津有味聚精会神。

小书摊摊主站起身，看了看天色，对围在书摊前看书的一圈人：谁要买就快点买，我要收摊了！

宛强闻言先看书的定价，后去兜里摸了摸，没带钱。

他只好遗憾地把书放下。

他不舍地重又拿起书来。

他似乎犹豫了一下，又放下去。

他转身要走时，环顾了一下四周，见摊主和其他人都没注意自己，便迅速地拿起那本书夹到腋下走开了。

摊主再一次催大家：要买快掏钱，我要收摊了！说着目光从摊上扫过，发现少了那本《自强之路》。

摊主叫道：嗨，我的书呢？刚才还有一个小子在看！说着转眼朝近处看去。

宛强并没有走远。

摊主看见了宛强腋下夹着的那本书。

摊主大叫了一声：嗨，×××偷我的书！边叫边奔了过去。

30

傍晚。宛强站立的街边。

他被书摊摊主的吼叫声吓呆在那里。

书摊摊主奔到他面前，朝他脸上就是一拳。

宛强被打倒在地，那本《自强之路》也落到了地上。

摊主拳脚并用，使劲踢打着宛强，边打边骂：打死你个×××，小小年纪就学会偷了!

　　围观的人多了起来。

　　被打的宛强双手抱头,自始至终没吭一声。

　　一个少女的怒叫突然从摊主背后响起:凭啥打人?!

　　摊主住手扭头,只见一个也背了书包的少女正怒目瞪着自己,忙解释:他偷我的书!喏!说着指了一下落在地上的那本书。

　　这时,我们可以认出,她就是当初在去省城的公共汽车上坐宛强邻座的那个许瑜。

　　许瑜着恼地:拿你一本书,就把人打成这样?说着,捡起地上的那本《自强之路》,看了一下书后的定价,麻利地由衣兜里掏出5毛钱塞到摊主手上:给你书钱!

　　摊主拿过书钱,悻悻地走开了。

　　许瑜上前扶起了宛强。

　　嘴角流血的宛强满面羞愧。

　　许瑜用手绢擦了下宛强嘴角上的血,扶起他向远处走去。

31

　　一个十字路口。傍晚。

　　宛强对许瑜鞠了一躬,无地自容地喃喃着:谢谢你……

　　许瑜把那本《自强之路》放到宛强手上,轻声地:你回吧,再见。

　　宛强:你叫什么名字?告诉我,我好还你钱。

　　许瑜:我叫许瑜,钱不用还了。再见。

　　宛强坚决地:不,我一定要还!说完站在原地,直直地看着许瑜走远……

32

　　夜。宛强兄弟三个的睡屋。

　　小二、小三都已睡着。

　　宛强坐在灯下,正默默地读着那本《自强之路》。

　　他不时伸出手指摸摸嘴角,能看出他的嘴角肿胀着。

　　他面前的小桌上,整整齐齐地放着他的课本和当初爸爸给他买的那本《365天》。

他聚精会神地读着……

33

白天。体育场。

一队解放军战士正在训练军体拳。

整齐的队列，威猛的动作。

宛强背着书包走过来，静静地看着。

他感到很新奇，看得入迷，放下书包，也跟着军人们的动作比画起来。

一个青年军官——连长林大江见状走过来，饶有兴趣地看着他的举动。

宛强回头看见军官，不好意思地停止比画。

林大江笑问：想练军体拳？

宛强点头。

林大江：那就报名当兵吧，我们就是来接兵的。

宛强意外地：当兵？

林大江：对呀。

远处有人喊：连长——

林大江应了一声：转身走开了。

宛强看着林大江走远……

34

晚饭时分。宛强兄弟三个的住屋。

宛强正在洗红薯准备做饭。

叔叔走了进来。

宛强起身招呼：叔叔。

叔叔先去摸了摸面袋，见还有面，这才坐下：宛强，听说今年招兵的人已经来了。

宛强不明所以地看着叔叔。

叔叔：小三马上也要上学了，你们兄弟三个全上学，这学费亲友们可是凑不起呀。

宛强低头。

叔叔：我想了一个法子，你看中不中。

宛强抬头望着叔叔。

叔叔：我想送你去当兵。

宛强的眼一下子瞪大了。

叔叔：你当兵到了队伍上，听说每月会有八九块钱津贴，过两年复员回来，政府也会给你安排个工作，这样，你就有能力养活你两个弟弟，供他们上学了。

宛强迫不及待地：中，只是我能当上兵吗？

叔叔：你的年龄是小些，需要改大一点，不过武装部部长是咱家过去的一个邻居，求求他兴许能行。

宛强：啥时候去？

叔叔：明儿个上午吧。

35

府城市人武部院内。白天。

两个军官正在院里说话。我们能认出其中的一个是接兵连长林大江。

宛强被叔叔领着走进了院内。

叔叔看见那个同林大江说话的军官，疾步走过来叫道：他张伯，我把孩子带来了。

那被叫作"张伯"的军官闻声扭过头来问：就是他？

叔叔急忙点头。

军官：身个小了点吧？

叔叔：可这娃能干，啥活都能干，保准能当个像样的兵。再说，这娃弟兄三个，爸妈都死了，确实很可怜！

林大江这时认出了宛强，走过来笑道：是你，真要来当兵了？

宛强咧咧嘴，算是回答。

林大江：告诉我，你都会干些什么？

宛强：读书，吹口琴，做饭，翻跟头。

林大江笑了：嗬，特长还不少，你吹一段口琴我听听。

宛强把随身装在衣袋里的口琴掏出来，吹起了《我是一个兵》，吹得投入而忘情。

林大江带着笑意看宛强吹，待宛强吹完《我是一个兵》后，他笑道：翻两个跟头我看看。

宛强看了看脚下的路面，朝两只手掌上各吐了一口唾沫，两个手掌一搓，就嗖嗖嗖连翻了三个跟头。

林大江两手一击：好，这个兵我要了！

宛强欣喜地看着林大江……

36

晚饭时分。宛强家。

弟兄三个正在简陋的锅台前蹲着吃饭。

没有饭桌，没有炒菜，只有一碟辣椒和红薯稀饭。

弟兄三个吃得狼吞虎咽。

林大江连长忽然出现在门口。

屋里的三个人都没注意到林大江的到来。

林大江有些吃惊地看着室内如此简陋。

他的双眼湿润了。

他轻步走进屋。

弟兄三个这才发现了他，一齐站起身来。

宛强意外地：领导——

林大江什么也没说，只是拍了拍他的肩头……

37

白天。一个写有"新兵体检站"牌子的院子。

宛强跟在林大江身后走了进去。

38

体检站里。白天。

宛强精赤着身子（背影）站到小磅秤上。

负责称重的军医一看读数，扭头对林大江：连长，这小家伙太瘦，体重差得太远。

林大江：到部队上吃几顿饱饭，他的体重就会上来了……

39

白天。一个挂有"人民武装部"牌子的大院。

应征入伍的新兵正排成长队，领着新军装。

宛强排在队伍里。

轮到宛强了，负责发军装的军官望了一眼宛强，皱了皱眉头，天哪，你这么瘦小还没有你穿的军装哩！说罢，转身拿了一套递给宛强：先穿，到部队后再换！

宛强高声答道：中！

40

白天。武装部院内一间大房子。

新兵们正换穿自己的新军装。

宛强也穿上了自己的军装，高兴得满面笑容，但他的军装显然太大了，使他显得异常滑稽。

林大江连长走过来，看见他的模样被逗笑了：嗬！这么合身？

宛强一本正经地学着老兵们的样子，立正：报告领导，宛强已换上了军装。

林大江止住笑，指了一下院内：宛强，去那边领第一个月的津贴吧。

宛强：中！

林大江：以后不要说"中"，要说"是"！

宛强：中！不，是！

41

白天。武装部院内。

一个摆有"领发津贴"牌子的桌子后，坐着两个军官。

换上了军装的新兵们排队领津贴。

宛强排在队伍里。

他惊奇地看着军官们把新崭崭的票子发到一个个新兵手里。

轮到宛强了，一个军官指着一张纸让他签字。

另一个军官把崭新的两张 5 元的票子发到了宛强手上。

宛强有些发呆地看着手上的两张钞票，似乎不相信这些钱属于自己了。

42

白天。武装部院门外。

穿了军装但没有领章帽徽的新兵们整齐地列队站在那儿。

林大江一脸威严地站在队前。

林大江：同志们，从现在起，给你们 48 小时的假期，48 小时以后，我们就要登车启程！解散！

43

天近正午。一个挂有"府城四中"牌子的校门前。

穿了军装的宛强站在校门外，眼睛一眨不眨地盯着由学校里往外走的学生。

他手里捏着一张 5 毛的票子。

画外传来他的心声：一定要把钱还给许瑜。

许瑜背着书包和几个女同学一起向校门走来。

宛强犹豫了一下，上前：许瑜。

许瑜扭头，显然没有认出宛强，用手指着自己：叫我？！

宛强点头。

许瑜走过来，走近时才认出对方，高兴地：是你，宛强，当兵了？

宛强涨红着脸点头：后天就走了。

许瑜：太好了！以后我该叫你什么？解放军叔叔？不，叫解放军哥哥吧！

宛强笑了。

宛强把手中的那张五毛的票子塞到了许瑜手里。

许瑜不解地：给我钱干啥？

宛强低头：我应该还你的。

许瑜一下子明白了，立刻笑道：好，你等我一下。说罢，转身朝校门附近的一个小书摊跑去。

宛强不明所以地站在那儿。

许瑜跑了回来，手里拿着一本书。

许瑜站在宛强面前，喘息着：宛强，你要当兵走了，在这分别的时候，我送你一件礼物！说着，把手中的那本书放到了宛强的手上。

那本书的封面特写：《珍惜青春》。

宛强不知如何是好地：这，这……

许瑜：再见，祝你一切顺利！说着转身向远处跑了……

44

白天。宛强家。

脱了军装的宛强正在把两个弟弟的衣服扔在水盆里。

宛强在水管前为弟弟们洗着一大堆衣服。

45

夜。宛强家。

两个弟弟正脱着衣服准备上床。

小二望着宛强：哥，你真要当兵走了？

宛强点头：对。

小三急了：那俺俩咋整？

宛强边帮小三脱着衣服边说：我会把你们安顿好的！他注意到小三裤子上裂了一道口子。

待小二、小三躺下之后，宛强拿出针线，坐在灯下为小三缝起了衣服上的口子。

宛强缝得很不熟练，几次都扎到了手。

他把手指伸进嘴里吸着……

46

白天。一家商店。

穿着便装的宛强沿着柜台走过来。

他手里捏着10元津贴。

他在一处柜台前停步，指着货架上的东西对售货员说着什么。

47

晚饭时分。宛强家。

弟兄三个相继放下饭碗。

宛强起身拿了一包东西对小二、小三：走，跟我出去一下。

小二：去哪里？

宛强：跟着我去，照我的话做就成。

48

晚饭时分。宛强叔叔家住屋。

叔叔一家四口正在吃饭。

宛强领着小二、小三进了屋。

叔叔看见，忙招呼：来了，快坐下。

宛强打开手中的纸包，把一条围巾展开，递到了婶子手上：婶子，这是我给你买的。

婶子意外地看着那条围巾。

宛强又拿出一副手套递到了叔叔手中，拿出一把糖块分别递到了大壮、二壮手上。

叔叔一家都面露惊异。

宛强这时转对小二、小三：跪下。

小二、小三迟疑了一下，双双跪下。

宛强也跟着跪了下来。

叔叔急了：嘿，这些孩子，干啥？快起来！

宛强：叔叔、婶子，我明天要走了，小二、小三就托付给你们了！

叔叔眼中含了泪：傻孩子，这还用你来交代吗？！……

49

白天。宛强家住屋门口。

穿上了军装的宛强正把他珍爱的三本书——《365 天》《自强之路》《珍惜青春》，往挎包里装。

小二、小三正仔细地洗着一个长长的白萝卜。

小二、小三把洗净了的白萝卜用自己的衣襟擦干，便往宛强的挎包里装。

宛强：装这个干啥？

小二：带上，路上渴了吃。

宛强无言地拍拍两个弟弟的手：好，哥带着。

50

白天。锣鼓喧天，彩旗飘飘。

欢送新兵的人们排列在火车站站台上。

许瑜和一帮女同学打着一个"欢送府城子弟去从军"的横幅兴奋地站在站台上。她的眼睛在不停地寻找着什么。

新兵们已登车完毕，正等待发车。

小二、小三两个人气喘吁吁地挨着车厢寻找着哥哥。

51

白天。列车9号车厢的一个窗口。

宛强探出头来。

他最先看见许瑜。

许瑜也看见了他。

许瑜向他招手，并把手中的横幅交给一个女同学，自己向9号车厢跑去。

列车就在这时启动了。

小二、小三也刚刚看见哥哥，两个人一齐喊道：哥哥——

许瑜边追着车跑边向宛强挥着手。

宛强也发现了两个弟弟。

他一手向许瑜挥着，另一手向两个弟弟挥着。

列车很快地载着他向远处驰去……

第三集

1

清晨。军营操场。

新兵们在进行队列训练。

宛强走在队列里,一脸认真……

2

傍晚。营区。

战士们在进行军体拳训练。

宛强站在队列中,练得满脸大汗……

3

白天。军营。靶场。

战士们在进行实弹射击。

宛强也正在持枪瞄准……

4

白天。野外。

战士们在进行负重五公里越野训练。

宛强满脸大汗地跑在队列里……

5

夜。野外。

战士们在进行寻找方位物训练,一个个向不同方向独自走进黑暗的田野。

宛强也拿着指北针、方位图和手电,满脸紧张地走进黑暗中……

6

白天。山地。

部队在进行连进攻战术演习。

战士们在迅猛地向山坡上冲。

宛强身挎冲锋枪,奔跑在战友们中间……

7

正午。营区大操场。

战士们在进行捕俘格斗训练。

闪、转、腾、挪,训练紧张而激烈。

宛强也正在和一名对手猛烈地打斗。

双方扭住、扑倒、跃起,双肩相抵着旋转。

就在这旋转中宛强的背影渐渐变了,变成一个强壮的男子汉(此时换演员)。

画外传来一声:宛强!

长高长壮了的宛强闻声停止和对方的搏斗,转身立正:到!

身着军装的林大江走到宛强身边,捶了一下宛强结实的肩膀:行,长高长壮了!

宛强笑笑,抖擞了一下精神:林营长,连里昨天宣布命令让我当副班长。

林大江笑笑:嗬,当官了!

宛强不好意思地笑笑。

林大江:知道我今天来找你干什么吗?

宛强摇头。

林大江:从明天起,你到战士演出队去!

宛强意外地:演出队?

林大江:你不是会吹口琴、翻跟头吗?这些特长要用上!

宛强痛快地:是。

8

白天。衬着一本不停翻动的日历,叠印宛强在战士演出队的生活画面:

宛强在舞台上吹口琴……

宛强在舞台上翻跟斗……

宛强在跟人学习弹吉他……

宛强在跟人学习跳舞……

宛强在舞台上唱歌……

9

夜。营区礼堂门口。

一场演出刚刚结束。

观看演出的战士们正在退场。

一名战士手拿一份电报挤进礼堂大门，高声地：宛强——

正在舞台上收拾演出道具的宛强应声：到。

那战士：你的电报。

宛强跳下舞台跑过来。

宛强接过电报急切地拆开。

画外随即响起小二急切的声音：哥，小三的病越来越重，你快回来！

宛强的面色一变。

10

夜。林大江宿舍。

宛强与林大江相对而坐。

他们面前的桌上，放着宛强收到的那封电报和另外几封信。

宛强低沉地：在这封电报之前，小二已经来过几封信，说到小三的病情，我当时以为吃点药就会好的，便给家里寄了些钱，没想到……

林大江叹了口气：你这两年兵当得不错，我本来想让你在部队长期干下去，可你家里又确实需要你，这样吧，你下决心，想留下，我同意；想复员，我批准。

宛强抱头沉默了半晌，低低地：我……回吧。

林大江叹口气：好吧……

11

白天。府城宛强兄弟三个住屋的门口。

风尘仆仆、穿着没有领章和帽徽军装的宛强，拎着两个提包出现在门口。

他轻轻推开虚掩着的门。

小二正蹲在炉子旁煎着中药，面色苍白的小三眼闭着躺在床上。两个人都没有发现哥哥的归来。

宛强的目光在屋里缓缓扫过。

屋子里的一切用物都显得更旧更破。

宛强进屋。

12

白天。宛强兄弟三个住屋里。

正煎药的小二抬头看见宛强，惊喜地站起：哥哥！

宛强点点头，上前无言地拍拍小二的肩头，而后走到床前去看小三。

小三无力地睁开眼睛。

宛强抚着小三的头发。

小三慢慢认出了宛强，挺起身子一下子扑到宛强怀里呜咽着：大哥，你可回来了！

宛强轻拍着小三的后背宽慰道：哥回来了，一切都会好起来的……

13

白天。一个挂有"府城人民医院"牌子的大门口。

宛强背着小三走过来。

叔叔和小二跟在后边。

叔叔也有些见老了，他停步对小二：你去上学吧。

宛强也停步转身：小二，去上学吧。

14

白天。医院病房。

小三躺在病床上输液。

宛强和叔叔分站在床的两边。

叔叔有些难过地对宛强：要不是你带了复员费回来，叔叔还真没钱送小三来住院。

　　宛强黯然地：叔叔，这两年小二、小三可是拖累你了。

　　叔叔叹口气：都怨叔叔没本领挣钱哪。孩子，小三由我在这里看护，你去民政局问问你的工作安排吧，你得赶紧挣钱！

　　宛强点头。

15

　　白天。一个挂有"府城市民政局"的牌子的楼房。

　　宛强走了进去。

16

　　白天。一间办公室。

　　宛强和一个工作人员隔桌而坐。

　　那工作人员看着宛强：这样吧，你既是急着上班，就去长途汽车站，他们需要跟车的乘务售票员。

　　宛强点头：行。

17

　　清晨。府城长途汽车站。

　　排成一长列的发往各地的长途汽车。

　　去往各地的乘客们正在乘务售票员的带领下排队登车。

　　一片繁忙景象。

18

　　清晨。站内一辆长途大巴门前。

　　门旁竖着一个指示牌：府城—桐城。

　　已换上乘务员服装的宛强站在门前对排队的乘客高声地：女士们、先生们，本次客车开往桐城，请大家拿出车票检票上车，对号入座，没有买票的，请到我这里买票。

　　乘客们依次验票上车。

　　最后一名乘客登上了车。

宛强把车门前的指示牌取下，自己上车，准备去关车门。

就在这时，进站口那儿响起一个姑娘的声音：等一等！

宛强闻声抬头看去，只见一个身形窈窕的姑娘——长大了的许瑜（换演员），提着一捆书趔趔趄趄地向大巴跑来。

宛强又走下车来，看着那姑娘问：去桐城？

那姑娘喘息着：对，去桐城。她的话音刚落，进站口响起一个妇女的高声叮嘱：许瑜，路上注意安全。显然是送许瑜的人在喊。

许瑜一边把车票递向宛强一边扭头对着进站口：知道了！

正在验票的宛强听到"许瑜"这个名字，不由得一怔，随即定睛看去，跟着惊喜地叫：许瑜？！

正要抬脚上车的许瑜闻声扭头，在短暂的一愣之后，也惊喜地：是你？宛强？！

宛强高兴地：真巧，没想到在这儿碰见你了！

开车的铃声响了。

宛强急忙伸手接过许瑜提着的那捆书，示意她上车。

许瑜登车。

宛强在许瑜身后刚上车，车就开动了。

19

白天。大巴车内。

车在公路上飞驰。

许瑜就坐在紧挨乘务员座位的位置上。

宛强、许瑜两个人脸上都露着久别重逢后的喜悦。

宛强：刚才，不是别人喊你，我可不敢认你，你可是长得大变样了！

许瑜笑着：变丑了吧？

宛强：漂亮得像电影演员了！

许瑜假装嗔怪地：去，学会奉承人了。

宛强不好意思地笑着。

许瑜低声地：我以为你还在当兵哩。

宛强也轻声地：家里需要我，就回来了，到这里上班。你怎么样？工作了吗？

许瑜：已经到市新华书店工作了，今天就是到桐城新华书店了解发行情况，这不，还给他们捎去了一捆书。说着指了一下放在脚前的那捆书。

宛强羡慕地：这个工作好，上班有书看！

许瑜：这倒是，书店里的书可是太多了，哎，我记得你爱读书，以后想买什么书，去找我。

宛强：那是自然。

紧挨着许瑜另一边坐的是一个三十多岁的男子，那人分明被许瑜的美貌所吸引，不时色眯眯地扭脸看她。

许瑜浑然不觉。

那人假装睡着，身子下移，将脸慢慢向许瑜光裸的胳膊上靠过去。

正在和宛强说着话的许瑜感觉到了对方的靠近，伸手朝那人的肩头推了一下。

那人被推开，但只睁开眼得意地一笑，又闭上眼，随着汽车的晃动，把脸又向许瑜的胳膊上贴去。

许瑜厌恶地又急忙把他推开。

那人又故技重施。

一旁的宛强看透了那人的用心，在那人重又被推开之后，悄悄示意许瑜和他互换座位。

宛强这时坐到了许瑜的位置上。

身旁那人因闭着眼没有发现事情起了变化。他依旧趁着车的晃动向这边靠过来。

宛强掏出钢笔，挤了一滴墨水在自己的手指肚上，而后把手指放在胳膊处。

周围几个乘客看见了这一幕，都抿着嘴无声地笑。

那男人又向原来的位置靠过去，结果脸颊一下子靠在了宛强的手指头上，脸上被抹了一大片墨水。

周围的乘客轰然大笑起来。

许瑜也被逗笑了。

那男人摸了一下脸颊，结果弄得脸上的墨迹更大，他尴尬地垂下了头……

20

夕阳西下。桐城长途汽车站内。

大巴车停住。

旅客们纷纷下车。

宛强对下车的许瑜：你啥时候回府城？

许瑜：我明天可能要在这里忙一天，后天返回。

宛强：我们这趟车每天早上7:40返回府城，希望你后天早上还坐我们车回去。

许瑜一笑：行。

21

早晨。桐城汽车站。

宛强在引导乘客上车。

他不时朝进站口张望，显然在等许瑜。

最后一名乘客上了车，站内发车铃声响了。

宛强只得上车关门。

车开始出站。

宛强脸上露出一丝怅惘。

车驶上站外大街。

宛强望着窗外的眼睛突然一亮，高叫：师傅，停车，停车！

原来许瑜正沿着街边慌慌张张地向车站走来。

宛强探身喊道：嗨，许瑜，这儿！

不远处的许瑜听见，扭头看见宛强，欣喜地跑过来。

宛强伸手拉许瑜上车。

车开了。

许瑜喘息着：抱歉！我又来晚了。

宛强扶她在自己的乘务员座位上坐下，高兴地：赶上车就行。

许瑜从包里掏出一大把枣递到宛强手上：喏，尝尝，这是桐城新华书店的朋友送我的。

宛强接过，拿起一个放进嘴里。

许瑜歪了头笑问：甜吗？

宛强喜悦地：甜！

车在公路上飞奔……

22

白天。府城市人民医院。小三病房。

宛强高兴地扶小三下床：好了，我们小三今天出院。

小三欢喜地：哥，我今天特别想吃你做的手擀面条。

宛强：中，吃手擀面！

23

中午。宛强兄弟住屋。

宛强正用筷子从锅里捞面条。

三碗面条摆在小饭桌上，兄弟仁在饭桌前坐好，准备吃饭。

院门外猛地传来一声高喊：小磨香油便宜啦——

小三闻唤咽了一口唾沫，自语地：这面条要是浇上一点小磨香油——

小二接口：那当然更香了！

宛强顺口地：真想吃小磨香油？

小三当真地：当然，总吃没油的饭菜，太没味道了，咱家的饭菜，除了放盐还是放盐。

宛强看了一眼刚刚病愈的小弟，下了狠心地：好，咱们就去买点小磨香油尝尝！说罢，拎起一个空瓶走了出去。

小三在背后叫：哥，那我俩先不吃，等你噢！

宛强：马上就来！

24

院门外。正午。

一个在自行车上挂了小磨香油桶的小贩正站在那里叫卖：小磨香油哎——

向小贩走来的宛强停住脚，去衣袋里掏出钱夹看了看。

钱夹里只剩下3块钱了。

小贩这时看见了拎着油瓶的宛强，招呼道：买小磨香油？

宛强走近：多少钱一斤？

小贩：8块。

宛强一愣：这么贵？能不能便宜点？

小贩：一分钱一分货，咱这是地道的顶级小磨油，不能降价了！

宛强迟疑地：那我买一两。

小贩决绝地：一两不卖，值不当的，最少也要买半斤。

宛强失望地转身要走，小三那满怀希望的脸在他眼前一闪。

他的眉头一皱，又转过身来。

小贩劝解地：买一斤吧，你回去一尝就知道，咱这油是尝一滴，香一天，尝三滴，似成仙！

宛强的眼珠飞快地转了一下。

他下定了决心地上前：好，就来一斤！

小贩高兴地：好嘞，一斤——！说着，接过瓶拿起油提子向瓶里灌油。

宛强接过灌满了油的瓶子，凑到鼻子前一闻，故意叫道：嗜，咋不香呢？

小贩不高兴地：怎么会呢？

宛强：和我上次买的小磨油相比，味道差得太远，不，不，我不要了！

小贩有些着恼：不要就给我倒回来！

宛强立刻把瓶口对准小贩的油桶，咕噜咕噜地又把香油倒了回去。

倒空了瓶子的宛强扭头就走。

小贩也气哼哼地推起车子走开，边走边嘟囔：没见过这样买油的……

往回走的宛强暗暗一笑。

25

宛强兄弟住屋。正午。

小二、小三看见哥拎着油瓶回来，一齐高兴地：买来了？

宛强：买来了，边说边把空油瓶口朝下，残留在油瓶内壁上的香油立时滚到了小三碗里：一滴、两滴、三滴。

宛强看着瓶壁上的油笑着：至少还够你俩吃两顿！

小二、小三没再理会哥哥的话,而是用筷子搅动面条,狼吞虎咽地吃起来。

宛强放下油瓶怔怔地看着两个弟弟吃着,双手慢慢把头抱住……

26

白天。府城新华书店门前。

宛强穿着一身洗得干干净净的旧军装,有些迟疑地向书店大门走来。

27

白天。府城新华书店里。

许瑜正在向柜台后的书架上摆书。

宛强一边看着书架上的书,一边向许瑜走来。

宛强拿起许瑜刚摆下的一本新书看着。

许瑜扭头,看见宛强后惊喜地:是你?

宛强怕影响别人压低了声音:来看看书,顺便也看看你。

许瑜脸红了。

宛强:我今天歇班,你下午下班后能不能去梅河边一趟,我有事想同你商量。

许瑜环顾了一下四周,急忙把头点了一下。

28

傍晚。梅河边。

晚风拂柳,水波荡漾。

宛强和许瑜并肩沿河边缓步走着。

许瑜:你说有事要同我商量,啥事?

宛强低声地:我小弟住院,花了不少钱,我现在特别需要尽快赚到钱,你说我在公共汽车上兼卖点书刊报纸咋样?

许瑜想了片刻,高兴地:行呀,在做好本职工作的同时,再做点事挣点钱,合理合法呀!

宛强:只是这样做能赚到钱吗?

许瑜又沉思片刻:我想能行,坐车的人们有时也确实想买或看书刊,再说，我可以帮你的忙。

宛强：哦？

许瑜：我在书店工作，知道哪些书刊畅销，可以帮你进点畅销书刊。

宛强欢喜地：太好了！

……

29

府城汽车站。宛强当班的大巴车上。白天。

旅客已全部上车，还未到发车时间。

捧着一摞书刊报纸的宛强正在大巴车内走廊上叫卖：看书、看刊、看报，《十年梦醒》，惊心动魄；《广东纪事》，内幕玄妙；《明星爱情》，一波三折……

不断有来客掏钱买书，买刊，买报……

30

桐城汽车站。早晨。

宛强又在大巴车的走廊上叫卖：看书，看刊，看报……

又有旅客掏钱买书，买刊，买报……

31

傍晚。新华书店门口。

下了班的许瑜正在锁书店店门。

宛强兴冲冲地走过来：许瑜。

许瑜扭头见是宛强，莞尔一笑。

宛强：告诉你，成功了！

许瑜一时没听明白，啥成功了！

宛强高兴地：我边上班边卖书报刊物的事成功了，我昨天一天时间，净赚了21块，顶我五天的工资！

许瑜也高兴地：真的？那可要继续做下去！

宛强：当然！为了感谢你的支持，我给你买了一件小礼物。

许瑜含羞地：给我买什么礼物？！

宛强从衣袋里掏出了一条花头巾，抖开，往许瑜面前一递：你可不要嫌这礼薄呀！

许瑜慌慌地环顾了一下四周，忙伸手接过装进了手袋。这才又嗔怪道：你家里急需钱，为我花钱干啥？

宛强：表示谢意呀！你给我推荐的那些书刊报纸确实好卖。下个星期再赚了钱，我要请你吃饭。

许瑜掩饰不住欢喜地：先吹？！

宛强：你等着瞧！

32

早晨。府城车站。站前大街。

宛强背一个装书报刊物的大包匆匆走来。

他看了一下手表，离上班的时间显然还早，便打开包，拿出一摞书刊报纸向路人吆喝着什么。

不断有路人停步掏钱买书报。

33

白天。大巴车上。

宛强在车内向旅客兜售书刊报纸。

不断有乘客掏出钱来购买……

34

傍晚。桐城汽车站。站前广场。

宛强背着那个装有书报刊物的大包同大巴司机一起走过来。

宛强看看表，对司机说了句什么，示意对方先走，自己掏出书报刊物又向出站的旅客和街上行人叫卖起来。

不断有人停步购买……

35

夜。宛强兄弟三个的住屋。

小二、小三已经睡熟。

宛强在数钱，那净是一些硬币和毛票，可宛强却数得一脸欢喜……

36

傍晚。一家小饭馆。

宛强和许瑜相对而坐。

宛强豪爽地：说，想吃什么！

许瑜笑了：一碗烩面。

宛强：那不行，太简单了！说完，朝店主一挥手叫：来一盘红烧肉，外加——

许瑜站起身：你要烧包我就走了！

宛强急忙扯住她的胳膊：好，好，就吃烩面，我也是真心实意想感谢你。

许瑜：要感谢也不一定要花钱大吃呀！

宛强眼睛突然一亮：对，对，我用另外的办法表示谢意，我为你唱歌、跳舞行吧？

许瑜意外地：你还会唱歌、跳舞？

宛强：怎么？你以为一个长途大巴车的乘务员就会卖个车票？

许瑜高兴地：行，吃完饭我就听你唱歌，看你跳舞！……

37

夜色已浓。小饭馆门前。

宛强对许瑜诡秘一笑，轻声地：你去梅河边等我一会儿，我很快就来。

许瑜点头。

38

夜月朦胧。梅河岸边。

一株垂柳旁，许瑜静静坐着，凝望着波光摇荡的水面。

叮咚。吉他声在她耳畔响起。

她急忙扭过头来，见宛强胸前挂着吉他站在她身边。

许瑜惊喜地：你还会弹吉他？

宛强顽皮地：爱好而已，请听一曲《梅河水》。说罢，指头一动，优美的乐声就响了起来。

许瑜意外而欢欣地听着、看着。

宛强的男中音在吉他声中慢慢响起：

梅河水，似玉液，

悄无声息东南去，

带了情，含着意，

滋润府城黑土地……

月光映着许瑜灿烂的笑脸，只见她站起来忘情地上前抓住宛强的胳膊：这词谁写的？

宛强骄傲地：敝人呀！

许瑜不认识地：嘀？！

宛强这当儿把吉他放在地上，像舞台报幕似的向许瑜躹了一躬，朗声地：下一个节目，霹雳舞！

许瑜直直地盯着宛强。

宛强开始扬臂踢腿，自如地舞了起来。

许瑜看得有些目瞪口呆。

一缕爱意分明出现在她的双眼里。

宛强收住脚，停了舞。

许瑜禁不住拍起巴掌来。

宛强：这都是当初在部队学的！

许瑜：我真没想到你还有这么大的能耐！

宛强望着月光下许瑜那美丽的笑脸，开玩笑地：知道吗？我在部队演出时，谁要去看我的节目，是要掏钱买票的！

许瑜笑着：这么说我今晚沾光了？！

宛强：不行，谁看了我的节目都不能没有回报！

许瑜也顽皮地：你要我怎么回报？

宛强：把眼睛闭上，我会告诉你。

许瑜听话地闭上了眼睛。

宛强轻步上前，猛地在许瑜唇上一吻。

许瑜睁开眼，假装生气地把拳头朝宛强打过来：你坏！你坏！

宛强一闪身，许瑜拳头落空，身子向地上倒去。

宛强急忙伸手抱住她。

许瑜软在了宛强的怀里。

两个人的嘴唇粘在了一起……

河水依旧流得不缓不急……

39

早晨。长途汽车站门口。

许瑜骑了一辆自行车过来。车后座上放了一些书刊报纸。

宛强从汽车站里迎出来。

许瑜把后座上的书刊报纸递到宛强手上。

二人相视一笑。

宛强转身向站里跑去……

40

黄昏。新华书店门口。

许瑜和几个女伴下班出门。

宛强由远处跑过来。

许瑜看见，推着自行车迎了过去。

宛强骑了许瑜的车子，载了许瑜向远处飞驰。

坐在后座上的许瑜一脸甜蜜……

41

夜晚。梅河岸边。

宛强和许瑜相拥而坐。

宛强充满回忆地：我至今还记得你给我买的那两本书——《自强之路》和《珍惜青春》。

许瑜假装嗔怪地：又要旧事重提？

宛强：好，不提。

许瑜忽然想起地：哎，宛强，有件事忘了告诉你，我们书店有一栋老库房，据说是当年解放时我方接管的一家私人书店的仓库，里边堆了好多旧书，最近我们书店想腾清这栋库房，拆了盖新房子。店里准备把那些旧书全部按废品卖给废品收购店，我总觉得那里边说不定还有些有用的书，你要感兴趣的话，可以去挑挑，挑出来的书按废品价格给书店交钱就是了。

宛强一喜：真的？我没钱买书看，这倒是一个买便宜书的机会！我明天歇班，上午就去！

许瑜：看你急的！

42

白天。一栋存放旧书的库房里。

宛强在一堆一堆的旧书里翻看着，不时把看中的书装进一个编织袋里。

另有几个废品收购店的工人，则把书一股脑儿地往麻袋里装。

宛强不停地翻着、拣着、装着……

43

白天。库房门口。

废品收购站的工人们面前一溜摆了几十个装满书的麻袋。

一名新华书店的工作人员正在给那些废品袋过秤，另一个人在记账收钱。

宛强面前摆着五六个编织袋，每个袋里都装满了书。

宛强高兴地坐在那里擦汗。

新华书店的工作人员招手让宛强把他挑的书拎过去过秤。那工作人员一袋一袋地称着、记着。

宛强把称过的袋子搬放到一辆三轮车上。

那工作人员抬手朝宛强：一共213块钱！

宛强一点也不迟疑地：行，说着掏出钱包数了钱递过去。

那工作人员收了钱后不屑地：你花这么多钱买这些破书扛回去干啥？

宛强一本正经地：引火。生炉子时引火用。

那工作人员嘲弄地一笑：那还不如去买点木柴哩！

宛强不再说话，蹬上三轮车就走，唯恐对方再变卦似的……

44

傍晚。新华书店门口。

新华书店经理——许瑜的姐姐许玫站在门口。许玫三十多岁,一望而知是一个性格刚强、泼辣能干的女子。

几个女店员和许瑜一块下班出门。

女店员们相继同许玫打着招呼:许经理好!许经理再见!

许瑜朝姐姐笑笑,去推自行车。

许玫喊住妹妹:小瑜,你今晚是不是又要出去?

许瑜脸羞红了,迟疑了一下,低声地:姐,我谈了个朋友。

许玫不快地:我估计就是这事儿,为啥不早给我说一声?他是干什么的?

许瑜为难地看着身前身后走动的人:我晚点再跟你说。

45

傍晚。宛强兄弟三个住屋。

宛强正把他当废品买来的那些书一本一本整整齐齐地摆在屋角的一块木板上。

小二、小三也很兴奋地看着哥哥的举动。

小二拿起一本书,看着封面念着:《曾文正公家书》。

小三也拿着一本书看着封面念着:《易经》。

院里这时突然响起许瑜的声音:这儿是宛强同志的家吗?

宛强闻声一喜,急忙站起身来:是的!

小三已箭也似的奔了出去,不过很快又奔回来兴奋地:大哥,一个女的——

许瑜出现在门口。

宛强搓着手:快进来。可环顾一下自家凌乱简陋的屋子,又不好意思地:我们家条件太差了。

许瑜走了进来,看着那些书:都是你挑的?

宛强点头:这下子我有书看了!

许瑜转身看着小二、小三,含了笑:这就是两个弟弟吧?

宛强急忙对小二、小三:这是你们许姐!快叫!

小二、小三扭扭捏捏地相继叫了一声:许姐!

许瑜高兴地摸了摸小二、小三的头：以后再来看你们，再见。出门时用目光示意宛强出屋。

　　宛强跟在许瑜身后向门外走去。

46

　　晚饭时分。院门外街边。

　　许瑜对宛强：我姐可能听说了我和你在一起的事，追问我你是谁，我决定今晚给她说明！

　　宛强高兴地：行呀，反正咱俩的事早晚要让她知道。

　　许瑜：我不知道怎么跟姐说。

　　宛强：就说我爱你，你也爱我。

　　许瑜笑瞪他一眼，转身骑上车走了。

　　宛强笑望着她走远。

47

　　夜。许瑜姐姐许玫家。

　　宽敞的住房和讲究的室内摆设都表明许玫家境不错。

　　许玫和丈夫——市文化局副局长管弥正坐在沙发上看电视，一个十来岁的男孩——他们的儿子在一旁和一只小狗嬉戏。

　　门被推开，许瑜走了进来。

　　小姨。那男孩跑过来拉住许瑜的手。

　　许玫朝儿子挥手：你去你房间里玩，我有事要和你小姨说！

　　那孩子听话地走了。

　　许瑜不声不响地在一张椅子上坐下，不安地看了姐姐和姐夫一眼。

　　许玫看着妹妹许瑜声音严厉地：说吧，他是干什么的？

　　许瑜：长途汽车站上的一个跟车售票员。

　　许玫讥诮地：嗬，售票员？！你明明知道，你姐夫想把你介绍给他们文化局里的一个副科长！

　　许瑜：这售票员人很好。

　　许玫：天下的好小伙子多了！他爸妈是干啥的？

　　许瑜：跟咱们一样，爸妈都去世了。

许玫的眉毛皱了起来:哦?

管弥:他们兄弟姐妹几个?

许瑜:三个,他是老大。

许玫:他两个弟弟多大?

许瑜:大弟可能十一岁,小弟九岁。

许玫猛一拍桌子:你是想去找罪受呀?!傻瓜!不行!

许瑜吃惊地看着姐姐:姐——

许玫断然地:立即断掉和他的来往!

许瑜看着姐姐,双唇哆嗦着说不出话,眼中慢慢涌出了泪水……

第四集

1

　　傍晚。新华书店门口。

　　许瑜正在给店门上锁。

　　宛强兴冲冲地由远处跑过来，低而急切地：小瑜！

　　许瑜转身看见宛强，勉力一笑。

　　宛强迫不及待地：你给你姐姐说了咱俩的事后，她咋表态？

　　许瑜无语，只是转身去推自行车。

　　宛强着急了，上前抓住许瑜的自行车把：你倒是说话呀！姐同意了吧？

　　许瑜轻轻摇了摇头。

　　宛强吃惊地：她不同意？为啥?！

　　眼泪从许瑜的眼中流了出来。

　　宛强急忙用手指去擦许瑜脸上的泪：别急，别急，你姐姐不了解我，我去跟她说，她肯定会同意的！

2

　　傍晚。不远处的街边。

　　许瑜的姐姐许玫站在那儿，冷冷地看着宛强和许瑜。

　　她把牙咬了起来。

3

　　晚饭时分。宛强家。

　　宛强和小二、小三正在吃饭。

　　虚掩着的门突然被推开了。

　　宛强抬头看去。

　　原来是许玫站在门口。

　　许玫冷冷地：这儿是宛强的家吗？

　　宛强急忙站起身子：是的，我就是宛强，请问你是——

许玫：我是许瑜的姐姐！边说边用傲然的目光扫了一下宛强简陋的家。

宛强立时笑了：哦，你就是姐姐，快请进来！

许玫瞪了宛强一眼，轻蔑地：谁是你的姐姐？少给我套近乎！

宛强一愣，脸上一阵尴尬。

许玫：我听说你想和我妹妹谈恋爱？

宛强努力一笑：是的，我很爱她。

许玫讥诮地：爱她？你凭什么爱她？就凭你家里这几床破被子、一口破锅、几个碗？

宛强的笑容僵在了脸上。

许玫：告诉你，我们的父母去世前都是市府里的官员，她姐夫如今是市文化局的副局长，她最差也能找个科长、副科长做丈夫，根本不会去找一个长途客车上的售票员！

宛强的脸也冷了下来。

许玫：我今天来的目的，就是要正式警告你，不要再缠我的妹妹！说罢，转身就走。

宛强呆立在那儿。

小二、小三也被吓愣在那儿。

4

夜。梅河岸边。皓月当空。

许瑜不安地在一棵树下踱步，不时看看手表，焦急地向远处的街路上望望。

宛强慢慢地由远处走来，走得无精打采。

许瑜迫不及待地迎过去：你咋来这样晚？

宛强冷冷地：来早了干啥？

许瑜被这话噎得一怔，不过她显然无心计较他的态度，而是急切地：我姐去你家了？

宛强拉长了声音：去了。

许瑜急迫地：她见你都说了些啥？

宛强挖苦地：说让我好好爱你，和你结为夫妻。

许瑜一把抓住宛强的手：真的？

宛强牙一咬：真个屁！她去警告我，让我不要再缠你，说你家世代是官员，要让你嫁个科长、副科长！说我家太穷，配不上你这个金枝玉叶！

许瑜双手捂住脸，跺了脚呜咽：天哪，她怎能这样？怎能这样呀？！

宛强默然看着许瑜。

许瑜捂脸哭着：这可怎么办？怎么办哪？……

许瑜的真心焦急化解了宛强心中的气恼，他伸手将许瑜揽到了怀里，轻轻吻了她一下。

许瑜在宛强怀里仰起泪脸：想想办法，咋样才能让姐姐同意？

宛强：咱俩的事非要经她同意才行？

许瑜幽幽地：父母去世后，我一直跟着姐姐生活，是她把我养大，我只有她这个亲人，我不想让她难过。

宛强无语，默默望着河水。

许瑜看着宛强的脸，小心地：能不能这样？你带上点礼物，去我姐姐家一趟，求求她别再反对。

宛强：带上礼物去求她？

许瑜急忙去衣袋里掏出一沓钱塞到宛强手上：这是我这个月的工资，你拿去买点礼物，求你了，别跟她置气。

宛强又一次被许瑜的真情感动，他把许瑜的钱又装回到许瑜衣袋，下了决心地：好，我带上礼物去求她！不过这礼物必须用我自己的钱来买！

许瑜先是直直地看着宛强，随后便满含深情地朝他脸上吻去……

5

白天。许玫家客厅。

许玫正在往自己脸上涂着一种美容面膜。

许玫的丈夫管弥正在试穿一身西服，边穿边自语着：这衣服有点窄了，这些家伙真不会送东西！

许玫转身对丈夫：嫌窄，我让他们拿到商场换一套不就行了？

管弥：你还嫌知道的人少呀？记住，以后不要再收别人送的衣服！

许玫：可人家硬要送。

响起了门铃声。

许玫：谁呀？

宛强的声音：我。

许玫和管弥显然都没听出这声音是谁，管弥扔下西服，走上前去开门。

6

白天。许玫家许瑜卧室。

正坐在那儿打毛衣的许瑜这时分明听到了宛强的声音，急忙停下手，侧了耳去听。

7

白天。许玫家门口。

门开了。

宛强拎着两包礼物站在门口。

管弥：你是——？

宛强：我叫宛强，来看看姐夫和姐姐。

管弥先是一愣，不过随后明白了：你就是许瑜的那个朋友吧？

宛强急忙点头：对，对。

管弥面色立刻冷了，不过他还是闪开身：请进。

宛强走进门，才把两包礼物放下，许玫就满眼怒气地出现在了他眼前。

宛强紧忙笑叫：姐姐！

许玫冷厉地：谁是你姐姐？你这个人怎么这样不要脸？不是警告过你不要来缠我妹妹吗？

宛强极度尴尬地：我今天来，是想向姐姐和姐夫说明，我们两个确实相爱，求你们答应我俩的婚事，我保证会对许瑜好，我将来也一定会报答你们——

许玫怒气冲冲地：滚，我不想听这些花言巧语！就你们家那个穷酸样子，你还要对许瑜好？还要报答我们？你骗傻瓜去吧！

8

　　白天。许瑜卧室。

　　许瑜颓然靠在墙上，手中的毛衣和毛线团掉在地上滚着。

9

　　白天。许玫家门口。

　　宛强的嘴唇在哆嗦，自尊心分明受到严重伤害。他退也不是，进也不是。

　　管弥慢腾腾地开口：我说小伙子，这世上办什么事都要量力而行，既然咱没有那份财力娶人家的姑娘，咱就不要勉强，是吧？！

　　许玫：你走不走？再不走我就报警了！

　　姐姐！许瑜突然出现在客厅通里间的门口。

　　许玫没有理会妹妹的喊声，依旧瞪着宛强：你走不走？

　　宛强猛地转身，向门外走去。

　　许玫冷冷叫了一声：把你的礼物拿走！

　　宛强木然地出门，没有回头。

　　许玫快步上前，拎起那两包礼物扔到了门前的走廊上。

　　礼袋散开，里边的烟、酒、茶叶、糖块散落一地。

　　宛强没再回头，一步一步向楼下走去……

10

　　许瑜卧房。

　　许瑜扑倒在床上伤心地哭着。后背因为抽噎一鼓一鼓。

　　许玫走进屋里，看了一眼妹妹，轻声地：你不要恨姐姐，姐姐这都是为了你，爸妈去世时把你交给我，我就要对你负责！长痛不如短痛，你要嫁给他这个穷售票员，会流一辈子眼泪的！……

　　许瑜的哭声高了起来……

11

　　白天。府城长途汽车站候车厅。

　　面带冷色的宛强抱着一摞书刊报纸走进大厅。

一个车站工作人员看见宛强笑着招呼：又来赚外快了？

宛强勉力一笑：今天歇班，闲着也是闲着。

宛强对候车的乘客们吆喝：看书，看刊，看报啦——

有乘客朝他围过去……

12

白天。长途汽车站候车厅门口。

许瑜推一辆自行车走过来。

她的两眼红肿，面色苍白。

她站在大厅门口，默然看着叫卖书刊的宛强的背影。

她的眼中涌满了歉疚和同情。

进站的铃声响了，乘客们纷纷起身排队。

一时没有买主的宛强，走到大厅一角的一个小书摊前坐下来歇息。

13

白天。候车大厅一角。

宛强把怀里抱着的书、刊、报纸放到了一张凳子上，长长地呼了一口气。

小书摊的摊主大冬看见宛强，凑过来：哥哥，咱俩吃的是同一碗饭哪。

宛强看了他一眼，没有应声。

大冬：抱着卖多累，干吗不也摆一个摊子呢？摆个摊子卖就轻松多了。

宛强分明被这话说得心动了一下，扭过脸去看那人的书报小摊，慢腾腾地张口：摆这样的一个摊子需要花多少钱？

大冬：嘿，就是买两块木板，一辆三轮车的事，也就几百块钱吧。

宛强点点头，陷入默想中。

一双手伸过来，去拿宛强放在椅子上的那些书刊报纸。

默想中的宛强一惊，扭过头来。

原来是许瑜。

宛强双眼一瞪，张嘴想说什么，大约是看见许瑜那红肿的眼睛，才又忍住没说。

　　许瑜微声地：走，我请你吃饭。

　　宛强停了一霎，慢慢站起身来。

14

　　正午。一家小饭馆。

　　宛强面色冷峻地坐在一张饭桌前，一动不动。

　　对面的许瑜正在往两只杯子里倒啤酒。

　　许瑜把一只酒杯放到宛强面前，举起自己的杯子，声音嘶哑地：对不起，我向你赔罪，是我让你去受了这场侮辱。

　　宛强既没看许瑜，也没看酒杯，仍旧一动不动。

　　许瑜眼圈有些发红：你不喝，我喝，我喝酒算是赔罪！说完，仰头喝酒，她显然不会喝，喝得皱着眉头但又非常坚决。

　　宛强扭脸看着她。

　　许瑜又给自己的杯子倒满了酒。

　　宛强伸手拿过许瑜的酒杯，显然不想让她再喝。

　　许瑜抓住宛强的手腕，固执地：我只有用酒向你赔罪……说着，眼泪流了下来，哽咽地：自我爸妈去世后，一直是姐姐把我带大，原谅我无法违拗她……

　　宛强叹了口气。

　　许瑜哽咽着：我不知道该对你说什么……

　　宛强轻轻地拍着她的手腕，低微而痛苦地：罢了，咱们分开吧，要不然，我难受，你也苦……

　　大滴的眼泪滚下许瑜的脸孔……

15

　　午后。一条小街。

　　宛强和许瑜并肩走着。许瑜还在不停地抹眼泪。

　　宛强肩挎着装满书刊的大包，推着许瑜的自行车，凄然地：再最后送你一回，以后，我们就天各一方了……

　　小街的这一段是菜市场，人骤然多起来。

宛强转对许瑜轻声地：这里人多，把眼泪擦擦吧……

16

午后。小街前方。许玫推着一辆自行车走过来，她边走边看着两边的菜摊，显然是在买菜。

她在一家菜摊前站住，买了几根黄瓜。

她向菜篮子里装完黄瓜转身时，突然双眼一定。

她看见宛强和许瑜正向这边走来。

她的眉毛立时竖了起来。

她推起自行车大步迎了过去。

17

午后。小街中间。

人流不断。

许玫站在街道中间，杏眼圆睁，直瞪着宛强。

没有看到许玫的宛强和许瑜还在慢步往前走。

许玫掏出刚买的一根黄瓜，猛向宛强砸过去，同时高声地：宛强！你这个胆大包天的狗东西，你还在缠我的妹妹？！

宛强被砸到身上的黄瓜和这声喝骂惊得转过头来。

街上的人们纷纷围了过来。

宛强的脸唰一下白了。

许瑜又惊又羞地看着姐姐。

许玫存心侮辱地：宛强，你个死不要脸的骗子，硬是骗到我们许家头上了！

姐姐——！许瑜哀叫了一声。

许玫根本没理会妹妹的哀叫，而是朝宛强喊着：姓宛的，你撒泡尿照照你那副狗样子，你配和我们许家攀亲吗？

宛强的双拳倏地握起，却又慢慢松开。他牙咬下唇冷冷瞪着许玫。

许瑜扭身冲出人群跑开了……

许玫继续骂着：你那双牛眼瞪什么？告诉你，你要再敢碰我妹妹一下，我就去找公安局治你！

宛强的一只脚狠狠踩住脚旁的一截黄瓜，不动声色地把它碾碎。

宛强猛地转身，走出人群。

许玫的叫骂声还在继续……

18

下午。宛强家。

宛强砰地推门进屋，把身上挎的那个装书刊的挎包取下，重重地砸到了地上。

他使劲朝提包上踢了两脚，又猛地扑到墙上，挥拳朝墙上砸了一拳。

能看出他有着满腔愤怒要发泄。

血从他的手上流下来。

画外传来他咬牙发出的声音：许玫，你等着，我一定要动你的妹妹，一定要让你流眼泪！

他又一次挥拳朝墙上捶去。

19

夜晚。许玫家。

许瑜卧房。许瑜睁着通红的双眼躺在床上。

许玫进来，轻声地：小瑜。

许瑜没有应声。

许玫：我只有用这个法子，才能让那个狗东西彻底对你断了心！

许瑜眼直盯着屋顶，仍一声不吭。

许玫：答应我，永远不再见他！

许瑜依旧不吭。

许玫生气地：你是想气死我？！

许瑜终于微弱地：我答应。与此同时闭上了眼睛，听任两行泪水溢出眼眶……

20

白天。长途汽车站一间办公室。

宛强在拨电话：新华书店吗？

21

白天。新华书店。

一个女店员拿起话筒扭头喊：许瑜，电话。

许瑜过来拿起话筒，只听了一句，就又慢慢放下了。

22

白天。长途汽车站。

宛强也慢慢放下了话筒。

23

黄昏。长途公共汽车站大门口。

下了班的宛强匆匆走出来。

他疾步沿街向前走着。

24

黄昏。新华书店外街边。

宛强站在一棵树后，两眼冷冷盯着新华书店门口。

25

黄昏。新华书店门口。

几个下班的女店员和许玫一起出门，许瑜走在她们中间。

许瑜一脸落寞。

许瑜推了自己的自行车刚要走，许玫在她身后喊：小瑜，你先回去，把稀饭煮上。许瑜无言地点了下头，继续推了自行车沿街边向前走。

26

黄昏。大街。

宛强大步追上推着自行车的许瑜。

许瑜骑上自行车。

宛强疾步上前，往她车筐里放了一包东西。

许瑜一惊，急忙下车拿过那包东西展开去看，原来是一件女式衬衣。

衬衣里夹着一张白纸，白纸上写着三个大字：我想你！

许瑜抬眼去看宛强。

宛强已经匆匆走远。

许瑜默望着宛强的身影。

27

黄昏。长途公共汽车站内。

宛强匆匆由大巴车上跳下，急急地向车站大门走去。

28

黄昏。新华书店门外大街。

宛强又站在了那棵树后，冷冷盯着新华书店门口。

许瑜和几个女伴一起走出了店门。

许瑜推上自行车沿街走去。

宛强快步追上许瑜，在许瑜刚刚骑上自行车时把一包东西放到了许瑜的车筐里。

许瑜见状急忙下车伸手拿过那包东西展开看，原来是一条裙子。

裙子里夹着一张白纸，白纸上写着三个大字：我想你！

许瑜抬眼去看宛强。

宛强已经快步走远。

许瑜呆呆地望着宛强的身影。

29

黄昏。长途汽车站大门。

宛强匆匆走出来。

30

黄昏。新华书店门外大街。

宛强仍站在那棵树后，冷冷盯着新华书店门口。

31

新华书店门口。黄昏。

许瑜走出店门,特意地四周看看,她看到了宛强的身影。

她推起自行车,慢慢地沿街走着。

她分明在倾听着什么。

当宛强的脚步声在身后响起时,她猛然转身。

她和宛强四目相对。

宛强手里又拿着一包东西。

许瑜抱怨地:这次买的是什么?

宛强隐去眼中的冷意,慢慢打开那包东西。那是一件颇为精致的睡衣,睡衣里夹着一张纸,纸上仍写着三个字:我想你。

他把那包东西又放进了许瑜的车筐里。

许瑜眼圈有些红,无奈地:要我怎么办?姐姐不准我再见你。你又这样来折磨我,你们是真想让我死吗?

宛强:我只有一个要求,再和你说一回心里话,明天我歇班,你明天上午要是有空,就最后去我家里一次。

许瑜望着宛强,泪眼中含了无限的情意,她点了点头:行,我答应,就见最后一回。

32

早饭后。宛强家。

小二、小三挎上书包相继出门。

宛强用微笑的目光将两个弟弟送出门之后,一丝阴冷的东西在他眼中出现。

他那低沉的心声由画外响起:许玫,你等着!

宛强开始麻利地收拾屋子:洒水、扫地,摆好桌椅,整理床铺。

他特意拿出一个新床单,铺到了自己的床上。

他又拿出一个新买的枕头放到了自己的床头。

33

白天。新华书店内。

许瑜走到一个女店员身边,轻声地:小琳,我感冒了,去药店买点药,有事替我照应着。
　　那店员点头:去吧。

34

　　上午。宛强家门外。
　　许瑜有些紧张地回顾身后,似乎害怕别人发现。
　　她抬手敲门。
　　门开了,宛强伸手把她拉了进去。
　　门重新关上了。

35

　　上午。宛强家屋里。
　　宛强紧紧地把许瑜拥在怀里。
　　许瑜想挣脱:别,别,你不是要说说话吗?
　　宛强已猛地用双唇堵住了许瑜的嘴。
　　许瑜先还摆着头,但随后就软在了宛强的怀里。
　　一阵长久的亲吻之后,许瑜的脸上充满了爱意和沉醉。宛强这时猛地抱起了许瑜向自己的床走去。
　　许瑜似乎意识到了什么,忙睁大眼睛:你想干啥?
　　宛强:不干啥,只是想看看你到底爱不爱我!
　　许瑜着慌地:我……当然……爱你,可是……不能……怎么可以……
　　宛强已把许瑜放到了床上,猛地扑了上去……

36

　　白天。新华书店内。
　　许玫走进店里,以经理的目光巡视着。
　　她注意到许瑜不在,低声问一个店员:许瑜呢?
　　许瑜走前交代过的那个店员应声:她有点感冒,去药店买药了。
　　许玫:噢。

时近正午。宛强家。

宛强和许瑜并肩躺在床上。

许瑜把头偎在宛强的胸前，幸福而不安地：这可怎么办？天哪，我姐要知道我和你这样了，那还得了？

宛强眼中闪过一缕阴沉冷厉的光芒，他拍拍许瑜光裸的肩头：既然这样了，你说怎么办？

许瑜叹了口气，充满幽怨地：还问我？

宛强淡淡地：做我的老婆？

许瑜一下子把脸藏到了宛强的怀里。

门就在这时被猛地敲响。

许瑜惊得一下子坐了起来去抓衣服。

宛强低声地：别怕，是我弟弟。

果然，门外响起了小二的喊声：开门，哥。

许瑜手忙脚乱地穿着衣服。

宛强高声地：等一等。边说边穿衣下床。

许瑜急忙去理平床铺。

宛强哗一下拉开了门。

小三一边往屋里进一边抱怨：哥，大白天的，插门干啥？刚说完，看见了站在那儿的许瑜，惊得一下子瞪大眼睛。

小二也看见了许瑜，惊站在那儿。

宛强笑着对小二、小三：怎么，不认识了？

小二：是……许姐。

许瑜浑身不自然地招呼道：你们放学了。

宛强：今后不要叫许姐，要叫嫂子！

许瑜惊得猛然抬头看着宛强。

小二、小三在一愣之后，一齐开口：嫂子。

许瑜满脸通红。

宛强对小二：打开炉子烧水！又对小三：去街上称一斤半面条，咱们中午吃鸡蛋臊子面！……

38

中午。新华书店。

许玫再一次由里间办公室走进店堂。

她用目光在店内寻找着什么。

许玫问一个店员：许瑜怎么还没回来？

那个店员摇头：不知道。

许玫的眉头皱了起来。

39

夕阳西下。许玫家许瑜卧室。

许瑜正在匆匆收拾自己的东西。

她不时回头望一眼窗外，显然是怕姐姐、姐夫回来。

她坐在桌前很快地在一张纸上写着什么。

她提上两个大提包向门外走去。

刚走到门口，外甥小晶背着书包迎面走来。

小晶：小姨，你这是去哪里？

许瑜有些慌张地：小姨要出差。

小晶：去哪儿？

许瑜掩饰地：不太远，你快回家做作业吧。

小晶挥手：小姨再见。

许瑜：再见。

40

大街拐角处，夕阳西下。

宛强跷着二郎腿坐在街边一处台阶上，悠闲地望着街上的行人。

他悬空的那只脚在轻松地摇晃着。

他看见许瑜提着两个大提包由远处摇摇晃晃地走来，但他没动，只是眯了眼看着她艰难地走近。

他的眼里闪着一丝明显的嘲弄。

许瑜终于走到了他的脚边，重重地把提包放下，长长地出了一口气：噢，老天。

宛强收起眼中的嘲弄，换上了欢喜和热情，含笑地：辛苦了。说着，上前拿过提包，拎起就走。

41

晚。许玫家。

许玫在厨房里边做饭边不时向窗外望着。

许玫自语着：小瑜去哪里了？到这时候还不回来。

儿子小晶跑进来：妈，饭好了吗？爸和我都饿了！

许玫：快好了，去外边看看你小姨回来了没。

小晶：我小姨出差了。

许玫吃惊地：出差？她出什么差？我是书店经理，我没让她出差，她能去哪里出差？

小晶：我放学那会儿，看见她提了两个大提包走了。

许玫越加吃惊地：哦？两个大提包？说罢急忙出了厨房向许瑜卧室跑去。

42

晚。许瑜卧房。

灯光下的许瑜卧房——床上已没了被褥，桌上已没了用物。

许玫的眼睛一下子瞪大。

她忽然看见床头桌上放着一张纸，急忙奔过去拿起来看。

许瑜的声音随即由画外飘来——

姐姐：你看见这张纸条时不要生气，我已决定去宛强家生活，我不辞而别了。我知道你对我的关心和呵护，我也深记着你对我的养育之恩，可我无法不理会自己的感情。我深深地爱着宛强，他眼下很穷，可我愿意跟着他去过苦日子，我相信他有改变自己命运的能力，他身上有一种东西让我迷醉。还有，我已经是他的人了。姐姐，别对我生气，让我在人生中选择一次吧。祝愿你和姐夫、小晶一切都好。我以后会常回来看你们……

噢——许玫猛地尖叫了一声。

管弥和小晶闻声都惊得跑了进来。

管弥：咋回事？！

许玫怒极地：她去姓宛的家里了！噢，宛强这个杂种，他竟敢先把我的妹妹——

小晶紧张地：把我小姨怎么了？

管弥拍拍儿子的头：没事，小孩子不要插嘴。

许玫啪的一拳拍到桌子上：姓宛的，看我怎么治你！说罢，猛地朝门外走去……

43

晚。宛强家。

电灯光下，许瑜腰扎围裙，正在向饭桌上摆着简单的晚饭。

小二、小三坐在饭桌前，新奇而又兴奋地看着许瑜的举动。

许瑜眼露羞意却又面带坚定地做着这一切。

宛强坐在暗影里，冷冷地看着许瑜。

许瑜把筷子分别递到了小二、小三手中：吃吧。

许瑜转向宛强：吃呀。

宛强眼中的冷意立刻隐去，起身走到小小的饭桌前坐下：吃。

四个人围在饭桌前吃着。一股温馨之气在室内飘荡。

小三望着许瑜高兴地：嫂子，你做的饭比我大哥做的好吃。

许瑜笑望了宛强一眼：是吗？

小二：哥切的菜，块头都大。

许瑜和宛强都笑了。

门就在这时被砰的一声踢开了。

满脸怒气的许玫出现在门口。

宛强、许瑜、小二、小三一齐惊得扭头看去。

许玫高声地：姓宛的，你这个浑蛋，你竟敢如此骗我的妹妹！生生把她骗到手里！边说边冲进屋子，砰的一声掀翻饭桌，碗盘碎落了一地。

小三吓得哇一声哭了。

小二目瞪口呆。

宛强冷冷地看着许玫的举动。

许瑜一边惊慌地叫着姐姐，一边上前想去拦住姐姐。

许玫一把将妹妹推开：你走开！你个傻瓜，你看看他们屋里这个破烂样子，你跟着他能享啥福?！你真是鬼迷心窍！

许瑜含了泪：姐姐，我的事不用你管，日后我就是吃糠咽菜也不用你管，你回吧。

许玫怒极地：我非要管不可，爸妈把你托付给了我，我不能违了我当初对爸妈的保证，我不能让他们的在天之灵不安！回去，你立马给我回去！

许瑜哀求地：姐姐，我已经不能走了。跟着又一语双关地：我已经是这个家里的人了！

许玫当然听明白这话中的意思，她被这话激怒得转身指着宛强：你这个畜生，你这样做是会遭报应的！会的！

宛强双臂抱起，连看也不看许玫一眼。

门外围满了来看热闹的邻居。

许玫转对妹妹：许瑜，你给我回去！你回不回？

管弥这时由门外挤进来拉住妻子的胳膊低声地：走吧，这样闹有什么好?！

许玫挣脱着要扑向宛强：畜生，你这个畜生！

管弥硬把妻子拖出了门。

许玫的声音由门外飞进来：许瑜，你赶紧给我回家，我就在家里坐着等你！

宛强一直默不作声地双臂抱着站在那里。

小二、小三吓呆了似的立在那儿。

许瑜双手捂脸呜咽着。

叔叔这时进屋，无言地弯腰帮着收拾着地上摔碎了的东西。

许瑜的哭声是那样无奈而委屈……

44

夜。许玫家。

许玫怒冲冲地坐在椅子上：我就坐在这儿等着，我看她小瑜敢不回来！

管弥：好了，冷静点，你好歹也是个干部，别弄得像个农村泼妇。

许玫把怒气转向了丈夫：老娘就是泼妇，怎么了？你不待见了你走！

管弥：好，好，我不管，我不管。

许玫：我一定要把他们拆散！他姓宛的休想得逞！

45

夜。宛强家。

叔叔对宛强轻声地：我看出来了，这件事还没完，我看你和这位——

小二急忙接口：嫂子叫许瑜。

叔叔：噢，小瑜，我看你和宛强还是出去换个地方住。

宛强用疑问的目光看向叔叔。

叔叔：你一个远房表哥有间房子在闲着，要不，你们先去那里住几天。小二、小三这边由我照看。

宛强在整个事件中第一次开口：许瑜，你去吗？

许瑜停止了哭泣，抬起泪眼看着宛强。

宛强：你要不回你姐家住，就跟我走！

许瑜看向宛强，目光坚定地点了点头……

46

大街。夜。街灯昏黄。

宛强和许瑜都提着大包小包，匆匆向远处走去……

第五集

1

长途汽车站大厅门口。白天。

宛强推着一辆三轮车走过来,三轮车上固定着一块木板。木板上摆放着书、刊和报纸。

原来就在那里摆书摊的那个摊主大冬看见宛强,笑道:嘀,干起来了?!

宛强点头:得挣钱哪!这年头你穷你就要受人欺!

大冬:反正哪,男人有钱了,腰杆才能硬气。

宛强转向不断进出候车厅的旅客:看书,看报,看刊了——

大冬看了一眼宛强车上的书刊报纸,忽然惊奇地:嗨,你怎么还把一些旧书摆出来呀?

宛强:那是我从新华书店旧仓库和一些卖旧书的人那里搜罗来的,摆出来,万一有个喜欢旧书的,说不定也能卖出几块钱。

大冬摇头笑着:你这是发财心切呀,哪有人愿买旧书的呢?

宛强不愿再说什么,继续高声吆喝:看书,看刊,看报了,天文地理,饮食男女,相面测字,诸样内容都有哇——

有人向宛强的书摊围过来,边翻阅边开始掏钱……

2

傍晚。一座简易楼房的二层一间房里。

许瑜正在门后的一个煤炉上做饭。

煮粥、炒菜、蒸馒头,忙上忙下。

门开了,宛强走进来。

许瑜扭头朝宛强一笑:饭马上就好。怎么样?有收获吗?

宛强:还行,扣掉投出去的钱,今天净赚107块。

许瑜高兴地:不错呀。

宛强:如果能长期这样赚下去,我就把车站跟车售票的工作辞掉算了。

许瑜担心地：工作先不要辞，我现在不敢上班，工作八成要丢掉，你再一辞职，万一有个变化——

宛强：好吧，我先利用歇班时间干着，等以后钱赚多了，再说。

许瑜这时已把饭菜在一张极小极破的桌子上摆好，把筷子递到宛强手上：吃吧。

饿极了的宛强不再说话，低头便狼吞虎咽起来。

许瑜充满爱意地抬头，把自己碗里的饭朝宛强碗里拨。

宛强吞咽着一大口饭，噎得伸长了脖子。

许瑜急忙去拍他的后背，故作嗔怪地：吃慢点，别噎着了！

宛强不好意思地笑笑。

许瑜也笑了，笑容里充满爱意……

3

夜。许玫家。

管弥拥被坐在床上看着一张报纸。

许玫走进来，面带恨意地甩掉鞋，坐在了床沿。

管弥关切地：怎么，还没找到许瑜？

许玫恨恨地：不知道姓宛的把她藏到了哪里，就是找不到。

管弥：要我说，算了，既是他们两个睡都睡到一起了，就是找到又有什么用？

许玫扭头瞪住管弥：胡说！我一定要找到许瑜，我不能让她一辈子在一个穷坑里扑腾。这孩子犯傻呀，怎么会叫宛强那个杂种迷住了！

管弥：好，好，你找，你找……

4

夜。宛强和许瑜临时住屋。

两人并排躺在床上。

月光由窗外洒进来，照着许瑜溢满幸福的脸庞。

许瑜把头向宛强的怀里偎了偎，轻声地：强，我们既然已经这样了，该去领个结婚证吧？

月光下可见宛强的眸子一跳，随后只听宛强平静地：宝贝，你真在乎那一张纸？是那一张纸重要，还是我们实实在在住在一起重要？再说，眼下最要紧的是挣钱，有了钱我们才能住宽敞房子，才能让姐认可我们的事情，才能真正地开一个自己的书店！

许瑜：自己的书店？

宛强：对呀，我从小喜欢读书，喜欢和书打交道，总有一天，我会开一个属于自己的书店，把成千上万本书摆在书店里，让许多人都来买都来看！

许瑜欢喜地：要是真有一个自家的书店，那可是太棒了。

宛强打了一个哈欠。

许瑜心疼地：快睡吧，你明天还要跟车上班呢。

宛强闭上了眼睛。

许瑜疼爱地为宛强掖着被子……

5

长途汽车站门口。黄昏。

许玫推着一辆自行车站在一根柱子后，两眼直盯着大门口。

宛强背着他那个装了书报的大帆布包下班走出了大门。

许玫不动声色地推车尾随宛强而去。

6

黄昏。一条小巷口。

许玫停步，远远看着宛强走进一个小院。

许玫走到街边一个公用电话亭里打电话。

7

傍晚。宛强和许瑜临时住所。

灯光下，许瑜双手攀着宛强的脖子，关切地：今天累吗？

宛强放下挎包：还行，饭好了？

许瑜：早好了，就等你回来吃哩！边说边亲了一下宛强。

砰的一声，门就在这时被撞开了。

宛强、许瑜急忙分开身子扭头看去。

许玫柳眉倒竖地站在门口，她的身后跟着三个男人。

许玫咬牙切齿地：藏得倒严实呀！

许瑜乞求地：姐姐，你别管我们的事！

许玫没有理会妹妹，而是转向宛强发出一声冷笑：一个下三烂拐走了我的妹妹，你说我该怎么对待他？

宛强也冷冷地：你可以问问你的妹妹，是不是我拐她！

许瑜：姐姐——

许玫猛地打断许瑜的叫声，转对宛强：你是用骗的办法拐走我妹妹的，而且已是非法同居，你说我能不管不问？

宛强依旧冷冷地：人所有的行为都会产生后果，你不愿想想你这样做的后果吗？

许玫冷笑地：你威胁我？！你以为公安局会来保护你，告诉你，我来之前已经和公安局局长打了招呼！

宛强淡淡地：我知道你们家在官场有势力，可有些后果并不是官场所能控制的！

许玫发恨地：那好，那我就等着你所说的后果吧！说罢转向跟他来的那几个人：给我砸！

那几个男子冲进屋，砰砰啪啪地砸起来。砸桌子、砸椅子、砸镜子、砸床、砸碗、砸盘、砸锅，屋里的一切转眼间碎成了一地。半锅稀米饭被倒在了被子和褥子上。

楼下的住户闻声惊跑上楼，见那几个男子凶凶的样子，都不敢吭声。

随许玫来的一个男子抓起了放在窗台上的几本书，那些书里有《365天》《自强不息》《珍惜青春》等，那男的想把书扔进水桶里。

住手！一直冷眼站着的宛强这时猛吼了一声，跟着冲过去从那人手里夺过了那些书，可能是他用力过猛，一下子把那人撞倒在了地上。

许玫立时叫道：他敢先动手打人，你们给我上，打！

另两个男子立刻扑过去朝宛强挥拳，原先倒地的那个男子也起身猛烈地朝宛强踢着。

宛强一手抱头一手抱着那些书，自始至终没有还手。

宛强被打得躺在了地上。

许瑜哭叫着：不许打！她想扑过去拦住那些人，被姐姐一把扯住。

许玫转对许瑜：走，跟我回家！

许瑜气极地朝姐姐：不！

许玫伤心地：好呀，你跟人家一心，胳膊肘朝外拐，我是为了谁？

许瑜：你是为了你自己，你怕我嫁一个穷人丢了你的脸！

许玫痛心地：行，行，你也这样看我，我不管了，不管了！永远不管你的事了！说罢，转对她带来的那几个男子：表弟、表哥，咱们走！

那三个男子随着许玫出门。

许瑜朝宛强奔过去，用力把他扶起。

宛强的额头和嘴角上都是血。

许瑜急忙用手去擦宛强嘴角的血。

宛强面色狞厉，他一言不发地推开了许瑜的手。

他努力起身，跟跄了一下站直身子……

8

白天。长途汽车站候车厅门口。

宛强推着他那个流动书摊走过来。他走路的腿一瘸一拐，嘴角、额角、眼角都在肿胀着。

门口一边的那个书摊摊主大冬朝宛强招呼：大哥，今天歇班呀？

宛强点点头。

大冬注意到了宛强脸上的瘀伤，吃惊地：哎，你这脸是咋着了？

宛强轻描淡写地：昨晚喝了点酒，摔的。

大冬：小心点呀，要摔破相可就找不到老婆了。

宛强不再应声，转而去应付围过来的顾客……

9

白天。一个挂有"府城文化局"牌子的楼房。

楼内一间写有"副局长"三字的办公室。

管弥正在和一位温文尔雅的白发老人——万史翰教授坐在沙发上交谈。

管弥：万教授，你这次到我们府城讲学，可是轰动全城呀。

万教授一笑：过奖了，府城是个文化底蕴深厚的城市，到这儿走走，与文化界、教育界的朋友们见见面我很高兴。

管弥：听说正式安排的活动都已经结束，你今天想去哪儿看看？我陪你。

万教授急忙摆手：你们谁也不要陪，我自己在城里随便走走，我这个人自由惯了。

管弥：那我给你派一辆车。

万教授又忙摇头：不用，不用，我还没到走不动的时候，再说，一坐上小轿车，好多东西都看不到了。说着站起身来……

10

白天。府城大街。

万史翰教授沿街兴致勃勃地走着，不时停步在街边的铺子前看看问问……

11

时近正午。府城长途汽车站门口。

宛强的书摊前一时无人光顾。

宛强坐在书摊后翻看着一本书。

万教授由远处慢慢踱过来。

万教授先在旁边大冬那个书摊前看了一阵书，随后又移步向宛强的摊子走来。

万教授的目光在宛强的书摊上随意地扫过。

买一本看看？宛强这时起身招呼。

万教授先是嗯了一声，后开口：小伙子，你还卖旧书呀？

宛强淡淡地：旧书也有旧书的价值。

万教授点点头：说得对，书并不一定就是新出的好。边说目光边在那些旧书上扫过，忽然间，万教授的眼睛瞪大了。只见他急忙伸手从那些旧书中抽出一本来翻。

宛强并不在意地看着他，能看出那是一本封皮破损的线装旧书。

万教授神色一下子变得肃穆起来，他急切地抬脸：小伙子，你这本书是从哪里弄来的？

宛强不明所以地：你问这个干啥？你要买就掏钱，不买就算了！

万教授肯定地：这本书我肯定买，我想搞明白的是，你从哪里弄到了这本书？

宛强故意卖关子：这个嘛，我不能多说。

万教授认真地：这本书你想多少钱出手？

宛强意识到了这本书可能值钱，故意淡淡地：反正不给个合理的价钱我是不会出手的！

万教授真诚地：小伙子，我身上只带有三千多块钱，我知道这点儿钱远远不够，可我愿把它作为定金给你！

宛强的眼先是一下子瞪大，表明他根本没想到会值这么多钱，但随后他就又装出一副不买账的样子：只拿这点钱作定金？

万教授着急地：这只是定金，明天就会有人来同你具体谈价钱！

宛强装作不在意地：好吧，那我就先收下。说着接过钱来。

万教授：你要给我写个简单的承诺书，承诺在明天我的朋友来见你之前，不再卖给任何人！

宛强痛快地：中！说着从书摊上拿过一张包装书的旧纸片，唰唰地写起来，写完，交给万教授。

万教授：另外，我还想知道你家住在什么地方，我们明天好直接去你家里同你见面！

宛强痛快地：中！

万教授不舍地把那本书还给了宛强。

已经明白了这本书价值的宛强接过后，用一张包装纸仔细地把书包好，放进了自己的挎包……

一旁的大冬看得目瞪口呆……

12

正午。宛强和许瑜所住的小院门外。

宛强领万教授走到门前，指了指门：喏，就住这里。顺便问一句，你贵姓，在哪里工作？

万教授：我在咱省城中原大学教书，姓万，叫万史翰。

宛强：是教授？

万教授点头后拍拍宛强的肩膀：好，明天见！

13

正午。一个挂有"府城宾馆"牌子的大院。院内一间套房里。

万教授正对着电话在急急地说着什么……

14

傍晚。府城宾馆一个小型宴会厅。

文化局副局长管弥正在宴请万教授。

一伙人陪侍在侧。

管弥举杯与万教授相碰：欢迎万教授以后常来我们府城走走。

万教授喝罢杯中酒后，高兴地：此次来府城，除了完成你们交给我的讲学任务外，我还发现了一件宝物。

哦？满桌人都好奇地望着他。

管弥感兴趣地：什么宝物？

万教授笑笑：待我明天拿到手后再告诉你们。

15

夜。宛强和许瑜住屋。

许瑜已经躺下。

拥被而坐的宛强正在小心地翻看着万教授中午看过的那本线装旧书。

许瑜轻柔地对宛强：咋对这本旧书感兴趣了？

宛强不露声色地：随便看看。

宛强合上书，用一块红布仔细地把书包好……

16

清晨。宛强、许瑜所住的小院门外。

一辆轿车缓缓驶了过来。

车门开了，万教授和几个举止儒雅的男女走下车来。

万教授指了指院门：那个叫宛强的小伙子就住在这个院子里。

一行人走进门去。

17

清晨。院内。

正在院内水管旁洗漱的宛强抬头看见万教授,急忙漱去嘴里的牙膏沫迎过来:你好。

万教授:小伙子,没想到我们这么早来见你吧?

宛强笑笑。

万教授转对宛强介绍跟在他身后的两男一女:他们几位是咱们省图书馆的领导,这位是刘馆长,这位是汪主任,这位是吕处长。他们是在接到我的电话后专门开车来见你的,怎么样,咱们进你屋里说话?!

宛强急忙摇头:我住的地方太小,要不,去街上找个小饭馆咱们坐下说!

万教授:那这样吧,你带上那本书,咱们去府城宾馆我住的房间聊聊。

宛强点头:中!说罢,疾步上楼朝自家的住屋跑去。

18

清晨。楼上宛强、许瑜的房间。

许瑜正在叠被子,看见宛强跑进来,不经意地:院里那几个人是找你的?

宛强一边把那本用红布包着的旧书塞进挎包一边掩饰地:找我有点工作上的小事。说着,转身跑了出去……

19

早晨。府城宾馆万教授住的房间内。

万教授和省图书馆的三个人加上宛强围坐在一张桌前。

宛强把那本用红布包着的书递给万教授。

万教授先翻看了几下转而郑重地递给省图书馆的刘馆长。

刘馆长把自己的手绢摊放在桌上,才把书在手绢上放好,而后从衣袋里掏出放大镜,仔细地一页一页看着。

宛强满脸好奇地看着刘馆长。

刘馆长放下放大镜，朝万教授点头，高兴地：对，是它！

万教授舒了一口气。

刘馆长这时转对宛强：小伙子，你开个价吧。

宛强一笑，画外传来他的一句心声：开价8000他们会给吗？

刘馆长含笑催道：说吧，你有权得到经济上的回报。

宛强心里没有把握地看了看万教授：还是你们给吧，这本书的价值你们知道，你们就根据情况给吧，当然，给得太少我是不会出手的！

刘馆长和善地笑笑：这样吧，既是你不愿说，那我就说个价，你要不同意咱们再商量。

宛强：中。

刘馆长：15万人民币如何？

宛强惊得一下子站了起来，他根本没想到会值这么多钱，但他很快把眼里的震惊和意外隐去，换上了一副不在乎和不满意的神情：就这么点钱？可他的眉梢、眼角还是有一丝喜色露了出来。

刘馆长不安地：宛强同志，不是我们不想给你更多的钱，实在是省政府每年拨给咱省图书馆的经费有限，这样吧，我们再加5万，总共20万，如何？

宛强把脸仰向天花板，显然不想让人看到他眼中的惊喜，他双眼瞪得很大很大，画外跟着传来他欣喜无比的心声：天哪，值这么多钱?!

刘馆长：行吗？宛强同志？

宛强没有回答，显然还沉浸在震惊里。

万教授这时开口：宛强同志，把这本书交给省图书馆保存，也是你为国家作的一个贡献！

宛强这时扭头望着刘馆长：中，我答应！

万教授和刘馆长高兴地站起身与宛强握手：太好了，我们真谈成了！

宛强迫不及待地：那给我的钱——？

刘馆长转对随他来的那一男一女：汪主任、吕处长，钱的事你们立刻去办。跟着转对宛强：你是想把钱转到你的账户上呢，还是要现金？

宛强不加任何思考的：现金！

刘馆长：那你就和我们汪主任、吕处长一块去银行吧。

汪主任、吕处长立刻站起示意宛强跟他们走。

刘馆长这时转而一下子握住万教授的手：老万，谢谢你帮了我们一个大忙！……

20

白天。工商银行一家储蓄所。

宛强正在省图书馆那位汪主任和吕处长的帮助下往自己的提包里装钱。

宛强拿钱的手在轻微地发抖。

他从未见过这么多钱。

画外传来他的惊叹：天哪！

21

白天。府城街头一个十字路口。阳光灿烂。

行人来来往往。

宛强背着那个装满了钱的鼓鼓囊囊的挎包走过来。

他一只手紧捂住挎包。

他忍不住站住脚，猛地仰天大笑起来，直笑得眼泪和鼻涕都出来了。

街边的行人们都驻足扭头看他。

一个警察走过来，狐疑地：你是不是犯病了？

沉浸在喜悦中的宛强一下子惊醒过来，忙大步跑开了……

22

白天。府城宾馆一间小型会议室里。

万教授正手拿着用20万元买来的那本书站在主席台上，他的身旁坐着省图书馆刘馆长。

台下坐着许多记者和官员。

文化局副局长管弥也在其中。

万教授兴高采烈地：诸位领导和朋友，我向大家宣布一个好消息，北宋徽宗皇帝在位时命人刻印的九册一套的《御览秘存》，因书涉朝中政治、经济、军事诸多机密，故皇帝只让刻印两套，一套放徽宗身边供其随时翻阅，另一套封存于当时的国子监库房里。这套书对研究北宋时代的社会生活具有很高的价值。可惜放在徽宗身边的那套书在他被金国抓走时丢失了，现保存于省图书馆的《御览秘存》，系当年存放库房的那一套，可其中的第 7 册、第 8 册在开封被攻破时散佚了，所幸第 8 册去年在香港一家拍卖公司发现，被我们用 91 万元的价格买回，没想到这第 7 册就流落在了我们府城，昨天被我们无意间发现。今天上午，省图书馆已经买下了它，喏，就是这本书！万教授说完把手中的那本书挥了挥。

掌声雷动。

记者们拍照的闪光灯不断闪烁。

坐在台下的管弥也惊讶地看着万教授手中的那本书。

万教授把那本书递到省图书馆刘馆长手中，刘馆长把它放进了一个不大的铁箱子里。

记者和官员们围上前去看……

23

白天。小会议室门口。

管弥握着万教授的手：你真是慧眼识珠呀！

万教授：哪里，哪里，还是府城人有文化素养，一直保存着这本重要的书使其没被毁损。我只是发现了它所在的地方而已。

管弥：保存这本书的是一个什么样的人？

万教授笑笑：一个不起眼的小伙子。我今天本想把他向媒体作个介绍，可一想书是用 20 万元买回来的，暴露了他的名字，说不定会给他带来危险，故未说明。如果你想认识他，我可以带你去见见他。

管弥：好呀，我这个做文化工作的，很想认识这位热心保护文化遗产的人。

万教授痛快地：走，我领你去见他！

24

白天。宛强、许瑜所住的小院。

宛强正高兴地在院里翻着跟斗。

许瑜站在二楼边看边故作娇嗔：幸亏别人都上班了，要不叫人看见，该会以为你疯了！

宛强继续翻着。

院门就在这时被推开了，万教授和管弥走进院门。

站在二楼的许瑜看见管弥，以为他是来找麻烦的，急忙闪进了屋里。

宛强站定身子，喘息着看定万教授和管弥，眼中露了点意外。

万教授指着宛强：喏，就是他，叫宛强！说着和宛强握手。

管弥震惊地看着宛强。

宛强也眼露嘲弄地看着管弥。

管弥：怎么是你？

宛强嘲讽地：因为我穷，啥事都不该轮上我，是吧？

万教授：怎么，二位认识？

宛强高声地：不仅认识，还——

管弥急忙截断宛强的话：感谢你做了一件大好事！

万教授这时把一张名片递到宛强手上：以后去省城，欢迎到我家去做客，这上边有我家的电话，我们已经成朋友了。

宛强恭敬地：以后有机会去省城，一定去看望你……

25

许玫家。晚饭时分。

许玫和管弥、儿子一家三口在围桌吃饭。许玫面色冷然。

管弥边夹菜边望着许玫笑道：我们府城今天出了一件大新闻，你知道——

许玫打断丈夫的话：还不就是找到了一本北宋时期的书吗？晚报上都已经登了。

管弥：你知道省图书馆为从保存那本书的人手上买回那本书，花了多少钱吗？

许玫：多少？

管弥：20万元人民币。

许玫吃惊地：嗬，那人可真是一天暴富了，这天下可是什么事都有哇！

管弥又笑道：你知道那个富了的人是谁吗？

许玫的好奇心被丈夫问上来了，急迫地：谁？

管弥：我们一个熟人。

许玫惊奇了：一个熟人？谁呀，你要说就说，别在那里卖关子！

管弥：宛强！

许玫吃惊地站起来：什么？手中的筷子一下子掉在了桌上。

管弥：没想到吧？

许玫：不可能！

管弥：怎么不可能？我亲眼见的他，还能有假？！

许玫直直地瞪住管弥，久久无语……

26

夜。宛强、许瑜所住的房子里。

许瑜偎在宛强怀里，轻声地：你想怎么花那些钱？

宛强一时无语。

许瑜：买间自己的房子，咱们正式结婚。

宛强斜瞥了一眼怀中的许瑜，眸子里闪过一丝冷意，语调淡淡地：我们现在不是和结过婚一样吗？我想用这笔钱做点事！

许瑜抬头望着宛强：做啥事？

宛强：开个书店，我过去一直想办的就是这桩事！

许瑜：随你。不过你真要开书店，我就把新华书店的正式工作辞了。

宛强不带感情地：随你。

27

清晨。府城一个熙熙攘攘的十字街口。

街口一侧两间临街的房子前，宛强正站在梯子上把一个木匾挂在门框上边，木匾上写着四个大字：朝晖书店。

宛强跳下凳子，退后审视着那木匾。

大冬骑一辆三轮车过来，看见宛强和那木匾，先是一喜，随后叫道：大哥，你开起书店了？我来跟你干行吗？！

宛强沉吟一霎，点头：来吧。

28

白天。朝晖书店。

不大的房子四壁全是书架，书架上摆满了各种各样的书。屋中间放着桌子，桌子上也摆放着各种书刊。

满面春风的许瑜正在继续往书架上摆书。

小二、小三在帮忙擦拭桌椅、打扫地面。

宛强走进来。

小三高兴地：哥，啥时开始卖？

宛强：9点8分正式开业！

门口传来一声喊：宛总，鞭炮买来了！

大冬拎着鞭炮站在店门口。

宛强对大冬：一到9点8分你就点上鞭炮！

大冬：好嘞，九八九八，财运到家，宛强大发。

宛强对许瑜：你负责照看顾客。

许瑜点头。

宛强指着门后的一张小桌对小二：你坐在那里收书款。

小二高兴地：中！

小三急切地看着宛强：我呢？我干啥？

宛强：回家读书！

小三：读书？

宛强：我们家有人卖书，更要有人读书！你的任务就是读书！

小三不甚情愿地：那叫二哥去读。

宛强不理会小三，只见他看了一下手表，对门外高喊：大冬，放！

他的话音刚落，鞭炮就在门外炸响了。

29

白天。朝晖书店门外。

鞭炮纸屑乱飞。

人们驻足观看。

开始有人进入书店。

30

朝晖书店对面大街边。白天。

许玫站在一棵树后,默然望着对面宛强书店的店门。

她脸上已看不出有什么怒气。

31

华灯初上。府城大街车流如河,灯火辉煌。

朝晖书店门口。

宛强正和小二、大冬一起拉下卷闸门。

小二把宛强拉到一边低低地:哥,营业额三千多!

宛强不动声色地点头:知道了。

大冬走过来对宛强:宛总,我刚才看报纸,说省里一家出版社要出一本指导高考的书叫《一路绿灯》,预料会卖得很火,咱书店该不该进一点儿?

宛强想了一刻,点点头:中,明天你和我一起去省城看看!

32

夜。许玫家。

许玫、管弥和儿子一家三口围桌吃饭。

管强:没想到宛强这小子还真有几下子,听说那个小书店每天的营业额都已经过万了!府城的文化界都在议论那个书店哩。

许玫无语,只慢慢地扒饭。

管弥:要说呀,他的生意火了,咱应该高兴,毕竟小瑜算是生活有依靠了。

小晶插嘴:小姨有书店了?

许玫转对儿子:吃你的饭吧。

管弥:要我说呀,你抽空去见一回宛强和小瑜,毕竟还是亲戚嘛,不能总是这样僵着!

许玫依旧没有说话,但能看出,她脸上的冷淡和气恼已经没有了。

33

　　白天。繁华的省城大街。

　　宛强和大冬沿街走着，边走边打听着什么。

34

　　白天。一个写有"省图书批发市场"牌子的大楼。

　　宛强和大冬走了进去。

35

　　白天。图书批发市场里。

　　到处是负责批发的摊位。

　　四处摆的都是各种各样的书。

　　人声鼎沸，人头攒动。

　　宛强和大冬边走边看，宛强一脸新奇兴奋。

　　大冬朝写有"助学图书批发店"门口一指。

　　宛强和大冬走了过去……

36

　　傍晚。省城大街上的一家小饭店。

　　宛强和大冬在一张小饭桌前对坐。

　　一人一碗烩面正吃得满头大汗。

　　大冬边擦汗边对宛强佩服地：强哥，你真是敢干，我原来估计你最多进个一千来本，没想到你一下子敢进6万本，天哪，乍一听吓死我了。

　　宛强笑笑：我算了一下，咱府城一年参加高考的高三学生就有几万人，加上高二、高一的学生，那可不是个小数，只要宣传开了，高三的学生会买，高二、高一的家长也会替孩子买。

　　大冬高兴地：这书20块钱的定价，对半折批给我们，真要全卖出去，一下子就赚了60万！

　　宛强显然不愿大冬这样高腔大嗓地说话，脸冷了一下。

　　大冬：吃饭，吃饭！……

37

白天。府城朝晖书店门口。

几条巨大的红布横幅迎风飘荡，一条横幅上写着：《一路绿灯》送你顺利踏进大学校门！

另一条横幅上写着：父母对儿女的最大爱护，就是送上一本《一路绿灯》。

还有一条横幅上写着：少吃六碗烩面就能拥有一本《一路绿灯》，便可让一个高中生变成大学生！

过往的行人驻足观看那几条横幅。

围观的人越来越多。

人们拥向书店。

书店前人群熙攘。

人们争相购买。

宛强、许瑜、大冬、小二四个人笑脸灿烂，忙得满头大汗……

38

黄昏。朝晖书店门前。

依然有人在排队买书。

许玫的儿子小晶背着书包走过来，他显然是放学路过。

他注意到买书的人排成长队，好奇地走到书店门口去看。

他看见了正忙着给顾客拿书的许瑜。

小晶惊喜地：小姨，你在这里卖书？

许瑜闻声扭头看见小晶，欣喜地：小晶，你怎么也来了？

小晶：小姨，你们这是卖的什么书？

许瑜拿了一本递给小晶：送你一本回去看看，这是给高中生用的！

小晶接过书新奇地翻着。

许瑜含笑地：替我问候你爸妈，你有空可以来小姨这里玩！我今天忙，没法招待你了。

小晶朝许瑜摆手：再见，小姨！

正忙着的宛强注意地朝小晶看了一眼。

39

晚饭时分。许玫家。

小晶拿着那本《一路绿灯》跑进来。

正在端饭的许玫扭头招呼儿子：洗手，准备吃饭。

小晶把那本《一路绿灯》递到妈妈面前：妈，你看！

许玫接过书翻了两页：你还是小学生，买这书干啥？

小晶：是小姨送给我的，我看见小姨的书店了，她正在卖这本书，店里买书的人可多了，这会儿还在卖！

许玫：报上刚登了这本书出版的消息，他们就卖开了？

管弥走过来拿过那本书看着：这就是宛强那小子的精明之处，先你们店一步！

许玫默然坐在饭桌前。

小晶边端饭碗边开口：对了，小姨让我代她问候你们。

管弥：要我说，你该去见见宛强、小瑜的，事情总不能就这样一直僵着。

小晶：我小姨变得更漂亮了，一边给人拿书一边不停地笑着。

许玫轻轻叹了一口气。

管弥：我估计小瑜是不敢回来，宛强是不愿来，只有你先主动去了。

许玫低低地：好吧，为了小瑜我就去一趟……

40

晚。宛强、许瑜住屋。

宛强和许瑜正坐在床上数一堆散乱的钱，显然是白天的卖书款。

许瑜数得喜笑颜开。

宛强数得不动声色。

许瑜悄声地：这一天的书款都够我们办婚礼了！

宛强分明是听见了，却佯作没有听见，继续数钱。

许瑜开玩笑地：你是不是数钱数得耳朵都聋了！

宛强依旧没有应声，只顾数钱……

41

正午。叔叔家。

叔、婶和大壮、二壮正在吃饭。

一阵脚步声响起。

叔叔闻声抬眼,急忙站了起来。

原来是宛强拎一个大提包站在门口。

叔叔:快进来呀,小强。

婶子看见宛强,表情显得有些不自然地也站起了身。

宛强进屋,把那个提包放下,刺啦一下拉开了拉链,先拎出一套衣服交到叔叔手上:叔,这是给你买的。跟着又拎出另一套衣服交到婶子手上:婶,这是给你买的。

婶子扭捏着不好意思伸手。

叔叔:接住吧,孩子的心意。

婶子伸手接过来。

宛强又从提包里拎出两套衣服分别交给大壮、二壮:来,你们的。

大壮、二壮兴高采烈地接过来往身上比试。

宛强又从衣袋里掏出了厚厚一沓钱放到叔叔手上:叔,这点儿钱你留着用。

叔叔急忙推让着:不用,不用,家里有钱,你只要把小二、小三他们安置好就中了。

宛强:放心吧,叔,这以后俺弟兄仨的日子会好起来的!

42

白天。许玫家门口。

许玫迟迟疑疑地站在那儿。

管弥在一旁催着:去吧,是去见你妹妹,又不是去见老虎,干什么怕三怕四的?

许玫叹口气,抬脚向前走了。

43

白天。朝晖书店门口。

许玫犹豫地走过来。

44

白天。朝晖书店里。

店里顾客不太多。

宛强、许瑜、大冬都正在向书架上摆书。

小二在账桌前正收着一个顾客的书款，忽然间，他的眼睛惊恐地睁大，他看见了走进门来的许玫。

当初，许玫掀翻他家饭桌的情景在小二眼前一闪。

小二惊慌地喊了一声：哥！

宛强、许瑜、大冬都被这慌慌的喊声惊得扭过脸来。

宛强、许瑜几乎同时看到了许玫。

意外和慌乱出现在许瑜的眼里，她显然以为姐姐又是来吵闹的。

宛强的拳头突然握紧，目光一下子变得阴沉可怕……

第六集

1

府城朝晖书店。白天。

宛强、许瑜和许玫表情各不同地站在店内。

空气中充溢着一股紧张气氛。

许玫缓缓地开口：听说你们开了一个书店，我来看看。

许瑜顿时明白姐姐这次不是来闹事的，嘘了一口气，忙温和而亲切地：姐，你快坐，说着递过去一个凳子。

宛强继续冷冷地看着许玫。

许玫环顾了一阵店堂，在凳子上坐下，叹了口气，转向宛强：姐想请你们明晚回去吃晚饭。

许瑜显然没想到姐姐会发出这样的邀请，忙高兴地：中呀，我们回去。

宛强仍然没有说话，只是目光不再看着许玫，而是移向了门外。

许瑜高兴地走到宛强身边，扯了一下宛强的衣襟，低声地：听见了没？姐让咱们回去吃饭。

宛强故意拉长了声音，含讥带讽地：行呀，有人请吃饭总是好事！

许瑜没有计较宛强的态度，扭头望着姐姐，高兴地：姐放心，我们按时回去。

2

夜。宛强、许瑜的住屋。

两人并肩拥被坐在床上。

许瑜看着宛强小心地：明晚去姐姐家时，该带点礼物。

宛强冷诮地：带，怎么不带？明天去商场里买。同时呀，我还要送她一件特别贵重的礼物！

许瑜好奇地：啥贵重礼物？

宛强声音阴沉地：到时候自会知道！说着，啪一下拉灭了灯。

3

　　傍晚。府城百货大楼内。

　　宛强和许瑜正在购物。

　　许瑜手里拎着三个提袋，高兴地：行了，姐姐、姐夫、小晶每人一份礼物。

　　宛强似笑非笑地：走，再去给你买点包装品。

　　许瑜不解地：包装品？

　　走吧！宛强示意许瑜跟他走。

4

　　傍晚。府城百货大楼内女装部。

　　宛强对一个售货小姐：买一身适合她这个季节穿的名牌衣裳。说着指了指身后的许瑜。

　　许瑜打趣地：这就是你说的包装品？谢谢，我现在的这身包装已经行了，你是怕我卖不出去呀？

　　宛强不由分说地对那位售货员：去拿吧。

　　售货员：先生，价位是在——？

　　宛强：只要适合她穿，多少钱都行！

　　许瑜心疼地：算了，我身上的衣服又不是不能穿，干吗乱花钱？钱攒起来咱还要买房子，办婚礼，扩大店面哩！

　　宛强含义不明地笑笑，接过售货员递过来的衣服递到许瑜手上：去试试。

　　许瑜又高兴又心疼地拎着衣服走进试衣间。

　　宛强眯了眼站在那儿。

　　许瑜穿着新衣走出来笑看着宛强：行吗？

　　宛强点头：行，包装以后像原来一样。

　　许瑜皱皱眉头：什么像原来一样？

　　宛强不再回答，只是转对售货员：买单！

5

　　傍晚。许玫家。

　　屋里收拾得清清爽爽，一派迎接客人的样子。

6

　　许玫家厨房。许玫正腰围围裙在炒菜。

　　小晶背着书包推门进来，吸了吸鼻子，叫：妈，好香！

　　许玫带了笑：今晚你小姨带了你姨父要来家里，妈得多炒几个菜，你先去做作业。

　　管弥这时由外间走过来：我买了两瓶五粮液，今晚好好和宛强喝几杯，一醉泯不快。

　　许玫不自然地笑笑。

7

　　许玫家门外街边。晚饭时分。

　　宛强和许瑜拎着礼物走过来。

　　宛强穿着一身当初在长途汽车上当售票员时常穿的那身旧衣服。

　　许瑜穿着那身刚买的新衣服，走得喜笑颜开。

　　许瑜看一眼宛强，略为遗憾地：我不知你今天为何非要穿这身旧衣裳不可。

　　宛强没有说话，只是走在许瑜身后，默然看着许瑜欢喜的样子。

　　宛强突然轻唤了一声：小瑜。

　　许瑜停步扭过脸来：咋，有事？

　　宛强什么也没说，只是上前轻轻替许瑜捋了一下头发，无言地抚摸了一下她的脸颊。

　　许瑜笑着：干什么呀，搞得像要分别一样！

　　宛强什么也没说，只是大步先在前边走了。

　　许瑜欢快地赶了上去。

8

　　许玫家客厅。晚饭时分。

　　许瑜和宛强走进来。

　　管弥笑着：欢迎，欢迎，快请坐。

　　许玫站在那儿，脸上略有些不自然，但也浮着笑容。

小晶跑过去拉住许瑜的手叫：小姨，我好想你。

管弥和解地：从今天起，不快的一页翻过去了，我们和和气气地过日子，亲亲密密地做亲戚！

许玫这时笑着指了指摆了酒菜的饭桌：请入席吧，咱们边吃边喝边说话。

小晶拉着许瑜：走，小姨。

许瑜扭头用目光催着宛强。

宛强这时突然收起了脸上原有的那点笑容，声音阴冷地：谢谢你们的盛情，不过我今天不是来做客的！我来是为还东西的！

屋里的气氛被宛强这话弄得骤然一变。

宛强突然把站在身边的许瑜朝许玫那边一推，阴冷地：我把她还给你们，我一个下贱之人是娶不起许家姑娘的！现在物归原主！

许瑜震惊无比地扭脸瞪着宛强。

许玫的脸唰地没了一点血色，脸因为愤怒而扭曲了。

管弥无限惊骇地瞪大了眼睛。

小晶虽然没明白事情的严重性，但也本能地觉得事情发生了重大变化，一双小眼瞪大了。

再见。宛强淡淡地说完这两个字，转身就出了门。

呀——许玫像受伤的野兽一样尖叫了一声，跟着扑到许瑜面前，扬手就重重打了妹妹一拳：你看你找了一个什么样的流氓！流氓呀——

许瑜被姐姐打倒在了地上，但她什么也没说，只是满眼呆怔。

管弥转对许瑜吼道：你看你找了一个什么样的浑蛋！转身抓过摆在饭桌上的一瓶酒，砰地摔到了地上。

小晶被吓得哇一声哭了……

9

夜。大街上。

宛强大步走着。

他突然停步哈哈大笑起来，笑得那样长久和瘆人。

街上的行人都停步向他看过去。

宛强笑得满脸都是眼泪。

他那笑声最后已近乎呜咽……

10

夜。许玫家。

许瑜由地上爬起来,踉跄着向门外走。

小晶上前拉住许瑜:小姨!

许玫暴怒地:让她走,走得远远的,永远别让我看见她!

小晶转对妈妈制止地:妈妈!

许玫一把扯过许瑜,指着她的脸吼道:我当初说这个姓宛的不可靠,你还一味护着他,现在怎么样?一脚把你踢开,你倒是说话呀!你那双眼睛让鸡啄瞎了?你看你挑了一个什么样的坏种,你真给我们许家丢人呀!我辛辛苦苦把你养大,你给我带来这样大的侮辱,你是想把我气死呀?!

滚!都滚开!管弥气极地吼了一句,而后冲进卧室,砰的一声反关上了门……

11

夜。府城大街。

许瑜在踉踉跄跄地挪步走着。

大颗的泪珠滚出她的眼眶,在脸上流淌着……

12

夜。府城一家小酒馆。

宛强正一个人坐在桌前喝着酒。

他倒酒的手已在发抖,显然已经醉了。

他转向小酒馆的老板醉眼蒙眬地笑着:老板……你说……把一个女人的妹子睡了……再把她送回去……是不是能把那女人给……气死?

小酒馆老板笑笑:兄弟说醉话了。

宛强摇着头:我没醉……

13

夜。许玫家。

许玫坐在床上咬牙切齿地：我恨得真想劈了这个杂种！

管弥披着睡衣一边上床一边慢腾腾地：我一定要让他知道我的厉害，他不是开了个书店吗？开书店就得受我的管束！……

14

夜深了。梅河岸边。

岸边一片寂静。

许瑜双脚如拖铅块一样由远处走来。

她双眼已经无泪，只有呆滞和绝望。

她走到了她和宛强过去常坐的那棵柳树下。

她木然地站在那儿，眼望着远天正缓缓升起的月亮。

夜风拂动柳枝，柳枝拍在许瑜脸上。

许瑜一步一步地向水边走去。

朦胧夜月映照的水面显得漆黑而神秘。

画外传来许瑜绝望的心声：死吧。

她已经站到了水边，再往前一步就是水里了。

她的右脚动了动，分明就要迈进水中了。

15

夜。不远处的河岸上。

一对年轻男女走过来。

女的突然看见了站在水边的许瑜，惊喊了一声：谁呀？站水边干啥？小心掉进河里！说着推了一下身边的男子：快去！

16

夜。水边。

那个年轻男子扯住许瑜的手，把她拉到了岸上。

许瑜压抑已久的哭声爆发了。

那对年轻男女在月光下交换了一个意外的眼神……

17

早晨。宛强、许瑜住处。

宛强正在把许瑜的衣服、鞋子、梳妆用物等塞进两个提箱。

宛强提着两个提箱走出门去。

18

白天。朝晖书店。

宛强把装有许瑜衣服、用物的两个提箱装上一辆三轮车，对大冬说着什么。能看出他的眼睛浮肿着。

大冬有些莫名其妙，不过还是骑上三轮车走了。

19

正午。许玫家门前。

昨晚在河边救了许瑜的那个年轻女子边看着街边的门牌号边找到了许玫的门前。

她抬手敲门。

许玫冷着脸把门拉开：找谁？

年轻女子：你是不是许玫同志？

许玫愣了一下点头：是，怎么了？

年轻女子：许瑜是你的妹妹吧？

许玫眉毛立时恼怒地竖了起来：死了，她已经死了！

年轻女子一怔，随后和缓了口气：我叫小双，许瑜现在在我那儿，你去把她领回来吧。

许玫决绝地：我永远不想见她，她也永远别进我这个门！

小双愣在了那儿。

恰在这时，大冬骑着那辆装有两个箱子的三轮车也来到了许玫家门前。

大冬高声问：这儿是许玫经理的家吗？

许玫冷冷地：有什么事就说。

大冬把那两个提箱由车上提下来放到了许玫面前：这是你妹妹许瑜的东西，我们书店老总宛强先生让给你送来。

许玫大怒，拎起皮箱就要朝大冬砸去。

大冬吓得赶紧骑着三轮车跑开了。

许玫怒冲冲地进屋，砰一声关上了门。

小双怔了一怔，上前拎起了许瑜的两个箱子……

20

白天。朝晖书店。

宛强、小二、大冬正在书店里忙着应酬顾客。

叔叔突然出现在门口。

小二最先看见，叫了一声：叔叔。

宛强也闻声扭头，招呼道：叔叔来了，快进屋坐。

叔叔用好奇的眼光看着书店内的书架和书：嗬，这样多的书?！能卖出去？

宛强点头：差不多吧，每天都能卖出去一些。叔叔来有事？

叔叔有些迟疑地：我听人说你把小瑜赶回她姐家了，真的吗？

宛强低沉地：叔，这事你别管！

叔叔恳切地：孩子，咱可不能做那些昧心的事，我看小瑜那姑娘是个过日子的人，对你也是真心，你可不能胡来呀！

宛强：叔叔放心，我只做我该做的，不该做的事我绝不会做！我把她赶回她姐家是有原因的，还记得她姐姐当初进我的屋里掀翻了我的饭桌侮辱我吗？

叔叔叹口气：过去的不必再说了，过日子要紧，人活世上不容易。

宛强决绝地：叔叔，你回去吧，这事你别管！

叔叔摇着头……

21

白天。文化局管弥办公室。

管弥在眯眼抽烟，烟缕飘绕着他的脸。

一个年轻干部走进来谦恭地：管局长，你找我？

管弥：噢。用手指了一下办公桌对面的座位示意他坐下。

那年轻干部听话地坐下。

管弥：小汤，我听说你最近对各民营书店和一些书刊批发商的经营情况进行了检查，有没有什么发现？

小汤：有。有一些民营书店和批发商有卖盗版书刊的现象，极个别的在悄悄卖黄色书刊。

管弥一本正经地：对那个朝晖书店查得怎么样？发现没发现什么问题？

小汤：在朝晖书店倒没有发现什么大问题。

管弥：这个店就那么完美？

小汤：不过和我们一同检查的消防支队的同志，发现这个书店消防措施没落实，存在着火灾隐患。

管弥把手中的烟猛地揿灭在烟灰缸里：既然有火灾隐患，就要立马令其停业！不然出了事情，会给我们文化主管部门带来麻烦！

小汤分明听出了管弥的话外之音，点头表示：明白了。

管弥：明天就去办吧！我们身为文化部门的官员，要对党的文化事业负责！

小汤起身：是！

22

白天。一座小院一角的一间小屋子。

许瑜抱头坐在一张简陋的小床上，床边放着装有她衣物的那两口箱子。

救她的那个小双坐在一旁正轻声劝道：许瑜，为这点事去死，可不值当，那个宛强这样做是太浑蛋，可你姐姐那样做也着实令人气恨……

许瑜无言地听着……

23

白天。朝晖书店。

文化局的年轻干部小汤领着几个人走到书店门口。

小汤站在门口高喊：宛强经理在吗？

24

白天。书店内。

正在忙碌的宛强闻喊急忙停下手上的活向门外走去：谁呀？

25

白天。朝晖书店门外。

小汤威严地对宛强：我是文化局的，鉴于你店消防设施没落实，存有火灾隐患，根据上级指示精神，决定从即刻起令你店停业！说着，一摆手，跟着他来的一个人就把一张写有"停止营业"四字的白纸贴到了书店门上。

宛强大惊：怎么能停止营业？

小汤瞪眼：怎么不能？

宛强：店里的消防设施正在安装，完全可以边安装边营业呀！再说，这消防设施好像不是你们文化局该管的事！

小汤：你知道平城一家录像厅前不久发生大火后给了哪些人处分吗？既有消防部门，也有文化局的头头！你这事正是我们要管的！

宛强只好搓搓手点头：好，好，听你的，那我把消防设施安装好后就可以恢复营业了吧？

小汤：到时候再说！

26

夜。许玫家。

许玫面孔冷然地坐在沙发上。

管弥在一旁一边用遥控器调着电视机的频道一边发狠地：已经让他停业了！

许玫冷冷地：他会很快把消防设施安装好的。

管弥：安装好了他也别想开业！

许玫扭过头来：你有什么办法？

管弥：你等着看吧！他敢侮辱我一个堂堂的文化局局长，他就必须付出代价！他会知道一个局长的厉害的！

27

夜。宛强、许瑜原来住的屋子。

宛强一个人坐在灯下发呆。

他眼望着屋角，屋角里突然闪现出许瑜的身影，许瑜正灿烂地笑着向他走来。他猛地起身，那身影却又一下子消失了。

他又重新坐在原处。

门被推开了，叔叔出现在门外。

宛强见状起身：叔，这么晚了，有事？

叔叔进屋，先掩上门，而后低声地：我刚刚才听人说，你把许瑜赶走后，许瑜根本没回她姐家住，可不要出啥事哟！

宛强分明一惊，却又使自己平静下来：反正她已经和我没有关系了，我不会再管别人的事！

叔叔无奈地摇了摇头……

28

夜。许瑜暂时借住的那个小屋。

她的情绪好像已恢复了些，正坐在灯下神情散漫地看一本书。

小双这时推门进来，开朗地对许瑜：小瑜，你不能总闷在屋里，你该重新振作起来做点事，我们家开了个烩面馆，你要愿意的话，可以去我们家的烩面馆里洗洗碗、打打杂，让我爹给你开点儿工钱，你也算有了经济来源，咋样？

许瑜默想了片刻，点点头：谢谢你，小双……

29

白天。一个很小的烩面馆。

一些普通的市民在店里吃饭。

救许瑜的那个年轻女子小双正在收款台前收款。

许瑜在旁边的洗碗池上洗着碗盘。

她神情忧戚，满头是汗……

30

白天。文化局管弥的办公室。

管弥正在用笔批阅着什么。

小汤走进来：管局长，那个朝晖书店的经理宛强来说，他们的消防设施已经安装好，让我们和消防部门去一起验收，而后准许他恢复营业。

管弥：可以，跟他约好时间，我和你们一起去。

小汤：中！

31

白天。朝晖书店门外。

宛强恭敬地站在门外。

几个消防人员和管弥、小汤及另外几个干部相继走下轿车。

宛强迎上前去。

宛强看见管弥时一愣。

管弥倒是神色不变地高声招呼：宛经理，你好呀！

宛强尴尬地点点头：管局长好。

一行人随宛强走进书店。

32

白天。朝晖书店里。

宛强、小二、大冬正在给消防人员和小汤他们讲着什么，并指着几处地方让他们检查。

管弥在书架前漫不经心地看着，他趁众人都不注意的时候，迅速地从他的真皮手袋里掏出两本书插进书架的一排书里。

没有人注意到他的举动。

管弥向书店门外走去。

33

白天。朝晖书店。

管弥正倚在自己的车前吸着烟。

一个好看的烟圈从他嘴里喷出来。

检查消防设施的一伙人这时由店里走出来。

其中一个消防人员高声地对管弥：管局长，经验收合格。

管弥笑眯眯地：合格就让人家恢复营业嘛。

跟在后边的宛强听了这话长吁了一口气。

管弥这时突然地：小汤呀，最近上边不是让检查盗版书吗？你们既是已经来了，就顺便把朝晖书店仔细查一次，免得以后人家营业了，你们又来折腾。

小汤：是。

宛强闻言急忙点头：对，对。

小汤领着几个人又一次反身进了书店。

34

白天。书店里。

小汤和他带来的几个人在仔细地沿每个书架检查着。

一架又一架。

宛强紧紧跟在后边。

一个检查人员走到了管弥刚才放书的那个书架前。

宛强信誓旦旦地：本人绝不搞违法经营！

一个检查人员突然高叫：看，这里有两本盗版书！说着，从架上抽出了管弥刚才放上的那两本书翻看，边翻边肯定地：盗版书，肯定是盗版书，省厅通知下来要严厉打击的就是这两本书。

小汤上前接过一看：是的！

宛强见状急忙上前去看，一时也被惊住。

小汤跑到门口向外喊：管局长！

管弥应了一声，大步走过来，站在了门口：怎么了？

小汤递上那两本书让管弥看。

管弥认真地翻看。

宛强紧张地看着管弥。

管弥抬头转向宛强惋惜地：哎呀，宛经理，你怎么敢卖这种盗版书呀？

宛强一时弄不明白地：可能是我们进货时疏忽，夹进来的，管局长，我们绝不是故意要卖这种盗版书的——

管弥叹口气：你这就让我不好办了，为提高打击盗版的力度，按照上边的规定，凡是卖盗版书的书店，一律查封，你说我该怎么办？

宛强着急地：别，别查封，罚我的款都行！

管弥：我无法向上边交代呀！这样吧，先查封，以后你再申诉吧！说罢，把那两本书递给小汤：保存好证据，先查封！

小汤坚决地：是！

宛强震惊地看着管弥走向他的轿车……

35

晚饭时分。许玫家。

管弥兴冲冲地推门走进来，喊了一声：拿酒。

正在往饭桌上摆饭的许玫抬眼看他。

管弥：我把那小子的书店封了！他不是仗着赚了几个臭钱显摆吗，我封了他！

许玫不放心地：他能让你封？

管弥：封条已经贴了，我制得他哑口无言，有苦说不出！

许玫高兴地：好，我陪你喝！边说边从柜子里拿出一瓶酒来……

36

晚饭时分。朝晖书店门口。

宛强蹲在那里，默望着贴了封条的店门。

站在一旁的大冬拍着自己的脑袋：我对进那两本盗版书怎么没有一点印象？

小二也回忆着：会不会是进大批书时夹在书捆里带进来的？

宛强叹了口气：罢了，别去想那两本书是怎么来的，即使没有那两本盗版书，这个店也是不能开下去了！

大冬：为啥？

宛强冷笑一声：因为我让有些人心里不痛快了！

小二显然明白了哥哥的话，紧张地：那咋办？

宛强：咋办？府城不让干，咱换个地方，到省城去干！

大冬：这店里的这么多书咋整？

宛强：只有吃点亏，转让给其他卖书的人了。

小二心里没底地：到省城能行？

宛强：这年头，只要你肯干，就没有干不成的事！

37

白天。许瑜打工的那个小饭店。

许瑜正在洗碗池旁默默地洗着碗盘。

汗水湿了她的衣衫。

她不时撩一下汗湿的鬓发。

小双由外边走进来高兴地：小瑜，知道吗，折腾你的那个宛强，他办的朝晖书店被查封了！

许瑜的双眸一跳。

小双：该让那小子吃吃苦头了！

许瑜无语。

小双：政府替你雪了恨，你该高兴呀！

许瑜依旧无话，只是重又低头去洗碗。

她洗了几下，又不自觉地停了手，直直地盯着窗外……

38

白天。朝晖书店。

小汤正神气活现地对宛强：经文化局领导批准，同意你将朝晖书店内的书籍转让他人的请求。说着，伸手撕了店门上的封条。

宛强带了嘲讽地：谢谢。

一个老板模样的男子这时走过来问宛强：宛经理，我可以让人来拉书吗？

宛强点头。

那人朝停在远处的两辆卡车的司机招手：过来！

车上的搬运工人跳下车，大步向店门走去……

39

白天。宛强住处。

宛强正在往提箱里收拾自己的东西，显然在做走的准备。

他不时停下来，去看一眼墙上挂着的一幅不大的他和许瑜的合影。

照片上的许瑜笑得那样美好。

许瑜在宛强的注视下袅娜着走下照片,向他走来。

宛强那冰冷的脸上出现了一抹笑容。

他急忙伸出手去。

许瑜的笑影倏然而失。

小屋里又恢复了空旷。

宛强的笑容一下子冻结在了脸上。

他重又开始收拾东西,往提箱里扔着衣物……

40

傍晚。叔叔家。

叔叔正在院子里保养他送煤球的板车。

宛强提着提箱走到他身边。

全神贯注的叔叔竟没有发现宛强的到来,仍在忙着。

宛强蹲在叔叔的身边,默然看着他忙。

叔叔在扭身拿一把钳子时,忽然看见了宛强:嗨,小强来了。

宛强:叔,你忙完了再说。

叔叔看了一下他放在旁边的提箱,意外地:咋,要出门?

宛强:我要去省城了,想在那边干点事。

叔叔担心地:到那么大的地方去,能行?

宛强:不论多大的地方,总是需要人干事的,况且咱现在已经不是穷光蛋了,已有了点干事的本钱!

叔叔叮嘱地:到大地方去,不论办啥事都要多加小心。

宛强点头表示明白,然后低低地开口:叔叔,有件事想麻烦你。

叔叔:这孩子,跟我还见外,有啥事,说呗。

宛强从衣袋里掏出一沓钱递到叔叔手上:这个请你以后见了许瑜,交给她,你就说是你给他的,别提我的名字就行。

叔叔:她现在住在哪儿?

宛强摇头:不知道,我也不想知道,待我走了以后你再找找她吧!

41

夜。府城大街。朝晖书店门口。

街上已渺无人迹,只有昏黄的路灯和偶尔一辆疾驶而过的汽车。

许瑜沿街由远处慢慢走过来。

她在书店门口停下步子。

她定定地望着书店店门。

门上被撕了一半的封条在夜风里左右摇摆。

她一步一步走近门板,抬手用手指抚着两扇紧闭的门。

借着街灯透过门上面的玻璃窗,能看见屋子里空空荡荡。

她望着木门,往日书店营业时的盛景又在她眼前慢慢浮现出来:

络绎进门的顾客。

搬书的大冬。

收款的小二。

满面笑容的宛强由屋里走出来。

一辆汽车猛地由大街上呼啸而过,那响声把许瑜从幻景中拉出来。

她的眼前又只剩下那两扇一动不动的木门。

她定定地站着……

42

夜。府城火车站。

一列夜行客车正停靠在站台旁喘息待发。

宛强提着提箱正与小二、大冬、小三握别。

大冬:宛总,你去了省城可别忘了我,我还等着跟你一块赚钱呢!

宛强笑笑:放心,只要我一站稳脚跟,立马就通知你和小二去。接着拍了拍小二的肩膀:照顾好小三,让他好好读书!

小二:放心,哥!只是你自己要多保重!

开车铃响,列车长长地叫了一声。

宛强转而登车。

大冬大声地:宛总,我们还能有个书店吗?

在列车的启动声中,宛强高声地:会有的!

长长的一声汽笛……

第七集

1

白天。省城。

车水马龙的省城大街。

大街一侧的一个电话亭里，宛强正在拨电话。

他的腿边放着他的提箱。

他对着话筒：是万史翰教授家吗？

2

白天。中原大学万教授家。

万教授捏着话筒：请问你是——？

话筒里的声音：我是从府城来的，叫宛强，你还记得我吗？

万教授对着话筒：宛强——噢，我想起来了，那本《御览秘存》就是你保存下来的！你现在在哪里？车站附近？快来我家，我们聊聊……

3

白天。万教授家门口。

万教授热情地握住宛强的手：小伙子，越长越精神了，请，快请进！

4

白天。万教授书房。

一张小几，两张藤椅，万教授与宛强对几而坐。

宛强望着万教授四壁书架上的书，惊叹道：你个人的藏书真多呀！

万教授笑着：干啥喜欢啥，我教书、写书，自然得有点书放在手边了，说说我们分别后你的简况。

宛强笑笑：我用省图书馆给的那笔钱开了个书店，以卖书刊为生。

万教授：好呀，在写书的和读书的人之间当一个使者，这可是功德无量的事，只是你赚到钱了吗？

宛强：赚到了一些。

万教授笑道：好，赚到钱了就可以改变家里的生活景况。那这次到省城来，是为了进书还是另有他事？

宛强：我是想来省城发展。

万教授略略有些意外：到省城怎么发展？已经有设想了吗？

宛强：具体的设想还没有，不过我熟悉的恐怕也只有卖书这个行当了。

万教授沉吟道：我平日只是教书、写书，与省城里卖书的人还真是很少打交道，我对这个行当不熟，不过不要紧，我夫人在省人民出版社当编辑，我女儿小润在省电视台"读书时间"节目当主持人，她们也许能知道这方面的信息，会给你些帮助。

宛强：给您添麻烦了。

万教授：哪里，哪里，这是应该的，不要忘了，我们对书有共同的爱好！这样吧，我领你先去学校招待所里住下，吃饭时你来我家，我们再边吃饭边计议，如何？

宛强：中，中。

5

傍晚。中原大学招待所。

308室，宛强正站在窗内向外看着。

不断有学生从楼前走过，欢声笑语一片。

宛强新奇地观察着对他来说十分陌生的大学生活图景。

门外响起了敲门声。

宛强转身上前开门，门拉开后，宛强眼睛一下子睁大，一个气质高雅、异常美丽的姑娘——万教授的女儿小润站在门前。

宛强：你找谁？

万小润咯咯笑了：如果我没猜错，你就是我爸的客人宛强吧？！

宛强立时明白了来人的身份，急忙点头：对，对。

万小润大方地伸出手：来，认识一下，我叫万小润，万史翰的女儿。

宛强急忙伸出手，轻轻握了一下对方的手指。

小润开朗地：我爸已经向我介绍了，说你是个对书有感情的人，而且有眼光，把《御览秘存》散失的部分保存下来了。

宛强急忙摆手：我哪有什么眼光？有眼光的是你爸呀！

6

晚饭时分。万教授家餐厅。

不大的餐厅里布置得温馨雅致。

万家三口和宛强坐在餐桌前。

四壁的书画和桌上的餐具样式，都在显示着主人的品位。

万夫人把菜摆好把酒斟好之后，小润转向爸爸笑道：下面，请万家的老板致辞。

万夫人拍了一下女儿的手：少贫嘴！

万教授举起酒杯笑着：来，来，欢迎小宛来做客。

宛强举杯与万家三口人碰杯。

一杯饮过，万教授望着妻子和女儿笑道：小宛这次来省城，是想做些书的生意，你们二位可有什么帮助他的主意？

万夫人沉吟着：要说现在卖书，倒也是个发财的路子，不过那得卖畅销书，通常是些武打言情小说之类，我所在的出版社出的书，都是些严肃的科研方面的著作，很难卖出去，我就是给社里说说让你代销，恐怕也很难让你赚钱。

小润立刻笑着反驳妈妈：那也不一定，南方有一家出版社出版了一位理论物理学家关于黑洞的研究著作，在全国卖出了上百万本，得赚了多少钱？关键要看准书，再加上大力宣传。

万教授点头：小润说得也有道理，一本书是否好卖，要看市场接纳的程度和宣传的力度。

小润转对宛强：在宣传上，我倒可以帮帮你的忙，我在省电视台"读书时间"节目当主持人，你的书只要有品位，上我们的节目应该没问题！

宛强急忙举杯敬酒：真不好意思，我这一来，让你们全家都替我操心。说着与万家三口人一一碰杯。

万教授放下酒杯，沉思着：我最近写了一本历史研究方面的书，书名叫《迁都北京》，主要讲明王朝把首都迁往北京前前后后的事情，不知这本书能不能卖出去，真要能卖出去，我就委托你来办发行，赚的钱都是你的！

万夫人：小宛可以先做点市场调查，如果真能卖出去，我就负责编辑出版这本书，我们出版社现在也放开搞活了，在发行上可以包发，就是合作出版发行。你编辑的书，社里也要有利润，你再多发，收入都是你自己的。

宛强急忙点头：行，我先就这本书的市场需求情况做点儿调查，有了结果再说。来，为了感谢你们全家的真诚相助，我再敬一杯……

7

夜。中原大学招待所308室内。

宛强正伏案写着什么。

他全神贯注，不时凝眉沉思。

8

白天。省城大街，一家刻字打印店里。

一张张写有"你愿读这本书吗？"的调查表正从打印机里涌出来。

宛强站在打印机前……

9

白天。一家商场里。

宛强正在向购物的顾客们发放那张调查表。

他边发边叫：欢迎填写寄回这张表，寄回表格的人都将获赠一本《迁都北京》的好书……

10

白天。宛强曾去过的那家大型图书批发市场里。

宛强正在向书商和来批发的人发放那张调查表。

他边发边叫：欢迎填写、寄回这张表格，凡寄回表格的人都将获赠一本《迁都北京》的书并有可能发财……

11

叠印：

一家饭店大堂里，宛强正在发放那张调查表……

一家剧院门前，宛强正在发放那张调查表……

火车站候车室，宛强正在发放那张调查表……

12

清晨。中原大学万教授家门前花圃内。

万教授正在悠然打着太极拳进行晨练。

宛强兴冲冲地由远处走来，他分明想张口喊万教授，可看见对方那种入神打拳的样子，又急忙噤口。

他站在一旁，静静看着对方打完拳收势，这才叫了一声：万教授。

万教授看见宛强，热情地：是宛强呀，起这么早？

宛强高兴地：你那本书的市场调查结果有了，65%的被调查者表示对这本书感兴趣；51%的被调查者表示愿意买这本书；在愿意买书的人中，80%的人希望这本书的价格在20块钱以内。详细的结果在这里。边说边递过去一张纸。

万教授接过看了一阵，沉沉一笑：好呀，没想到是这样一个市场前景。我原来只怕出版社让我自费出版，所以稿子迟迟没送到出版社。说罢，拉着宛强：走，进屋说！

13

早晨。万家客厅。

万教授兴奋地举着那张纸对夫人说着什么。

万夫人也高兴地笑着。

万夫人对宛强说着什么。

宛强用心听着，并不住地点头……

14

白天。一栋挂有"中原人民出版社"牌子的楼房。

万夫人领着宛强走了进去。

15

白天。一间挂有"总编辑"牌子的办公室。

万夫人和宛强正与总编辑——一位中年男子握手落座。

万夫人：郑总，我丈夫写了一本史学研究著作，书名叫《迁都北京》。他这两年边写边让我读，我站在一个编辑的角度看，是一本颇有价值的书，他很愿意在我们社出版，不知你意下如何。

郑总客气而谦和地：万教授写的东西，我看过也不是一回了，我非常钦佩他的功力，加上又经你这个资深编审看过，由我们社出版这本书肯定是没问题的。只是你也知道，如今是市场经济，对这类不赚钱且很可能赔钱的书，我们出版时很慎重，恐怕需要万教授负担一些费用。说着，不好意思地笑了。

万夫人：我完全理解郑总的这种要求，不过现在这位年轻人愿意负担这本书的全部印制费用并愿意负责发行这本书，你觉得可以吗？边说边指了一下宛强。

郑总高兴地：那当然可以。如果是这样的话，我可以立刻同他签合同。边说边转而看着宛强：年轻人，你真的不怕赔钱吗？

宛强坚定地：即使赔钱我也愿意做这本书！

郑总：那好，那咱们就说定了。跟着转向万夫人，请把书稿留下，我再翻阅一下，例行一下审稿手续，我们就可以签合同了。

万夫人急忙递上书稿。

郑总起身同万夫人和宛强握别，在握住宛强的手时，含着笑：我很佩服你这个热心学术著作出版的年轻人！

宛强只是笑笑。

16

晚。万教授家客厅。

万家三口人和宛强分坐在沙发上。

万夫人把两份合同书递到宛强手上：小宛，这是两份合作出版《迁都北京》的合同书，我们出版社领导已经签过名了，你可以签了。

宛强从口袋里掏出笔来，拧下笔帽。

万教授忽然伸出手：等等，小宛。

宛强有些诧异地抬眼看他。

万教授：小宛，说实话，我很希望你在这两份合同上立刻签上名字，因为这样，我的书就会很快印出来，但作为忘年交的朋友，我还是想在你签名之前，再次提醒你要认识到你签了名字的严重性，你一旦签了合同，就要履行，这就是说你要投进去不少钱哩，尽管你做了市场调查，可万一这种调查并没有真实反映市场需要，你投进去的钱收不回来可怎么办？你要有赔钱的准备呀！

宛强：我自信不会赔钱，要真是赔了，我也认。

小润也有些担忧地：到那时你再埋怨我爸妈可怎么办？

宛强笑道：如果赔钱，我说你爸妈一个不字，你可以用这个戳我这儿！边说边把桌上削苹果的一把刀子朝小润递过去，同时指了指自己的胸口。

小润笑了，眼睛里闪过一丝晶亮得近乎钦佩的东西。

万夫人：小宛，你算过没有，印这本书你究竟需要投多少钱？

宛强：我算了一下，如果印上3万册的话，我大概要投12万块钱，加上宣传费和其他费用，总数在15万块钱左右。

万教授：你有这么多钱？

宛强从胸衣口袋里摸出一张存折，打开放在茶几上，这是我这次来省城时带来的，一共是16.3万元，足够了。

万教授摇了摇头：万一赔进去，你以后怎么生活，到那时你即使不埋怨我们，我们心里也不安哪！

宛强：我和书打交道的时间虽然没您长，但我对书的价值有一种直觉，我相信我的这种直觉。我这些钱其实也是您当初帮我赚来的，没有您发现《御览秘存》那本书的价值，我也不会有这么多钱，真要赔到你身上，我也愿意，就这样，我签了！说着，翻开合同书就签了起来。

万家三口人都默不作声地看着他签字。

签完后，宛强扔下了笔，将其中一份拿在手里站起身，他望着万教授：签合同是一件高兴的事，你们怎么都这样严肃？

万教授不自然地笑笑，叹了一口气：孩子，这可是风险投资呀！

宛强笑着：舍不得娃子套不住狼！

小润双眼一眨不眨地盯着宛强……

17

　　白天。一个挂有"浩生装帧设计工作室"牌子的房子。

　　宛强手拎一个提袋走了进去。

18

　　白天。浩生装帧设计工作室室内。

　　四壁悬挂着各种各样图书封面的设计稿。

　　宛强正对一个长发披肩的男子——青年装帧设计家：我这本书的封面要给人一种庄重大气之感。边说边从提袋里掏出一叠资料。

　　那男子拿过资料去看……

19

　　白天。一个挂有"润派印刷厂"的院子。

　　宛强拎着一个提袋走了进去。

20

　　白天。润派印刷厂厂内。

　　一个印刷厂的工作人员正对宛强：排版已经结束，内文用纸请你最后选定一下。说着拿出一叠纸样。

　　宛强认真地挑选着……

21

　　白天。一个挂有《中原晚报》广告部牌子的房子。

　　宛强走了进去。

22

　　白天。《中原晚报》广告部内。

　　宛强正对一个工作人员：我想在本月28日做一本书的销售广告。边说边递过去一张纸。

　　那工作人员接过去认真地看着……

23

正午。府城。

送煤球的宛强叔叔正拉着板车沿街走着。

他的目光忽然一定，停下了脚步。

镜头拉开才明白，原来他看见许瑜正从对面不远处走过来，进了街边她打工的那个小饭店。

宛强叔叔急忙拉车向那小饭店门前走去。

24

白天。许瑜打工的小饭店内。

叔叔走了进来。

他看见许瑜正在洗碗池里洗着碗盘。

他走上前轻叫了一声：小瑜。

许瑜抬脸，一时有些手足无措，轻喊了声：叔叔。

叔叔叹口气：孩子，你现在住哪里？

许瑜摇摇头，显然不愿说。

叔叔轻声地：那你先忙吧。

25

晚。许瑜打工的小饭店外。

叔叔手攥着一沓钱蹲在街边的一棵树下。

他的眼睛直看着小饭店门口。

下了班的许瑜向她租住的院子走去。

叔叔起身跟了过去。

26

晚。许瑜租住的房子门口。

许瑜打开门锁刚要推门进去，背后传来了叔叔的一声轻唤：小瑜。

许瑜一怔，回过头来，看见是叔叔更是意外：有事，叔叔？

叔叔把手里的那沓钱递过来：这是宛强走时让我交给你的！

借着邻居家漏出来的灯光，许瑜看清了那是一沓钱，许瑜脸上立时一冷，把叔叔的手猛地一推：不要！

叔叔摇摇头：宛强走时告诉我不要说这钱是他给的，可我要说是我给的，你也不会信。这样吧，这算是叔叔的一点心意，与宛强没关系，你收下吧。你用这钱想点别的生活法子，别再去洗碗了，那活儿太累。

许瑜一边进屋拉开灯一边冷然地：不要。

叔叔只好将那沓钱往屋里的一张小桌子上一扔，转身就走。

许瑜先是一愣，后急忙拿了钱追出院门。

叔叔已经走远了……

27

白天。一个挂有"中原图书大厦"牌子的大楼。

宛强走了进去。

28

白天。中原图书大厦内。

宛强正对着一位中年男子：经理先生，我是中原人民出版社的发行销售代表，我们这本书本月28日隆重推出。边说边递过去一叠资料。

那位经理：你的意思是到时候放一批书在我们这儿卖，卖出后我们分账？那分账的比例是——？

宛强说了一句什么。

那位经理先是一惊，随即拉着宛强的手向一个挂有"书记"牌子的办公室快步走去……

29

白天。中原图书批发市场。

宛强熟门熟路地走进去。

一个挨一个的批发摊位。

他向一个个摊主耐心地说着什么，并给他们分发着一些资料……

30

天已黑透。大街一边。

宛强满脸疲惫脚步踉跄地走着。

31

夜。中原大学招待所宛强所住的房间内。

宛强正在灯下吃着一碗方便面。

他吃完饭还没放下手中的筷子,便坐在椅子上打起了盹。

他发出了沉沉的鼾声。

外边走廊上传来了一个人的喊声,惊得宛强身子一颤,醒了。

他睁开眼向一直开着的电视机看去。

打开的电视上这时忽然出现了万小润主持节目的画面。

宛强精神一振,瞪眼看去。

屏幕上的小润正容光焕发地向观众介绍着一本书。

宛强看得有些发呆……

32

清晨。润派印刷厂大门口。

一辆装满了书的卡车驶出了大门。

宛强坐在驾驶室里,正有些兴奋地翻看着那本刚出的新书《迁都北京》。

33

白天。中原图书大厦内。

一批《迁都北京》的新书摆上了书架。

宛强把一张很大的发行广告用透明胶布粘在了书架旁,广告上用大字写着:

你想知道1406年中国发生的最大一件事是什么吗?

你想明白这件事发生的前因吗?

你想了解这件事的重要意义吗?

如果想,那就看看这本书!

一些顾客朝书架围过去。

开始有人掏钱购买……

34

白天。中原图书批发市场大门口。

宛强带着卡车驶进了大门。

35

白天。中原图书批发市场内。

宛强在一个摊位一个摊位地给摊主们送书和广告。

批发商们很感兴趣地翻着书……

36

晚饭时分。万教授家门口。

满脸疲累的宛强抱着一摞书按响了门铃。

门开了,万教授出现在门口。

宛强歉意地:万教授,书是早上出来的,我因为忙着给各发行点送书,这会儿才把样书送来。

万教授高兴地:早一点晚一点没什么不得了的,快进来!

37

晚饭时分。万家客厅。

万家三口人每人都拿着一本书在高兴地翻着。

万教授:不错,不错,这是我出版的所有著作中,在装帧设计上我最满意的一本。

万夫人:真是出乎我的意料,印得非常好。

万小润喜悦地:超出了我的想象。

宛强仰靠在沙发上淡淡地笑着。

万教授关切地转向宛强:今天开市怎么样?

宛强:大部分书都送出去了,午饭后反馈来的销售情况还行,下午的情况还没收集——话未说完,他的手机突然响了。

宛强打开手机，手机里传出一个男子的声音：是宛强先生吗？我是中原图书批发市场的七号摊位，我想再要300本《迁都北京》，请明天早饭后务必送来。

宛强高兴地：放心，保证按时送到！

万教授一家三口人都看着宛强。

宛强放下电话笑着：有人要求添货，这是个好兆头。

万教授喜悦地转对妻子：老婆子，上菜，我要和宛强喝几杯！

小润先起身：我去拿酒！……

38

晚饭后。中原大学招待所宛强住室内。

宛强正在洗脸，手机响了。

宛强匆匆擦手，走过来打开手机。

手机里的声音：是宛先生吗？我是中原图书大厦，我们希望你明天再送2000本《迁都北京》。

宛强欢喜地：中！……

39

晚饭后。万教授家。

万教授仍在满脸笑意地翻着他那本书。

小润坐到爸爸身边，笑着：爸，爱不释手了是吧？

万教授拍拍女儿的肩膀：这个宛强，像个能干大事的人，你说是吧？

小润真诚佩服地点头：是的。同时，宛强的身影在她眼前一晃，一丝羞意出现在了她的脸上……

40

白天。省城大街。

一辆装了书的小型卡车在大街上行驶。

宛强坐在副驾驶座上。

手机响了。

宛强打开手机。

手机里传来声音：宛先生，我是图书批发市场12号摊位，我想再要3000册《迁都北京》。

宛强满脸喜色地：正在加印，明天下午就可送到。

手机里的声音：可不要误了时间。

宛强重新拨号，对着手机：润派印刷厂的马厂长吗，《迁都北京》加印30000册，要快……

41

白天。润派印刷厂。

印刷机在飞快运转……

新印出的《迁都北京》一书正在装订打包……

42

白天。一间挂有"读书节目部"铭牌的大办公室。

万小润正在自己的办公桌前忙着什么。

桌上的电话响了。

小润拿起话筒：这里是省台读书节目部，请问是哪位？

电话里的声音：我是宛强，原谅我打扰你。

小润略有些意外地：有事？

43

白天。一座挂有"中原电视台"牌子的大楼门口。

宛强正对着手机：我有一件事想找你商量，中午可以请你吃顿饭吗？

44

白天。小润办公室。

小润对着话筒爽快地：当然可以。

45

中午。一家干净雅致的餐厅。

宛强和小润相对而坐。

桌上摆了饭菜。

小润：说吧，什么事这么郑重其事的？

宛强：我想在你们的"读书时间"里为《迁都北京》做个节目。主要是请几个读者谈谈他们读了这本书的收获和对这本书价值的认识。

小润略加思考后：如果是别人写的书，我现在就可以立刻答应你，因为这是我爸爸的书，所以我还要先请示一下头头。

宛强：如果你们头头有些犹豫，你告诉他，我可以提供赞助费！

小润盯着宛强看了一霎，笑了：你这人办事有股不达目的不罢休的劲头，佩服！这样，你等我的电话吧！……

46

晚。中原大学招待所宛强所住的房间。

宛强正身穿短裤和背心，趿拉着拖鞋伏在桌上用计算器算着什么。

响起了敲门声。

宛强边按着计算器边应了一声：门没插，把暖水瓶放到门后桌上就行。他显然以为是送开水的服务员来了。

门被推开，进来的却是装束淡雅的小润。

宛强没有抬头，只说了声：放下吧，谢谢。

小润笑了：要我放下什么？

宛强闻声扭头，看见是小润，慌乱得急忙去找裤子，边穿边道歉：对不起，对不起。

小润：这儿又不是办公室，没必要穿得那么一本正经。边说边看着宛强强健的身子。我来是为了告诉你，做节目的事定下了。

宛强提着裤子高兴地：是吗？

小润提醒地：你要穿就把它穿好。

宛强更加不好意思手忙脚乱起来……

47

晚。中原电视台"读书时间"节目直播现场。

小润正拿着话筒主持节目：我们今晚讨论的书是《迁都北京》……

三位衣饰讲究的读者坐在那里依次说着什么……

48

火车站广场上的大屏幕。晚。

"读书时间"节目正在播出。

站在广场上观看节目的人成千上万……

49

中原图书大厦内。白天。

读者们在争相购买《迁都北京》……

50

晚饭后。万教授家门前。

宛强提着一个鼓鼓囊囊的提包走了过来。

他按响门铃。

万教授夫人打开了门,见是宛强,高兴地:快请进,小宛。

51

万家客厅。晚饭后。

宛强望了望万家三口人,什么也没说,只是低头刺啦一下拉开了他拎来的提包。

万教授有些诧异地:小宛你这是干啥?

宛强依旧无语,只是把两捆百元大钞从提包里拿出,啪地放在了万教授面前。

万教授吃惊地:钱?你拿这么多钱干啥?

宛强笑了:给您呀!这是按照合同完税之后您应得的21万元稿费呀!

万教授眼瞪大了,震惊地:怎么可能?怎么可能?你应该留下的!

万夫人和小润也都惊在那儿,显然谁都没想到会得到这么多钱。

宛强淡淡地:我当然也有,而且比你的还多很多!扣去全部成本,我完税之后,净盈利103万!不客气地说,我已是百万富翁了!

万教授不相信地摇着头:小宛,孩子,你是想让我高兴,我知道。

宛强从衣袋里摸出一个存折，展开递到了万教授手上：您看看！

存折上的数字特写：1030000.00。

万教授抓住宛强的手，缓缓地摇着：小宛，你太让我吃惊了！

万夫人和小润都惊喜地看着宛强。

宛强：万教授，中国的图书市场是一个大海，我们这次只是在海的一角掀了几个小波浪，这个领域能做的事还有很多。

万教授转向女儿：小润，想个庆祝的法子，我们得庆祝庆祝，这是宛强的胜利，也是我们家的胜利。爸爸写了一辈子书，这是社会给我回报最多的一次。

小润笑着：我去买挂鞭炮放放？

万教授：俗了，俗了，另想个法子！

万夫人也笑了：那就明天去饭店吃一顿！

万教授又摇着头：也俗，也俗，再想，再想。

小润：要不咱们去跳舞吧，今晚中原大学学生会办有舞会！

万教授双手一拍：好！跳舞，跳舞！跟着转向宛强：会跳吧，不会跳也不要紧，让小润带带你！

52

晚上。一个很大的舞厅。舞乐悠扬，彩灯闪烁。

无数对青年学生和教师在随音乐起舞，气氛欢快。

万家三口人和宛强走进来。

万教授立刻搂住老伴的腰，旋进了舞池。

小润也朝宛强伸出手来。

宛强稍稍有些拘谨，伸手搂住了小润的腰。

两个人也缓缓旋进了舞池。

小润欢乐地笑望着宛强的眼睛。目光里分明含着一丝情意。

宛强的身体慢慢放松，舞姿也和小润一样，变得优雅起来。

周围的人们开始注意到这一对舞得优美默契的男女。

一曲终了。

乐队奏起了霹雳舞曲。

被勾起舞兴的宛强完全放开了，开始下舞池随心所欲地跳起来。

人们为他鼓起掌来。

正在喝水歇息的万家三口人也都被宛强的舞姿吸引住，惊奇地看着。

小润显然没想到宛强还有这一手，面露惊讶和欣喜……

53

府城许瑜打工的那个小饭店。白天。

许瑜仍在洗着碗筷。

早先救她的小双走过来，把一张报纸伸到许瑜脸前：没想到，宛强这小子在省城卖书又发了！

报纸上有一行黑色大字题目：宛强包发《迁都北京》创出图书发行新纪录。

许瑜眼都没斜，照样干自己的活。

小双把报纸放到了一边。

54

府城许瑜打工的小饭店。夜。

已经打烊的饭店里只有几个雇工准备下班。

满面疲惫的许瑜脱下工作服，换上自己的衣服。

她环顾了一下四周，趁人不注意，急忙把小双扔在桌上的那张报纸捡起来塞进了衣袋。

55

府城大街。夜。

一根路灯杆下，许瑜站在那儿，就着路灯光默默看着那行标题：宛强包发《迁都北京》创出图书发行新纪录。

她长久地盯着"宛强"那两个字。

一阵夜风呼地吹过来，将那张报纸从中间吹裂……

第八集

1

省城一家轿车市场。白天。

宛强在一辆辆轿车前穿行察看。

他最后停在了一辆马自达车前。

他问售车小姐：自动挡的？

那小姐点头：全自动，傻瓜都会开！

他拍了一下车门：就是它了！

2

一个挂有"驾照办理"的办公室。白天。

宛强走了进去。

3

驾照办理处，室内。白天。

宛强把一个装了钱的信封塞到了一个工作人员的衣袋里。

那工作人员笑着：驾照我可以给你办，但命可是你自己的！

宛强：放心，我死了我自己负责！

4

白天。公路上。

路旁的牌子上写着：省城—府城。

宛强驾着那辆新买的马自达轿车摇摇晃晃地在路上行驶。

他开的车不时把别的车吓得急忙躲开。

一个差点被他撞上的司机摇下车窗愤怒地朝他叫：找死呀！

宛强不恼，只是笑笑，继续很不熟练地驾车奔着……

5

府城宛强原来所住的房子门前。傍晚。

宛强开着他的马自达轿车过来停在了门前。

叔叔这时拉着他送煤球的地板车走了过来，他只是瞥了一眼轿车，显然没想到这轿车与自己有什么关系。宛强这时拉开车门走出来叫了一声：叔叔。

叔叔吃惊地扭过头来：宛强？你开的这车——？

宛强点头：对呀！

叔叔伸手摸了摸那锃亮的车壳叹道：天哪，咱宛强也有轿车了！跟着转向院里叫道：小二、小三！

小二、小三闻唤跑了出来。二人几乎同时惊喜地：哥哥？！

宛强拍拍身边的马自达：怎么样？这辆车？

小二不相信地：你买的？

宛强骄傲地点头：难道还会是别人的？！

小二立刻高兴地拉开车门坐了进去，鸣的一声按响了喇叭。

宛强对叔叔：今晚咱们全家到府城大酒店吃饭，你叫上婶子和大壮、二壮。又对小二、小三：把大冬也叫上！

叔叔嗫嚅地：干吗那么破费？！

宛强：你侄儿有钱了，破费一点儿没关系！

6

夜。府城大酒店，霓虹闪烁，乐声悠扬。

酒店内一个包间，宛强、小二、小三、大冬和叔叔全家人围坐在一张大圆桌前。桌上摆了丰盛的酒菜。

宛强端了一杯果汁起身：我因为开车，不能喝酒，叔叔、婶子、大冬你们都要放开，喝他个一醉方休！

大冬高兴地举杯：没想到大哥这么快就发了财！小弟高兴，干！他喝下了杯中酒。

叔叔和婶子显然没经过这种场合，坐得十分拘束不自在。

宛强把酒杯端到了他们面前。

叔叔和婶子笑笑，接过杯喝了。

大冬：大哥，你下一步有啥打算？

宛强：还开书店！

大冬：在哪里开？

宛强：省城！

大冬殷切地：能不能让我和小二去帮忙？

宛强：我这次回来的一个目的，就是接你和小二去！

大冬一击掌：太好了！哎，我想起了一个主意，大哥明天把你的轿车开到管弥那个破局长家门前，他当初治咱，咱让他看看大哥今天的派头，也气气他！反正咱们将来不在府城干，他也管不了咱们了！

小二拥护地：好！

宛强笑笑算是默许……

7

正午。管弥、许玫家门前。

宛强开着他那辆马自达轿车过来，在离管家很近的地方停下了。

大冬坐在副驾驶座，小二坐在后座。

呜——大冬伸手按响了喇叭。

宛强笑笑，未加阻止。

呜——大冬又按了一下，响声长长的。

呜——大冬再按一声。

8

正午。管弥、许玫家里。

管弥、许玫和小汤等几个人正在收拾屋里的东西。

管弥听见门外又传来一声汽车的喇叭响，很烦躁地：谁的车，怎么喇叭总是响？边说边拉开门走了出去。

9

正午。管弥、许玫家门外。

管弥对着宛强的车叫道：怎么总按喇叭，烦不烦？

大冬打开车门下车，高声地朝管弥：叫什么叫？我们宛总试试他的车喇叭，怎么了？

管弥皱起了眉毛：宛总？

大冬：宛强总经理！怎么了？喇叭都不让试了？

小汤这时出门，息事宁人地对大冬：好了，好了，试过就走吧，我们管局长正在收拾东西准备搬家，忙着哩！

大冬不由自主地：搬家，往哪里搬？

小汤不高兴地：快走！往哪里搬还需要告诉你？！

宛强又长长地按一声喇叭，示意大冬上车。

大冬上车，宛强再按一声喇叭，才把车开走。

10

管弥、许玫家。正午。

管弥：这个宛强又当什么总经理了？

小汤：很长时间没见这小子了，他跑到了哪里？

许玫生气地：不要提这个名字，我恶心！……

11

晚。滨河宾馆大厅。

宛强送大冬、小二向宾馆大门外走。

大冬：大哥，你回府城能住到这宾馆里，真给我们兄弟长脸！

宛强笑笑：走，我开车送你们回去！

大冬推辞地：不用了，你早点歇息。

宛强拍拍大冬的肩膀：走吧。

12

夜晚的府城大街。路灯昏黄。

宛强开车送大冬、小二回家。

车内的音响轰响着。

大冬高兴地摇下车窗，跟着音响走腔走调地高声唱着：妹妹你大胆地往前走呀——

正在开车的宛强原本满脸傲然的笑意，突然两眼睁大，定睛向前看去。

原来车前不远处，身体单薄的许瑜正骑一辆自行车在路边走。

宛强示意大冬安静，把车慢慢靠了上去。

宛强摇下车窗朝许瑜：许瑜！

许瑜在这喊声里回了一下头，但只是一下，就又继续向前骑了。

大冬着急地：许姐，是我们宛总叫你！

许瑜没有回头，更没有说话，只是一个劲地向前骑着。

宛强把车开到前头，扭头回看许瑜，借着车灯光，他看见许瑜满脸是泪。

宛强停下车，对大冬和小二轻声地：你们下车，自己走回去吧。

许瑜骑到了前头。

宛强开车慢慢地跟在许瑜后边。

许瑜拐弯。

宛强也转了方向盘拐弯，一直跟着她。

自行车的车轮在缓缓转动。

轿车的车轮在缓缓转动。

此外再无别的声音。

到了许瑜租住的小院门前。

许瑜下了自行车。

宛强停车走了下来。

许瑜扭过泪脸瞪着宛强：你跟着我干什么？

宛强无语。

许瑜哽噎地：走开！

宛强依旧无言。

许瑜不再理他，转身去开院门。

宛强跟了上去。

许瑜进了院门后反身关门。

宛强想挤进去。

许瑜死命地推他的身子。

宛强硬往里边挤。

许瑜显然是怕惊动了小院里的其他人，不敢发出声响，最终让宛强挤进了院里。

13

院中。夜。

许瑜无奈地站在自己租住的小屋门前，没有动手开门。

宛强无声地站在她身边。

邻居屋里传来了说话声，许瑜显然怕邻居看见宛强，只好掏出钥匙开门。

锁刚一打开，宛强就先推门走了进去。

14

许瑜租住的屋内。夜。

宛强自己在门后摸索着灯绳，啪一下拉亮了灯。

屋里的寒碜情景显然让他吃惊，他瞪大了眼睛。

许瑜冷冷地：你走！

宛强默默地环视着屋内。

许瑜：快走！

宛强叹了口气，无言地去衣袋里摸出了一沓钱，想塞到许瑜手里。

许瑜急忙把手甩开。

宛强把钱放到了桌子上。

许瑜奔过去，拿起钱朝宛强怀里砸去，另一只手也握拳朝宛强身上砸着。

宛强一动不动，任许瑜砸着。

许瑜又泪流满面，哽噎不已，砸着的拳头渐渐无力。

宛强猛地伸手环抱住了她。

许瑜软在了宛强怀里。

宛强先是抬手去擦许瑜的眼泪，但那眼泪越擦流得越急，宛强终于俯首，重又吻住了许瑜的双唇。

许瑜先是躲闪着，但终还是让宛强吻住了。

那是一阵长久的亲吻。

许瑜一动不动，只任眼泪流着。

宛强猛然用力抱起许瑜向床走去。

许瑜先是扭了几下身子，可很快停止扭动，任宛强把她放到了床上……

15

夜。小二家里。

大冬和小二相对而坐喝着茶。

大冬轻声地：不知道大哥和许瑜还能不能和好。

小二喝了一口水，叹：不知道……

16

夜。许瑜住处。

夜月入窗，满室一片银白。

宛强和许瑜并排躺在那里。

两个人显然刚从激情中醒来，面显疲色，眼睛都睁得很大。

宛强扭脸看了看许瑜。

许瑜也扭脸看了宛强一眼。

宛强看了看手表，像对许瑜又像自语地：我该走了。

许瑜赌气地：走吧，没人拦你。

宛强叹了口气。

许瑜泫然欲泣。

宛强的眼前又晃过了许玫那冷厉的眼睛。他身子一抖，起身开始穿衣，边穿边低声地：一想起你姐，我就万念俱灰，要不你再找一个人吧！

许瑜哽噎着：我再也不会去找男人了，我不会再相信任何男人……

宛强再次叹了一口气。

许瑜把被子拉上捂住了脸。

穿好衣服的宛强站在许瑜床头，低低地：我……

许瑜在被子里哽咽着：我不想再听！

宛强的眼前再次晃过了许玫掀翻宛强家饭桌的情景。

他的身子先是一晃，跟着就见他下了狠心地猛地转身，拉开门走了出去。

许瑜这时猛地掀开被子去看宛强。

宛强已经闪身出门并把门从外边关上了。

许瑜转身扑到被子上，又发出了嘤嘤的啜泣……

17

白天。公路上。

宛强开车在疾驰。

路标牌上显示着：府城—省城。

18

白天。车内。

宛强冷着面孔。

大冬坐在他旁边，小二坐在后座上。

大冬试探地：大哥，那许瑜的事咋办？

宛强扭头瞪他一眼：许瑜啥事？

大冬不敢再说什么，尴尬地笑笑。

大冬扭头朝小二伸了伸舌头。

车箭也似的向前飞驰着……

19

省城。临街的三间店面外边。白天。

宛强正把一个写有"文盛书店"的招牌挂在墙上。

小二、大冬正在进进出出忙碌地搬着书架。

20

文盛书店内。傍晚。

宛强、小二、大冬正在往书架上摆书。

一个个累得满头大汗。

万小润的声音忽然由店门口传来：宛强在吗？

在。宛强闻声急忙迎到门口。

小润手拿着一卷画轴走进店门。

宛强欢喜地：欢迎来视察敝店。

小润笑了：我爸听说你要开书店，专门让我送了幅他写的字来。说着去展手中的卷轴。

宛强急忙去看。

卷轴上的字迹特写：书客盈门，知见填胸。

宛强高兴地接过：太谢谢了！

小润：妈妈说，她觉得你这个书店的服务对象应该定位在省城的知识界，她说她过几天帮你开一个进书的单子。

宛强高兴地：好，我们要把"文盛书店"办成一个有品位的书店，办成一个知识界人经常光顾的地方。

小润：好了，不说你的书店了，说说今晚的一项活动。今晚，广东杂技团来咱们省城演出，给我们电视台送来了一些票，我手里也有两张，你愿意去看吗？

宛强有些犹豫地看了看尚乱的店堂。

小润不高兴了：整理书架比陪我去看杂技重要是吧？

宛强急忙摇头：不，不，我去看杂技。

小润抬腕看看手表：那么，我们走？

宛强对大冬和小二：你们两个也少干一会儿，早点儿歇息。

小二应了一声：行。

21

省体育馆内。夜。

灯火辉煌，杂技团演员正在表演。

观众们的掌声如海浪一样，一波一波响起。

宛强和小润并肩坐在观众席上，全神贯注地看着演出。

报幕小姐的声音：下一个节目，空中飞人。

一位女士站在高高的待飞台子上，全场屏息。

那位女士突然起跳，箭一样地向落点飞去，那模样分明是要向地面摔去。

小润吓得呀一声把脸藏到了宛强怀里。

宛强紧紧地把小润的头抱在怀里并轻拍着她的后背。

掌声像暴风一样刮起。

宛强急忙对小润：快看，成功了！

小润不敢抬头地扭脸：那女士果然已稳稳地降落在另一个台子上。

小润这才抬起脸，很快在宛强颊上吻了一下。

宛强被这一吻弄得有些激动，他刚想回吻对方，眼前倏地闪过了许瑜的身影。

他猛地止住自己，坐直了身子。

小润斜瞪了他一眼。

又一阵欢呼声和掌声由观众席上发出。

小润和宛强这才想起去看台上的杂技表演……

22

夜。文盛书店内。

小二和大冬正在把三张单人床打开，放在书架中间。

大冬边放床边对小二：宛强哥今晚还回来吗？

小二：怎么不回来？

大冬笑着：他会不会被那个叫小润的漂亮姑娘弄走？

小二：别瞎说。

大冬：哎，小二，这姑娘和许瑜相比，可是美得不一样。

小二瞪了一眼大冬：少胡说！

23

万家住所外边。夜。

宛强送小润走了过来。

宛强轻声地：太晚了，我就不进去了。

小润也轻声地：我今晚请你看了杂技，你就一点东西不给我？

宛强：你想要啥东西？

小润：你的双唇！边说边猛地踮脚在宛强脸上吻了一下。

宛强被这一吻撩起了感情。当小润转身要走时，被宛强抓住重又拥到了怀里。

宛强猛地俯首吻住了小润……

24

白天。文盛书店。

进进出出的购书者显示出书店正式开业后的兴盛样子。

依旧是小二收款，宛强和大冬照应顾客。

店内十分安静，只有沙沙的翻书声。

万教授突然出现在进店的顾客中，宛强看见，急忙迎过去想要开口招呼。

万教授急忙做了个噤声的手势。

宛强不再说话，只是陪在万教授身边，随他一架一架地看书。

万教授看得十分仔细，不时抽出自己喜欢的书拿在手里。

万教授拿着四五本自己选定的书走到小二面前付款结账。

宛强急忙示意小二不要收钱。

万教授看见了宛强的示意，不高兴地对他摇摇头，坚持着付了款。

万教授拿着书走出店门。

宛强跟着出了店门。

25

文盛书店外。白天。

万教授高兴地对宛强：不错，能在你的店里买到我喜欢的书，证明你进书的眼光不错。

宛强真诚地：你有没有发现什么应该改进的地方？

万教授沉吟了一下：书店的经营个性还不是很突出，也就是说与别的书店没有明显的不同。

宛强：你的意思是——？

万教授：比如在店内一角，设两个茶桌或咖啡桌，供挑书的人小坐一会儿；在店内放一点很低的若有若无的轻音乐；设一个新书特别推荐专柜，把每周的新版书摆上去等等。

宛强茅塞顿开地：有道理，有道理！

万教授：你晚上下班后过来一下，小润她妈妈说要帮你策划吸引顾客的事。

宛强高兴地：好，我去。

26

万家门口。傍晚。

宛强在按门铃。

来开门的是小润。

小润看见宛强,顿时神采飞扬,眉开眼笑:请进。

宛强含笑进屋。

27

万家客厅。傍晚。

宛强刚一进屋,小润就扑到了他的怀里。

两人一阵长吻。

厨房里传来万夫人的问话:是不是宛强来了?

宛强急忙推开怀里的小润高声答:是的,师母。

小润替宛强把乱发理顺,两个人一起向厨房走去。

28

万家厨房。傍晚。

万夫人一边切菜一边对宛强:有这样一件事,我们出版社最近出了一套人文科学方面的书,社里准备请写这些书的专家开个系列讲座,以扩大这套书的影响,总编让我选个书店,说讲座在书店里开好,我这就想到了你。

宛强欢喜地:太好了,这可以扩大我书店的影响。

小润在一旁插嘴:可你的店面那样小,开讲座能坐几个人?!

宛强搔起了头发:这倒是。

背后这时响起万教授的声音:我注意到你书店的左边是两间杂货铺,生意看着也不是很景气,你可以把它转租过来,然后把房子打通。

宛强沉吟了一阵,点头:我明天就去办这件事。

29

白天。一张报纸的特写,一行大字出现在屏幕上:

文盛书店举办系列人文科学讲座。

镜头拉开，才见是小润坐在办公室里在看报纸。

小润的脸上浮现出自豪而快乐的笑意。

她拿起电话拨号。

她对着话筒：嗨，祝贺你！

30

文盛书店门外。白天。

"欢迎聆听人文科学系列讲座"的广告牌摆在书店门口。

宛强对着手机高兴地：小润，这个系列讲座可给我吸引了不少高品位的顾客，书店生意一下子兴隆起来了，真是太谢谢你妈妈、谢谢你们全家了！

他的身后是不断进出书店的顾客。

31

省电视台小润办公室。白天。

小润对着话筒笑着：不要光嘴上说谢谢，要有具体行动！

32

文盛书店门外。白天。

宛强快活地对着话筒：中，具体行动，今晚我就请你到中州海鲜城吃海鲜！你下班时在大门口等我一下，我去接你！

33

傍晚。文盛书店里。

拓宽了的店堂灯火通明，能看见一侧的房门上写着：学术讲堂。

还有顾客在书架前看书。

能看出文盛书店里还新雇了女服务员。

宛强走到大冬面前悄声地：你们照应着，我出去有事。

大冬点头。

34

中州海鲜城的霓虹招牌在夜色里闪烁。

宛强开车载着小润驶到门口。

宛强和小润向店内走去。

35

店内大厅中的一个两人台前。夜。

宛强和小润相对而坐。

宛强把菜单递到小润手上：只要是你爱吃的，随便点！

小润打开菜单笑着：不怕我把你吃穷了？

宛强：吃穷了再去挣！

小润咯咯笑了：我有那样大的肚子呀？

一个干部模样的年轻人从宛强和小润身边走过，过去几步后又回过头来叫道：哎，这不是省电视台的万小润女士吗，很高兴在这里见到你！

小润闻声抬头：你是——

那年轻人：省文化厅的小景，你忘了你那次去文化厅里做节目，我接待的你。

小润显然印象不深，但忙起身应酬地：噢，是小景同志，你好！

小景：我们处今晚在这里设宴欢迎一位刚到职的处长，你们先坐，待会儿我过来敬酒。说罢走了。

宛强笑着：到底是省城里的名人，到处都有人认识你。

小润显然被这话说得有些高兴，故作娇嗔地瞪了宛强一眼：我算什么名人？

这当儿，又有一个小伙子拿着一个本子走过来，站到小润身边轻声地：万小润女士，我是你主持的节目的一个忠实观众，你能为我签个名吗？

小润高兴地接过那人的本子，在那上面唰唰地签上了名字。

那人高兴地离去。

宛强：怎么样，刚才还说不是名人呢。

小润越发高兴地：这算什么，不就是签个名嘛！

36

海鲜城里边一个大包间里。夜。

一群官员正在围桌喝酒，小景就在其中。

管弥坐在主宾位置上。

坐在主人位置上的是一位富态的中年男人。

中年男人举杯：管弥同志由府城文化局调到省文化厅任职，是对厅里工作的加强，来，为我们今后工作上的紧密合作干杯！

众人碰杯。

管弥举杯：能到省厅和诸位一起工作，是管某的荣幸，还望秦厅长和大家今后多支持！

众人再次碰杯……

37

海鲜城大厅。夜。

宛强与小润正隔桌而坐吃喝着。

小景这时端一个杯子走过来热情地对小润和宛强：来，我敬二位一杯。

小润和宛强起身，都端了饮料杯子与小景相碰。

小景：二位怎么都不喝酒呀？

宛强抱歉地：我俩平时都不喝酒。

小景笑道：罢，罢，不喝就不喝，感情浅，酒全免。说罢转向小润：大主持人，刚才我们厅长和刚到职的一位处长听说你在这儿，都想结识你一下，能不能过去见个面？你主持"读书时间"节目，和我们文化工作可是联系着的呀！

小润看了宛强一眼，显然不知如何是好。

小景：要不这样，二位一起过去，说句话就回来？

宛强见不好拒绝，只好起身：好吧，既是盛情相邀，我们就过去一下，以饮料代酒，敬领导们一杯。

38

海鲜城大包房门口。夜。

小景推开了包房的门，高声地：咱们省电视台的大牌主持人万小润女士和她的朋友来给领导们敬杯酒！

酒桌上的人一齐扭过脸来。

小润和宛强走了进去。

39

大包房里。夜。

小润朗声地：能在这里认识诸位领导和朋友很高兴，来，我们以水代酒，敬诸位一杯！说罢举杯碰过去。

宛强原本脸含笑意地跟在小润身后，这时却双目突然一定，脸上的笑容凝固了，他看见了坐在主宾位上的管弥。

管弥的目光一直被美貌的小润所吸引，并没有留意到宛强。

小润走过去与管弥碰杯，宛强迟疑了一下，没动。

小润扭身：宛强，来与这位领导碰杯呀！

小景急忙插嘴：这位就是刚调到厅里的管处长。

管弥这时也才发现是宛强站在小润身后，他分明也是一愣。

宛强这时只好走过去举起杯子，话中有话地：祝贺管处长荣升！

管弥干笑了一下：谢谢。没想到我们又在这儿见面了。

小润回首：怎么，你和宛强过去认识？

宛强话中有话地：岂止是认识，管处长过去在府城文化局当局长时还曾给过我很多关照哩！

小润笑着：那以后管处长要继续关照宛强啊！他现在开了个书店，正受你们文化厅管哩！

管弥皮笑肉不笑地：当然，当然。

当人们的目光都移开不再注意他俩时，管弥和宛强的目光又碰在了一起，两人的目光都是冷的……

40

海鲜城外。夜。

宛强和小润坐进了轿车里。

宛强发动了车。

小润高兴地：吃这顿饭收获挺大，无意中认识了省文化厅里那么多人，又见到了你在府城的老熟人，这对你以后的书店生意肯定有好处。

宛强忧虑地：嗯，会有好处的。

小润扭头看定宛强：你好像不是很高兴？

宛强否认地：没有呀。

车箭一样地驶去。

41

万家门外。夜。

宛强的车缓缓停下。

宛强下车，过来拉开了小润这边的车门。

小润没动。

宛强笑着：请。

小润撒娇：我的脚崴了，下不去车了。

宛强一笑，伸出双手把小润抱了出来。

小润趁机抱住宛强的脖子，吻住了他的双唇。

宛强一直把小润抱到了门口，才轻轻地放下她……

42

府城。白天。

宛强的叔叔拉着一板车煤球向府城人民医院大门口走着，显然是向医院里送。

他拉得颇为吃力。

他在医院门口停下作短暂歇息。

病人进进出出。

忽然，许瑜慌慌张张地由医院大门里奔出来，跑到门口一侧便蹲在那里干呕开了。

叔叔看见，忙擦擦脸上的汗走过去关切地：小瑜，你病了？

正在干呕的许瑜扭脸见是叔叔，艰难地一笑。

叔叔担心地伸手去搀住许瑜：走，我陪你去让大夫看看。

许瑜摇摇头，轻声地：叔叔，我这不是病。

叔叔焦急地：呕成这样还不是病？走吧，我身上带有钱。

许瑜不好意思地：叔叔，我刚才让医生看了，医生说我是怀孕了。

叔叔意外地：哦，你又成家了？

许瑜摇了摇头：没有。

叔叔一时没弄明白：那——

许瑜：还不是宛强……

叔叔惊得双眼猛地瞪大了……

43

府城叔叔家。白天。

叔叔在屋里焦急地踱步：嘿，这事可咋办？

坐在一旁的婶子：还不快给宛强打电话呀！

44

省城。文盛书店门口。白天。

宛强从一辆拉书的卡车上下来，正指挥大冬和几个男女工作人员由车上向下搬书。

他的手机响了。

他打开手机，听了一下，有些意外地：叔叔，有事？

手机里的声音：许瑜怀孕了。

宛强的脸一冷，忙走到僻静处对着话筒：她怀孕与我有什么关系？

手机里的声音：她说，孩子是你的！

宛强恼怒地：胡说！

手机里的声音：你看咋办吧？

宛强焦躁地来回踱了几步，没好气地：好，我回去一下。

45

白天。公路上。

宛强开车在疾驶。

他脸若冰霜眼含怒气。

46

府城。许瑜打工的那个小饭店。白天。

许瑜正在洗碗池边洗碗。

突然一阵干呕发作，她急忙奔到了卫生间里。

她伏在马桶上呃呃地呕着。

小双走过来关切地：许瑜，你要是病了，就回去歇歇吧。

脸色蜡黄的许瑜扭脸应了一声。

47

许瑜租住的小屋。白天。

许瑜侧躺在床上，吃力地伸手抓过床头桌上的杯子喝了口水。

她又重重地躺下。

响起了敲门声。

许瑜显然以为是邻居，吃力地抬头：门没插，进来吧。

门被推开，宛强走了进来。

许瑜意外地：是你？说着努力坐了起来。

宛强走到许瑜面前，冷冷地：听说你怀孕了？

许瑜无语。

宛强冷嘲地：是哪个男人的？

许瑜突然扬手啪地打了宛强一个耳光，怒极地：滚！

宛强被打愣在那儿。

许瑜爆发地：我怀孕与你有什么关系？滚！这孩子的父亲是猪，是狗！

宛强由对方的悲愤里显然明白了许瑜怀的是自己的孩子，口气不由得软了下来：这样吧，去医院把孩子打了，费用全部由我出。

许瑜嘴唇哆嗦着：你凭什么要我去打掉我的孩子？凭什么？走，你走！这与你没有任何关系！

宛强也生气地：我告诉你，你要不听我的话，一切后果由你自己承担，我绝不会再来管你！

许瑜：我啥时候要你来管我了？

宛强：好，我把话说到这里！说着掏出两沓钱扔到床上：这是打胎用的，你看着办吧！说罢，转身就走出了门。

许瑜愤怒地：拿走你的臭钱！……

第九集

1

省城。文盛书店门口。白天。

宛强正在摆放两个新书广告牌,牌子上都写着"新书简介"。

过往的街上行人不时驻足观看。

不断有人进出书店。

一辆写有电视台采访车字样的面包车开到宛强身后,停下。

正在审视刚做的广告牌的宛强并未注意到停下的采访车。

采访车门拉开,小润和一个扛着摄像机的年轻人走下了车。

摄像机对准了小润。

小润对着话筒朗声地:我们这期节目的一个重要内容,是向诸位读者介绍一家民营书店,这家书店的名字叫文盛书店。

摄像机这时扫到书店的店名。

听到小润说话,宛强有些吃惊地回过头来。

小润又对着话筒:巧得很,我们在门口碰见了这家书店的老板宛强先生,请宛老板领着我们参观这个书店。

宛强有些不自然地领着小润,在摄像机的跟踪下走进了书店……

2

夜晚。省城管弥、许玫家。

管弥、许玫正在看电视。

电视上出现了宛强引领小润参观文盛书店的画面。电视上的小润脆声介绍着:文盛书店在不太长的时间里,能在读者中享有如此高的声誉,与宛强先生的精心经营有关……

管弥指着电视对许玫:看见了吧,这小子如今在省城又发达了。

许玫气哼哼地骂道:这东西生生把我妹妹毁了!一看见他,我就想扑过去撕他的脸,他的书店在哪条街?

管弥:顺河街,你想干啥?在省城你可不能胡来!

许玫咬着牙:我只是去看看,你知道吧,小瑜她的肚子已经大了……

管弥：要治他也容易，但要找准把柄，你可不能胡闹惹人笑话，在省城凡事都要小心！

许玫不高兴地：知道。

3

夜晚。万教授家门前。

宛强和小润并肩走过来。

宛强：你今天去店里采访应该先告诉我一声的，弄得我很意外很紧张，差点说不出话。

小润：要的就是这种效果，这样才给人一种逼真的感觉，要是先告诉你，你就有可能做作。

宛强：好，好，你做得总是对。

小润笑着：那当然。哎，还有，今晚见了我爸妈我要郑重宣布一件大事。

宛强：啥？

小润：我俩相爱的事。

宛强有些不安地笑着：这也要告诉他们？你爸妈能同意——

小润不再说话，上前推开了屋门。

4

夜晚。万教授家。

万教授和夫人正在看电视。

电视上正在播放小润采访文盛书店的画面，宛强正在电视里一本正经地讲着：我们就是想当好出版社与读者之间的桥梁，把出版社出的书送到读者手中……

小润和宛强走了进来。

万教授高兴地拍着沙发示意宛强坐下：我们正在看你们的节目呢。

宛强不好意思地：我在镜头里显得很笨。

小润拿过遥控器，啪一下把电视机关了。

万夫人：嗨，这丫头，你不看也不让我们看？

小润：我有重要的事情要宣布！

万教授笑着：什么事情弄得这样郑重？边看电视边说不成？

小润指着宛强：我们相爱了！

万教授和万夫人略略一愣。

宛强不安地低下了头。

小润望着父母着急地：说话呀！

万教授笑着：好呀，知道了这件事情我和你妈很高兴。边说边望了妻子一眼。

万夫人也笑了：以后呀，你爸写书，我出版书，宛强卖书，你宣传书，咱们四口人可是都在与书打交道。

万教授一本正经地对女儿：不过这样一来，我担心纪委可能要找你谈话！

小润和宛强一怔：为啥？

万教授：你想呀，你这期的节目是为恋人的书店做的，不是有假公济私之嫌吗？

小润笑着扑到了爸爸怀里：我那是经领导批准的工作呀……

宛强也笑了……

5

白天。文盛书店里。

一间小小的办公室内，宛强正在用计算器计算着什么。

小二轻步走进来，低声地：哥，那个女人来了。

宛强抬头：哪个女人？

小二：许瑜的姐姐。

宛强一惊，不过旋即又镇静下来：别惹她，看她想做什么。

6

文盛书店店堂内。白天。

许玫一脸冷色地在书架间缓缓穿行。

她一点也不像读者，一眼也不看书架，分明是在寻找宛强。

她没有发现宛强，只好悻悻地走到收款台前，把一张纸扔到了小二面前，而后向门口走去。

小二拿过那张纸看了看，没有说话就放到了一边，继续收自己的书款。

许玫走出了店门。

7

白天。书店小办公室里。

小二拿着许玫扔下的那张纸推门走进来。

他把纸递给哥哥。

宛强接过看去，只见纸上写着一行大字：宛强，你把我妹妹的生活全毁了，你这头猪！

宛强把那张纸撕成了一片一片……

8

府城。白天。

许瑜租住的小院里。许瑜正在院子里的水管前接水，能看出她的肚子很大，已处于临产状态。

邻居家的门窗都已洞开，门前都写着一个大大的"拆"字，能看出邻居们都已搬走了。

小双这时抱着一些东西从自己屋里出来，看见许瑜，担心地走过来：小瑜，我们几家都搬走了，这小院里就剩你一个人，你可要小心哪！

许瑜点头：放心，小双姐，我也正在找适合租的房子，反正这院子不是马上就拆，还能住些日子。

小双：你还有啥事要我帮忙吗？

许瑜摇头：没有，小双姐，你放心走吧。

小双看了一眼，许瑜窗台前堆的煤球所剩不多了，热心地：哟，你的煤球快没了，这样吧，我给打个电话，让煤球厂再给你送些来。说着就掏出手机拨了号码，而后对着手机：煤球厂吗，请明天上午务必给顺花街7号院送500块煤球来！

手机里的声音：放心吧，保证准时送到。

小双走过来同许瑜握手：再见，有急事可以给我打电话！你自己若觉时辰到了，一定要去医院！

许瑜感激地：知道了，小双姐！

9

傍晚。许瑜租住的小院。

其他的房间都一片漆黑，只有许瑜的房子里的灯亮着。

那灯光显得那样孤单。

10

傍晚。许瑜的房子里。

许瑜拥被半躺在床上。

她正在灯下聚精会神地看书，能看出书的封面上写着"怎样当妈妈？"。

在她的注视下，书页上慢慢出现了一个满地乱爬的婴儿，那婴儿正冲着她笑。

许瑜也舒心地笑了……

11

傍晚。府城煤球厂。

叔叔拉着空平板车向厂门走着，显然要下班回家。

旁边一间挂有"调度室"牌子的房间里走出一个男子朝他喊：老宛，明天上午你头一家送到顺花街7号院，500块。

叔叔应了一声：知道了。

12

清晨。许瑜租住的小院。

院子里冷冷清清，只有风在戏耍着几片落叶。

13

许瑜屋里。晨光照在许瑜脸上。

许瑜懒懒地起身穿衣下床，因为肚子太大，她的每一个动作都显得异常艰难。

她的双脚刚伸向地面，还没有来得及找到鞋，她的脸上突然闪过一丝痛苦的神色。

她忍不住呻吟了一声，慌忙用双手捂住腹部。

她试探着用双脚找鞋，刚想穿上，又一阵剧痛传来。她大叫了一声。

她脸上大汗淋漓。

她扶住墙壁艰难地想向门口走，刚拉开门，剧痛就把她一下子压倒了，她软软地倒在了门槛里边。

她急切地张嘴向门外喊了一句：来人呀……但疼痛已把她的力气抽走，她的声音极低，连她自己都听不清楚，根本传不到院门外。

她努力想爬起身走向院子，但她刚爬起一点，巨大的疼痛就再次袭来，她又软软倒在了地上。与此同时她惊叫了一声：呀——

她不得不仰躺在了地上。

呀——她再次尖厉地叫着。

她分明知道是要生产了，在阵痛的间隙里，她抖颤着双手褪下了自己的裤子（镜头始终卡在腰胯处）。

她撩起一角衣襟放进自己的嘴里，用牙咬紧。

血已经洇湿了她臀下的地面。

伴随着一声惊人的失常的尖叫，她那大汗淋漓的脸上突然显出一种轻松的感觉。

一个婴儿和着一股血水滚到了地面上。

许瑜仰着身子，一点一点转过头，伸手抱过了自己的孩子。

她用牙咬断孩子的脐带。

她把身子半靠在墙上，倒提着那浑身是血的婴儿，拍着婴儿的屁股。

哇——婴儿发出了响亮的哭声。

她努力起身，把孩子放在床上。

许瑜的身上、地上、床上都是血。

她抓过一个床单围在自己腰上，遮住下身。

她拼力去端起一个脸盆，顺手抓过一大卷卫生纸，摇摇晃晃向院子里的水管走去。

她边走血边顺着她的双腿向地上流。

她跟跟跄跄地走到院中的水管前。

水管里的水在流。

许瑜身上的血也在流。

许瑜不停地用卫生纸擦着那些血。纸湿了，扔掉，再擦，再扔掉。

脸盆里的水快满了。

许瑜关了水管，端着水盆又摇摇晃晃地向屋里走。

婴儿还在哇哇地哭着。

许瑜端起一个暖水瓶往脸盆里加着热水。

她用手试了试水温。

她抱起孩子，一下一下地给婴儿洗着身上的血迹。

能看出血仍在顺着许瑜的双腿向下流。

她给婴儿清洗的动作已越来越慢，越来越无力气，因为持续失血，她身上的力气已越来越少。

14

府城大街。早晨。

叔叔拉着一车煤球向许瑜所住的院子走来。

街上已是人车如流。

15

许瑜的屋子。早晨。

许瑜咬牙拼力在用毛巾包裹着孩子。

婴儿哇哇地不知疲倦地哭着。

许瑜的双颊已是纸一样的白。

她勉强把婴儿包好放在床上，她的双腿再也无力站住。

她身子软软地顺着床帮倒了下去。

她微闭双眼躺在了地上，双腿间继续有血在流，腰上围着的床单被血染红。

16

许瑜所住的小院外边。白天。

叔叔拉着一车煤球走到门前，他看看院门，自言自语地：哎，这不是小瑜住的那个院子嘛！

　　他上前敲门，无人应声，他推开了门。

　　一股浓浓的血腥味涌进他的鼻孔，他的双眼闪过一丝惊色。

　　他看见了水管通向许瑜屋门前的那些血迹，同时听见有婴儿的哭声。他诧异地向许瑜的屋门走去。

　　他只看了一眼，就扭头边向院门口跑边高叫着：来人呀——生孩子了——

　　声音惊慌无比……

17

　　院门外大街上。白天。

　　叔叔的喊声引得几个过路的妇女跑了过来……

18

　　省城。白天。灿阳如金。

　　文盛书店门口。

　　宛强正和几个店员一起向店里搬着又一批新书。

　　宛强的手机响了。

　　他把书交到别的店员手上，打开手机：叔叔，有事？

　　他的脸色骤变，急忙走到一边对着手机：不是让她打胎了吗？

19

　　府城医院门口公用电话亭。白天。

　　叔叔满头大汗、慌慌张张地对着话筒叫道：宛强，快回来吧，是个女儿，许瑜还在抢救……

20

　　省城。文盛书店。白天。

　　宛强几乎是奔跑着到了自己的车前。

　　他拉开车门，迅疾地坐了进去。

　　车箭似的飞了出去……

21

府城。许瑜所住的小院门外。白天。

宛强的车带着刹车的啸声猛地停下。

他拉开车门下车向院门跑去。

他推开虚掩的院门，风一下子把那些沾满了血的卫生纸推到了他的眼前，惊得他一下子倒退了两步。

院中的地上和屋门上全是血迹。

他怯怯地向许瑜住的屋里走。

推开屋门，涌进眼中的仍然全是血迹：血红的床单、枕巾、衣服、地面、床帮……

他抬手捂住了眼睛……

22

府城医院妇产科病房走廊。白天。

宛强出现在走廊上。

他拦住一个中年女医生问：许瑜在哪个房间？

那女医生扭过脸来瞪住他：你就是她的男人吧？你干什么去了？你险些连老婆、孩子一块丢了知不知道？

宛强诺诺地点头。

女医生：我还没见过你这样不负责任的男人，老婆要生了还不在身边！

宛强什么也没说。

女医生：先去看看孩子吧，老婆现在还不能看！说着用手朝一个护士一指，叫道：小韩，让他看一眼他的女儿！

小韩朝他点头：跟我来吧。

23

新生婴儿房。白天。

一个女婴正在床上哇哇哭着。

护士引着宛强走到床前指着婴儿：你的孩子。

宛强急忙凑近孩子新奇地看着。

护士：再晚送来一会儿，就没命了。

宛强无语。

24

府城医院。许瑜所住的病房。白天。

许瑜脸色煞白地闭眼躺在那里。

几个输液瓶子正在向她的身上输送着几种液体，包括血液。

监护设备正在监护着她的心跳、血压、脉搏。

宛强轻轻推门走了进来。

床前的护士示意他不要出声。

宛强默默地在床前蹲下。

许瑜躺在那里一动不动。

宛强轻轻握住了许瑜伸出的一只手。

宛强摩挲着许瑜的手指。

他的双膝不由自主地跪了下去……

25

宛强家。白天。

宛强正在锅前忙活。

他把几样作料倒进锅里。

能看出锅里炖着一只鸡。

他用勺子舀了一点尝尝，又放了一点盐到锅里。

他把保温饭盒拿过来，小心地把鸡汤倒进去。

他揭开另一口锅，把里边蒸的蛋羹也放进了饭盒。

他关好炉子，提起保温饭盒匆匆走出门去。

26

许瑜所住的病房。白天。

许瑜虚弱地躺在床上。抢救的各种仪器都已撤走，能看出她已脱离危险。

宛强的婶子在床前忙着收拾东西。

病房门被推开，宛强提着保温饭盒走进来。

许瑜看见宛强，微微闭了眼睛。

宛强对婶子：婶，你回去歇歇吧。

婶子：记住给她吃药。说着指了一下床头柜上的药盒。

宛强点头。

婶子拉门出去。

宛强用保温瓶里的热水将床头的毛巾浸湿，而后拧去毛巾上的热水，把湿毛巾摊开在手上，轻轻为许瑜擦脸。

许瑜睁开了眼睛，但依旧无语。

宛强又仔细地为她擦了擦两只手。

许瑜无言地任其擦着。

宛强放下毛巾，把许瑜的床头摇起，使她呈半坐状态。

宛强把鸡蛋倒进一只碗里，而后拿起汤匙，坐到床沿上，舀起汤向许瑜的嘴里喂去。

许瑜迟疑了一下，张开了嘴。

宛强轻声地：现在最要紧的是把身子先补补。

眼泪立刻顺着许瑜的双颊流了下来。

宛强赶忙掏出手绢为她拭泪，同时低声地：现在可不能伤心，伤心是会影响奶水的。

许瑜慢慢止住了眼泪。

宛强一匙一匙地喂着，喂得那样细心和精心……

27

府城自由市场上。白天。

宛强提一个竹篮走过来，篮子里已装了鸡、鸭、青菜等各样食材。

他走到一个卖活鱼的摊子前停下来：老板，啥样的鱼给产妇吃最好？

那中年老板大声地：是喜得贵子了吧？鲫鱼，鲫鱼下奶最好，鲫鱼汤是大补的东西！

宛强：给我来几条！

中年老板：好嘞，说着拿起小渔网，向养鱼池里捞去……

28

傍晚。宛强家。

宛强正在把鲜美的鲫鱼汤倒进保温饭盒里。

宛强提起饭盒匆匆向门外走去。

29

傍晚。许瑜所住的医院里。

宛强正坐在床沿喂许瑜喝鱼汤。

每喂几勺汤,宛强都要再把一勺蛋羹舀起送到许瑜嘴里。

许瑜脸上的那层凄苦已经没有了,她不时把温和的目光投到宛强身上。

病房门再次被推开,一位护士抱了一个婴儿走进来对许瑜:该给你女儿喂奶了。

许瑜立刻伸出无力的手臂:给我。

宛强急忙放下碗接过那个眼瞪很大很大的孩子,把她递到许瑜怀里。

许瑜一点也没犹豫地撩开衣襟,把奶头放进了女儿的嘴里。

那女婴这时大口吮吸起来。

宛强重又端起碗,用勺子喂起许瑜来。

病房里很静,只有许瑜咽汤和婴儿咽奶的声音。

宛强一会儿看着许瑜一会儿看着女儿,一向冷峻的脸上出现了少有的柔和。

宛强腰间的手机突然响了。

那响声惊得许瑜和婴儿都一怔,几乎同时停了吃的动作。

宛强急忙拿出手机看了看,轻声转对许瑜:我先接个电话。

说着把碗放下,向病房门外走去。

30

病房走廊一角。傍晚。

宛强对着手机轻声地:小润,你好。

手机里传来小润的声音:你跑哪里去了?怎么走时连个告别电话也不

打？你现在在哪儿？

宛强：在府城。

31

省城。省电视台小润办公室。傍晚。

小润对着话筒：我一直在等你的电话，竟然一直没等来。

电话里传来宛强的声音：我在府城有点急事。

小润不满地：什么急事这么重要？重要得连我都不告诉？

32

府城。许瑜病房走廊一角。傍晚。

宛强仍在对着手机：业务上的事，还是有关书的一些事情。

小润的声音：我想你！

宛强苦笑着：我得空就给你打电话。

33

许瑜病房。傍晚。

许瑜仍在给女儿喂奶。

宛强匆匆走进来，径直去保温饭盒前又倒了一些汤在碗里，重又拿起勺子去喂许瑜。

许瑜看了一眼宛强，柔声地：你要有事，就赶紧去忙，我现在已经能自己照顾自己。

宛强也柔声地：眼下照顾你就是最大的事！边说边用手指摸了一下女儿的脸蛋。

已经吃饱了的婴儿转而瞪大双眼看着宛强。

许瑜：该给她起个名字了。

宛强：你说叫啥名字好？

许瑜：这事该你操心了。

宛强沉吟了一下：叫宛婉行吗？

许瑜淡淡一笑：这名儿挺好听的。说着推开碗，表示吃饱了。

宛强放下碗，从许瑜怀里抱过女儿，轻声地：叫你宛婉好吗？小婉，我的女儿。边说边把自己的脸朝女儿的脸颊贴去……

34

一个挂有"滨河花园小区"牌子的新住宅小区。白天。

宛强开车到了小区前。

他把车停到大门一侧的售楼处门前。

他下车走进了售楼处。

35

售楼处。白天。

宛强对一个售楼小姐：我从广告上看到，你们滨河花园小区还有两室一厅的房子。

那小姐点头：总价13万，带装修的16万。

宛强：一次性付款可优惠多少？

售楼小姐：97折。

宛强：可以带我去看看吗？

售房小姐点头。

36

一套两室一厅经过装修的房子里。白天。

宛强正在售楼小姐的带领下看着各个房间：卧室、客厅、卫生间、厨房……

售楼小姐：我们这个小区的房子卖得最火，先生要是买的话，要赶早。

宛强：好了，这套房子我要了！……

37

医院许瑜的病房。早饭后。

一位女医生走进来对许瑜：你明天就可以出院了。

许瑜有些为难地点头。而后转对在一旁忙活照看婴儿的宛强的婶子：婶，麻烦你今天去我住的屋子里收拾一下。

一旁正在收拾饭盒的宛强对婶子：不用费心，屋子我已经收拾好了。

许瑜转而看着宛强，眼中闪过了一丝安心。

宛强的手机恰在这时又响了。

宛强掏出手机看了看，拉开病房门走了出去。

38

病房走廊一头。白天。

宛强对着手机：小润，你好！

手机里小润的声音：你说你给我打电话，可我一直没有等到。

宛强小心地：府城这边业务上的事比较麻烦，所以一时没抽出空来……

39

省城万家客厅。白天。

小润对着话筒不高兴地：什么事情这样麻烦，让你连给我打个电话的时间都没有？

宛强的声音：好，好，我以后每天给你打一个。

小润：变成痛苦的差事了？

宛强的声音：哪里，哪里……

40

许瑜病房。白天。

宛强边把手机放进衣袋边推门走了进来。

许瑜关切地：你在省城有事就赶紧回去忙，你看我已经恢复得差不多了，完全能照顾自己和孩子。

宛强：为进一些书的事，小二打电话来商量，没什么大事……

41

府城商场。白天。

宛强正在卖婴儿床和婴儿车的地方挑选着。

售货员为他介绍了一辆车、床两用的新产品。

宛强高兴地：就是它了！

42

许瑜病房。白天。

许瑜穿好衣服包好头巾，怀抱着婴儿对宛强：走吧。

宛强一手提着许瑜住院时用的东西，一手扶着许瑜向门外走。

43

医院门前。白天。

宛强扶许瑜坐进了车里。

宛强上车发动了车子。

44

府城顺花街。白天。

宛强驾车驶近了许瑜原来住的7号院门前。

许瑜轻声地：靠右停在辅道上就行。

车却继续在走，已经过了7号院门。

许瑜着急地：哎，已经跑过了。

宛强：不住这儿了。

许瑜着急地：那住哪里？

宛强：一个新地方，说着，一加油门，车更快地向前驶去。

45

滨河花园新住宅小区。白天。

宛强的轿车在一栋楼前停下。

许瑜：是借人家的房子？

宛强没有出声，只是扶着她向楼里走。

46

一间标有206门牌的住室前。白天。

宛强拿钥匙开门。

站在一旁抱着孩子的许瑜：你借人家的房子让我坐月子，要先给房主人说明，要不人家会觉着晦气不高兴。宛强依旧没说话，只是把门打开，做了个请进的手势。

　　许瑜走了进去。

47

　　206室内。白天。

　　许瑜新奇地打量着房子和室内的家具，羡慕地：哟，这房子真不错。要是租的话，可得不少钱。

　　她走进卧室，把小婉放到床上，看见床边放着的婴儿床，欢喜地：这家人还有这个？

　　宛强这时走过来，把一本房产证递到许瑜手上。

　　许瑜意外地：给我这个干什么？

　　宛强：打开看看。

　　许瑜翻开房产证，看见了自己的名字。她吃惊地抬脸望着宛强，嘴唇哆嗦着想要说话，却始终没说出什么。

　　宛强上前拿过房产证放到一边，扶着许瑜在床上坐好，给她盖好被子，低低地：从今往后，你和小婉就住在这里，再不用去受租房之苦。

　　许瑜眼眶中的泪水打着转……

48

　　白天。府城百货商场。

　　宛强走到玩具柜台前，对一位售货员：有哪些适宜婴儿玩的玩具？

　　那女售货员为他拿来了拴在头顶可以旋转并发出叫声的塑料充气鸟、拨浪鼓、手摇铃。

　　宛强每样买了一个，满脸高兴地向外走。

49

　　新房206室里。婴儿床前。

　　宛强正在把旋转鸟拴在床上方。

　　婴儿小婉瞪着两只眼睛盯着宛强的手。

宛强旋转那塑料充气鸟，鸟发出清脆的叫声。

小婉先是惊奇地看着，随后就咧开嘴笑了。

宛强也笑了。

躺在一旁床上的许瑜也难得地笑了……

50

傍晚。206室厨房里。

宛强在做饭，蒸、煮、烧、炒，忙上忙下。

许瑜披着衣服走过来，默默地靠在门框上看。

宛强扭头看见，高声地：饿了吧，马上就好……

51

夜。206室卧室里。

小婉已在自己的小床上睡熟。

坐在小床前的宛强在打盹。

半仰在床上的许瑜轻声地：宛强，去睡吧，这些天，你太累了。

宛强闻声，摇摇头把睡意赶走，站起来伸了个懒腰：我过去睡了。

许瑜点头。

宛强起身拉灭了房灯，向另一间卧室走去。

52

另一间卧室内。夜。

宛强躺在床上。

他双手反枕在头下，眼大睁着看着天花板。

室外近处的灯光由窗帘缝隙里映进来，照在宛强疲惫的脸上。

画外传来他的心声：怎么办？让许瑜吃的苦已经够多了……就结婚吧……结婚吗？……

他的眼前悠然闪过许玫怒冲冲的面孔，闪过许玫掀翻饭桌的场景，闪过许玫指使人殴打他的情景……

宛强抬手捂住了眼睛。

他的手机铃声突然响了起来。

他急忙打开低声地：你好！

耳机里传来了小润的声音：听声音好像是已经睡了？

宛强低低地：有点累，所以就先睡了。

53

省城。万教授家小润卧室。夜。

小润半躺在床上对着手机：你究竟在府城遇到了什么麻烦？我听你的声音感觉到你非常疲惫。我要去看你！

宛强的声音立时紧张起来：不，不，不用，我一处理完就回省城。

小润笑了：你紧张什么，我去又不会给你添新的麻烦。

54

府城宛强卧室。夜。

宛强对着话筒：我在这里很忙，千万别来……

他的眼前闪过小润气质不凡的身影：

小润的笑脸，风情万种……

55

夜。许瑜卧室。

小婉突然发出了哭声。

许瑜急忙伸手把女儿由婴儿床上抱起，给她喂奶。

小婉不吃奶，只是手脚舞动继续哭着。

宛强睁着惺忪的睡眼推开门走了过来。

他从许瑜手上接过孩子，在地上来回走动，边走边"噢噢"地哄着。

小婉终于慢慢停了哭声。

宛强刚想把女儿放床上，她哇的一声又哭了起来。

他慌得又抱起女儿在地上走动。

小婉不再哭了，宛强却也不敢再把她往床上放，只是抱着她坐在床帮上。

许瑜拍拍自己身边，示意宛强半躺在床上。

宛强依意半躺下，把小婉依旧抱在怀里。

夜，又恢复了静寂。

宛强轻轻叹了一声：我要走了，你们娘俩可怎么过？

许瑜轻声地：放心吧。

宛强：要不，咱们结婚吧。

许瑜平静地：是可怜我了？

宛强无语。

许瑜继续平静地：我想过了，我们就是结婚，你也不会快活，你会经常想起我姐姐过去对你做的那些事情，你会让遗憾一直保存在你的心里。有一天，当我做了什么事惹你生气时，你就会说"我真后悔"……

宛强默默看了许瑜一眼。

许瑜：我们都已经到了理智处理生活的年纪，还是理智些吧……

宛强怔怔地看着许瑜……

56

白天。新房 206 室里。

宛强正在水池里洗尿布。

他的手机突然响了。

他走到厨房里打开手机。

小润高兴的声音：我已经到了府城火车站，告诉我你这会儿在哪里，我很快就会出现在你眼前。

宛强惊慌失措地：不是不让你来吗？

小润的声音：这会儿还说这话？

宛强手忙脚乱地：好，好，你就待在车站，我去接你。

他关上手机扭过脸来。

他看见许瑜披衣站在厨房门口。

他尴尬地一笑：我出去一下。边说边向外走。

许瑜提醒他：把围裙解下来。

宛强越加慌张……

第十集

1

府城。火车站门口。白天。

小润站在那儿东张西望，不时看着手表，脸露焦急。

终于，伴着一阵刹车声，宛强开车到了她跟前。

她高兴地扑过去：天哪，可等到你了！

宛强抱歉地笑笑，下车拉开车门让小润上车。

2

车内。白天。

小润扭头看着宛强：你可是有点瘦了。

宛强边开车边朝小润笑笑：处理麻烦事情，操心了。

小润用鼻子嗅了嗅：我在你身上闻到一股很奇怪的味道。

宛强笑着：我又不喷香水，身上还能有啥特殊味道？汗味？

小润：一股奶水的味道。

宛强一惊，不过他没有让惊色露出来，而是笑笑：你的嗅觉看来是出问题了，我身上怎么会有奶水味？要不，就是我早上喝牛奶洒到了身上。

小润没有多疑，很快转了话题：说吧，你遇到的是什么麻烦问题，看我能不能帮你，府城电视台这边我倒是认识一些人。

宛强摇头：一些过去生意上的事情，我能处理，不用再劳你出面。

车驶进了府城宾馆大院。

3

府城宾馆一个房间。白天。

宛强对小润：你洗洗，先歇歇，我下午陪你去看看府城的几个景点。

小润摇头：我不想看什么景点，我只想看你！说着，扑到了宛强怀里。

宛强表情复杂地用手轻抚着小润的后背……

4

宾馆餐厅。正午。

宛强和小润在一张饭桌前相对而坐,宛强指着桌上的饭菜:尝尝我们府城的名吃。这是胡辣汤,这是锅盔馍,这是浆面条!

小润笑着拿起了筷子。

宛强面前突然晃过了许瑜和小婉母女俩的影子。

他的脸现出一丝焦急……

5

许瑜新房206室里。白天。

许瑜扎着头巾,在厨房里忙活……

6

府城宾馆院子。白天。

宛强对小润:你先回去休息一会儿,我去把下午原定要办的事简单处理一下,就来接你去游玩。

小润执拗地:我告诉过你,我这次不是来府城玩的,我来是要帮你把麻烦事情处理掉,咱们好一块回省城。

宛强耐心地:我遇到的事情我能处理好,确实不用劳你出面。听话,你先回去小睡一会儿,我马上就来。说罢,向自己的轿车走去。

小润不再说话,只是朝开车出门的宛强挥挥手,但等宛强的车刚一出大门,她就朝一辆的士招手,并很快坐了上去。

小润对的士司机指指刚驶出门外的宛强的轿车:跟上它。

7

许瑜新房206室里。白天。

许瑜正在一边吃饭一边给小婉喂奶。

小婉嘴噙着一只奶子手攥着一只奶子吃得悠然自得……

8

许瑜所住的楼房下停车处。

宛强的车开了过来停下。

宛强下车。

小润坐的那辆出租车也停在了他的车后。

小润下车叫了一声：嗨！

宛强扭头看见小润，脸唰地变了颜色，他异常慌乱地：你怎么来了？

小润：跟踪呀！我一定要看看你遇到了什么麻烦事，我一定要帮你了结了！

宛强手足无措地：哎呀……

9

许瑜新房206室里。午后。

她把饭桌上的杯盘收拾好拿去厨房时，无意间瞥见楼外停车处宛强正在同一个女子说着什么。

宛强分明在阻拦那女子干什么。

宛强的慌乱十分明显。

她站在那儿只看了一霎，就有点明白了。

她迅速地放下碗盘，穿上外衣出了门。

10

一层电梯口。午后。

许瑜走出电梯，对站在那儿的保安指了指门外停车处的宛强：请你去告诉那位先生，就说206室的许先生下午有事，不用再面谈了，一切事情就照昨天签的合同办！

那保安点头：好！

11

楼外停车处。午后。

宛强还在左右为难地对小润：你先回宾馆，我马上就去——

先生！那位保安这时走到宛强身边：206室的许先生让我告诉你，他下午有事，不用再面谈了，一切事情就照昨天签的合同办！

宛强先是一愣，不过很快就明白自己被解围了。他感激地回望了二楼一眼，就急忙转对小润：好了，上车吧，我们去游玩。

小润边上车边疑惑地：事情解决了？

宛强边发动车边答：解决了，我就说不用你帮忙嘛！

小润：那我们下午就可以回省城？

宛强迟疑了一霎，只得点点头。

小润舒心地笑了。

12

206室里。午后。

许瑜站在窗户前，默默看着车驶远。

13

府城宾馆大堂。午后。

宛强对小润：你回房间收拾东西，我来结账。

14

府城宾馆总服务台前。午后。

宛强打开手机拨了一串号码，而后对着手机：小瑜，谢谢你让我避免了一场艰难的解释，我……

15

206室许瑜新房子里。午后。

许瑜平静地对着话筒：回省城去做你的事吧，这儿你不用操心，你已经为我们母女做了很多了。再不用说结婚的话，我不需要这个，我从来没有利用小婉逼你结婚的意思，我只是喜欢有一个孩子。我知道你是个追求完美的人，你带着遗憾结婚不仅使你难受，我也不会好受。我在楼上看见了那女孩，她挺好的，好好地爱她吧……

16

府城宾馆总服务台前。午后。

宛强对着手机：……我会给你们寄钱的……

17

206室许瑜新房子里。午后。

许瑜对着话筒：不用，我既然把她生下来，我就一定能养活她，你放心……

18

公路上。阳光西斜。

宛强若有所失地驾车前行。

小润坐在他的身旁。

车旁掠过府城—省城的路牌。

小润敏锐地：你好像不太高兴？

宛强努力笑笑：怎会不高兴？有你在身边，我还会不高兴？

小润沉思地：你眼中有一种过去没有的东西！

宛强一愣：什么东西？在这同时，他的眼前闪过了小婉的笑脸。

小润注意地看着他：我也说不清，一种飘飘忽忽的东西。

宛强伸手拍拍小润的肩头：瞎说吧……

19

省城文盛书店。夜。

宛强的小办公室里，大冬、小二正坐在他对面。

小二：哥，你不在的这段时间里，书店照原样运行，每天的盈利都还不错。

宛强点头：你们辛苦了。

大冬：现在有两件事等你回来决定，一件是隔壁的那栋二层小楼的主人想把楼房出手，出租也行，问过我们几次要不要买或租。

宛强：要是租的话，月租多少？

大冬：6000。

宛强：买呢？

大冬：27万。

宛强点头：租。楼上住人，咱们，包括雇的员工，都搬到那楼上住，不再店寝合一；楼下做书库，可以把多进的一时卖不出去的书存在那里。

　　大冬：中。

　　宛强：另一件事呢？

　　一个叫夏风的书商说他手上有一本爱情小说书稿，绝对赚钱，他想和我们联合做这本书。

　　宛强：这个要慎重，他要再来，让他来见我！

　　大冬点头。

20

　　文盛书店旁边的一栋二层小楼，上三下四的格局。白天。

　　工人们正在粉刷装修。

　　宛强在大冬的陪同下，在二楼对装修工人们说着什么。

　　小润走了过来。

　　大冬先看见小润，对宛强笑着挤眼：主持人到。

　　宛强扭身看见小润笑笑：来了。

　　小润：装修这座小楼准备干啥？

　　大冬开玩笑地：准备给你当新房哪！

　　小润脸一红，也笑道：你以为我不敢要呀？！

　　大冬继续笑着：你只要说"要"，我立马让工人们改设计！

　　小润看一眼宛强，半真半假地：要！

　　大冬显然未料到对方会当真说出这话，一时不知如何办了。

　　小润将军大冬：你去让装修工人们改设计呀！

　　大冬傻在了那儿，尴尬地看着宛强：大哥，这……

　　小润讥讽地：只会吹牛！

　　宛强这时扭脸含了笑看定小润：你真要？！

　　小润不示弱地：我当然真要！

　　宛强转对大冬：去告诉装修工，楼上三间，一间装成书房，两间装成卧室；楼下四间，两间装成客厅，一间装成餐厅，一间装成厨房！

　　大冬高兴地看了一眼小润，高声地：行！

　　小润先是一惊，继而含羞地垂下了头……

21

傍晚。细雨飘洒。

中原大学校园万教授家门前。

宛强和小润各打一把伞走了过来。

小润敲门，无人应声，只得掏钥匙开门。

22

傍晚。万家客厅。

宛强和小润刚进屋坐下，电话响了。

小润拿起话筒：妈，你们去哪儿了？

话筒里万夫人的声音：我和你爸在郊区你刘伯伯家，因为下雨，今晚就不回去了，你自己做饭吃吧。

小润：知道了。放下话筒高兴地：好，他们不回来，今晚自由了！说着脱下外衣：你先看电视，我去做饭。

宛强笑笑，拿起了电视机的遥控器……

23

万家餐厅。夜。

宛强和小润坐在餐桌前，都举着葡萄酒杯。

小润笑着：现在是不是有些后悔？

宛强：后悔啥？

小润：把一座小楼给了我呀！

宛强：只要你高兴，把我身上的啥东西拿走都行！

小润受了感动，轻声地：我只要你的一颗心，别的都不要，那座小楼，我只是先住住，尝尝人住在宽敞房子里的感受……

24

万家门口。夜。

宛强拿了伞，正下台阶。

一阵夜风和着变大了的雨点扑过来，喝了酒的宛强趔趄了一下。

小润急忙扶住他：不行，雨这样大，你又喝了酒，你开车走我不放心!

宛强：问题不大。

小润：这样吧，你住下，明晨再走。你睡我床上，我去爸妈床上睡。

宛强坚持着：这点雨还能吓住我？

小润含情故作嗔怪地：还逞能?!

宛强不说话了。

25

小润卧房。夜。

室内的摆设都透着闺房主人高雅的品位。

小润弯腰抻开床上的被子，给枕头换上新枕巾。

宛强站在那儿，充满感动地看着。

小润拿上自己的睡衣转身对宛强：你睡吧，我去——

宛强冲动地抓住了小润的手：小润……

小润含羞地垂下了头。

宛强去吻小润的额头。

小润偎在了宛强的怀里。

两人长吻，小润抱着的睡衣掉在了地上。

两双脚都在不由自主地向床边移动。

双双倒在了床上。

灯被拉灭……

26

白天。文盛书店内。

宛强正和几位售货员一起往书架上上书。

大冬走过来对宛强：宛总，那个书商夏风来了。

宛强：领他去办公室。

27

书店内宛强的办公室。白天。

一个服饰讲究挟着真皮皮包的年轻男子——夏风坐在宛强对面。

宛强：听说你手上有一本能赚钱的书稿？

夏风：绝对能赚钱。

宛强：你真有把握？

夏风拍着胸脯：我可是在图书发行二渠道混了许多年，不是吹牛，哪本书能发多少，搭眼一看就明白，就像牛经纪摸摸牛的屁股就知道牛有多重一样！

宛强：书稿你今天带来了？

夏风：我只带来了一半，恕小弟无礼，不敢把全部书稿都交你看，你知道，如今书商们为赚钱什么手段都敢用上，万一手稿被复印复制，我就一分也赚不到了。

宛强表示理解地：好吧，我先看看你带来的这部分。

夏风小心翼翼像掏宝物似的由提包里掏出一叠书稿递过来。

宛强：没有书名？

夏风：稿上没写，你我知道就可以了，叫《一见倾心》。

宛强：能不能合作要待我看了书稿之后再定，我现在想听听你关于我们合作的设想。

夏风显然早已想好：你只需从一家出版社弄来一个书号，我即付你18万元，咱们一手交书号，一手付现金。之后，我来负责印制，书印出来后，你要多少，我都4折给你！

宛强：你自己为何不去弄一个书号呀？

夏风：你宛总名声好呀，又开着书店，出版社信任你，我们去弄，麻烦大了。

宛强默默地听着……

28

文盛书店旁边的那栋二层小楼。傍晚。

小楼已装饰一新。

小润、万教授、万夫人正在宛强的带领下参观着小楼。

万教授称赞地：不错，装得真是不错，很有格调！

小润高兴地：爸，妈，住在这楼里比住在你们那公寓房里舒服吧？

万教授笑着：一代更比一代强嘛，你们这一代人赶上了好时候！

万夫人：住这么大的房子，打扫一次卫生可是要费不少力气。

宛强接口：会雇一个保姆。

万教授这时转对宛强：你和小润结婚的事，小润给我们说了，我和她妈妈都同意，办婚礼的日子和方式由你们自己定。

宛强感动地：谢谢伯父、伯母……

29

文盛书店宛强的办公室。夜。

电视机上正在播放小润主持"读书时间"节目的画面。

宛强看得津津有味。

小润正开朗大方地对着话筒说着什么。

一只手突然伸出啪的一声关掉了电视机。

镜头拉开才看清，关掉电视的正是小润自己。

宛强：怎么不让看了？

小润撒娇地：看屏幕上的主持人还不如看我本人哪。

宛强笑了：那可是不一样的味道。

小润：怎么不一样了？

宛强笑着：屏幕上的你有一种端庄美，屏幕下的你有一种娇嗔美。

小润喜悦地：读了几本书？在我面前卖弄起词汇来了！

宛强：我愿把你在公开场合和私人空间里的所有影像都留到心里。

小润：净说好听的吧，哎，正事还没说呢。

宛强：正事？

小润：爸妈让咱们自己定结婚的日子，你说定哪一天？

宛强笑着：我听你的！

小润撒着娇：这事得你说！

宛强：那就28日，如何？

小润扑到宛强怀里：好，就28日！

30

二层小楼一层客厅。白天。

宛强正坐在沙发上读一叠书稿，那正是夏风给他的那叠书稿。

他读完最后一页，头靠在沙发上沉思。

小润抱一叠窗帘布走进来，气喘吁吁地对宛强：我想把卧室的窗帘布换成这种花色的，行吗？

宛强起身接过窗帘布：行呀，挺素净雅气的。

小润重重地坐在沙发上：累死我了。

宛强放下窗帘布，拿过一双拖鞋给小润换上。而后指着放在小润身旁的那叠书稿：你先歇一歇，而后咱俩换换工，我去挂窗帘布，你看看这部书稿。

小润转身拿过那叠书稿：小说？

宛强点头：书名叫《一见倾心》。准备与人合作的一本书，你帮我把把关。

小润玩笑地：承蒙宛总看得起，万莫我就不推辞了。说罢，就看了起来……

31

晚。文盛书店宛强办公室。

小润、大冬、小二围坐在宛强的办公桌前。

宛强：这半部书稿你们几个都看了，我想听听你们几个人读后的感觉。说罢看向小润：你先说。

小润：这半部书稿因为写的是城市青年的爱情生活，我读时还是很吸引我的，故事情节设计得不错，很扣人心弦，几个人物也写得活灵活现，语言也流畅，总的感觉不错，但究竟能不能在市场上热销，我说不准。

宛强点头，转向大冬：你说说。

大冬：我平日看书不多，对小说不大懂，只是觉得这本书不会给咱惹来什么麻烦。

宛强转向小二：你也读了，说说。

小二不好意思地笑笑：我说不清好坏，只是觉着写得挺让人爱读，我还把那稿子复印了一份，预备留下来再细读。

宛强：既是大家都没有不好的感觉，那咱们就做！……

32

人民出版社郑总办公室。白天。

宛强正与郑总说着什么,手里晃着《一见倾心》的书稿。

郑总放心地点头……

33

阴云密布,白天。一家茶社的一间包房。

宛强与夏风隔桌而坐。

宛强:我已与人民出版社的郑总说了《一见倾心》这本书的事,我和他过去合作过,他信任我,把书号给了我。

夏风:那我就付钱。说着,拉开提包,看了一下门口。把两捆百元大钞拿了出来。

宛强把书号手续交给了对方。

夏风把那两捆百元大钞推了过来:你数数,18万一分不少。

宛强笑笑,把钱装入自己的提包。

一声炸雷突然由窗外响起,把宛强惊得拿钱的手一抖……

34

二层小楼楼上卧室。白天。

小润正在往卧室墙上挂一幅国画荷花红立轴。

她退后审视欣赏着。

宛强走了进来,看见那幅画后赞道:这荷花画得不错!

小润:这画家是爸的朋友,听说我俩结婚,特意让他夫人送来的!

宛强歉疚地:我只顾忙着书店里的事情,婚礼的事让你一个人操持,真抱歉。

小润笑着:离28日只剩11天了,我真怕我忙不过来。

宛强:还有哪些事没办?

小润:摆婚宴的酒店还没定下。

宛强:这事交给我了,大概要摆几桌?

小润:咱不张扬,可也得八九桌,电视台里我的那些同事,爸妈的一些朋友,你书店里的人。

宛强：那就先按十桌定。

小润点头……

35

一个写有金龙大酒店铭牌的大楼。白天。

宛强走了进去。

36

金龙大酒店餐厅内。白天。

宛强正对一个经理模样的人：我想在28日中午，在贵酒店举办结婚宴。

那经理笑着：欢迎呀，要摆多少桌？

宛强：至少10桌。每桌按1000元的价位安排。

经理：没问题，就在这个餐厅里，到时候用屏风给你们隔开，你们想怎么热闹都成！

宛强感激地：谢谢！

37

金龙大酒店大堂。白天。

宛强坐在大堂一角一个沙发上，打开手机拨号。

他对着手机低声地：小瑜，你和小婉都好吗？

手机里许瑜的声音：都好，你呢，忙不忙？

宛强对着手机：还行，我前几天给你们寄的那笔钱收到了吗？

38

府城许瑜所住的206室内。白天。

小婉正躺在婴儿床上挥动着手脚玩耍。

许瑜坐在一旁对着话筒：收到了，你再不要寄了，我能养活小婉，我们娘俩的日子你不用操心，我已经申请办了一个小书摊，就在小区门口……

39

金龙大酒店大厅一角。白天。

宛强依旧对着手机,面露一点不自然的笑意:小瑜,有件事,我想我得先给你说一声,本月28日,我要结婚了。

40

府城许瑜所住的206室内。白天。

许瑜脸色平静地对着话筒:祝贺你,是我上次隔窗看见的那个姑娘吧?好好爱她。

话筒里宛强的声音:我这心里……总觉得对不起你……

许瑜淡淡一笑:过去的事都过去了,再不要放在心里,好好过你的日子,再见!说罢扣下了话筒。

她呆呆地坐在那儿,半晌未动。能看出她外表虽然平静,心中却是波涛汹涌。

她站起身,走到婴儿床旁,先俯身对婴儿:宛婉,我的好女儿,咱们该出去摆摊了。随后就推动车子向门口走去。

41

滨河花园住宅小区大门外一侧。白天。

一个小小的书摊后,站着许瑜。她的身旁,是那辆放着宛婉的婴儿车。

许瑜对着行人吆喝:看书,看刊,看报了……

偶尔有一个行人停下来走到摊子前。

宛婉瞪着乌黑的大眼睛,直看着蔚蓝的天空……

42

中原大学万教授家客厅。傍晚。

宛强、小润、万教授分坐在沙发上。

万教授:婚礼的事都准备好了?

宛强笑笑:差不多了。

小润开玩笑地望着爸爸:就差老爸为我准备一辆"奔驰"牌大花车了!

万教授也笑着:还想坐奔驰车出嫁呀,没门,我和你妈给你准备了一辆三轮车，到时候让宛强骑上把你拉走就行！

小润撒娇地扑到爸爸怀里抗议着：我不出嫁了，就老在万家！

万夫人这时拎着一套精致的西装由内室出来叫道：宛强呀，你来穿上试试，这是我和你爸送给你的结婚礼物！

宛强急忙站起感动地推让道：衣服我都有，爸妈不该破费的。

万夫人笑着：你有是你的，这是我们的一点心意。

小润这时走过来推着宛强：快穿上呀，不要白不要！说着就去脱宛强身上穿着的夹克衫外衣。

宛强穿上这身挺括的西服，显得越发精神。

小润审视品评着：不错，老爸老妈的审美品位还行。

宛强望着万教授、万夫人：谢谢。而后转向小润：咱们该走了吧，你不是说晚上有人要来给你试婚纱吗？

万教授这时开口：你俩今晚都不要走了，留在这里给我陪客，陪完客人再回去试婚纱。

小润：陪谁呀？

万教授：客人来了你们就知道了。说着看了一下手表：快到了，你俩随我到门外迎迎，老婆子赶紧准备饭菜吧！

43

万家大门外。傍晚。

万教授和宛强、小润站在那儿。

宛强和小润低声说着什么。

一辆轿车开了过来。

万教授迎上前去。

车门开了，从车里下来的是省文化厅的管弥处长。

万教授伸出手，热情地：欢迎你呀，管处长。

站在一旁的小润和宛强看见管弥，都一愣。

小润低声地：原来是他呀。

万教授转而指着小润和宛强介绍：这是我女儿小润，这是宛强，也是府城人，你认识的！

管弥看见小润和宛强，分明也是一愣，不过他很快就伸出了手：哎呀，小润，只知道你是省电视台的名牌主持人，没想到你还是万教授的女儿！握罢小润的手后，又过来握宛强的手：我们是老朋友了，宛强，最近书店的生意如何？

宛强不冷不热地：谢谢管处长关心，生意还行。

管弥：行了就好！要争取做好做大，当一个书业界的大腕！边说边随万教授走进屋里。

44

万家餐厅。傍晚。

万家三口人和宛强、管弥围坐在餐桌前。

管弥举着酒杯：自调省文化厅后，早就想来拜会万先生，无奈初来乍到，事情缠身，今天刚好来贵校办事，才算了了夙愿，来，来，先敬万先生和夫人一杯！

宛强冷冷地看着管弥的举动。

管弥转向宛强和小润：上次在酒店与你俩相遇，始知你们是朋友，不知最近这朋友二字中是否又加入了其他的含义？

万教授笑着接口：他们两个28日就要举行婚礼了。

管弥夸张地：哟，那可是一件大喜事，到时候可要请我去喝一杯喜酒呀！来，提前先敬两位新人一杯！他稍带些淫邪意味的目光在小润那高隆的胸上一晃而过。

宛强表情平淡地举杯碰去。

万教授：管处长在省文化厅，以后要多多关照宛强的书店。

管弥呵呵笑望着宛强：那还用说？！含笑的目光里却分明有冷意一闪⋯⋯

45

夜。省城管弥家。

管弥在用水盆烫脚。

许玫提一个水壶过来向盆里加着热水。

管弥望着许玫：宛强那小子要结婚了。

许玫试水温的手猛地一抖，抬起头恨恨地：女的是谁？

管弥：省电视台的节目主持人，当初去过府城的那个万教授的女儿万小润，那可是一朵花呀，真没想到这小子还有这等艳福！

许玫：这个杂种！真就没法治他了？

管弥：慢慢走着瞧嘛，现在人家结婚，你总不能不让人家结吧？！

46

文盛书店。白天。

店内买书的人很多但很安静。

宛强站在店堂一角，正在轻声回答着一个读者的询问。

小二走过来对宛强轻声地：哥，那个夏风来电话说让明早去拉《一见倾心》那本书。他们已经印出来了，咱们要多少？

宛强：究竟销路如何还没有把握，先进500本吧。

小二：他要现金。

宛强：就带上现金，你和大冬一块去，记住是4折。

小二：好。

47

清晨。省城郊区一个大型破旧仓库。

大冬开着一辆小型卡车驶到了仓库外边，他旁边坐着小二。

小二疑惑地：咋在这样一个鬼地方发书？

大冬也有些意外：这好像在做地下工作。

两个人打开车门下来，向仓库里走去。

48

清晨。仓库里。光线很暗。

一伙人正在分发书。进书的人中有往人力三轮车上装的，有往摩托车上装的，有往机动三轮车上装的。

显然是现钱交易，那个夏风正在收钱，他边往一个提包里塞钱边对他的手下喊：给这位魏先生发400本！

夏风数完另一个人的钱后高喊：给这位高先生发300本。

其中一个中年男子对夏风：老弟，这本书究竟好不好销？你可不要坑我们哪！

夏风：把心放到肚里，这本书比《金瓶梅》还厉害，你说能卖不出去?!

大冬、小二走了过来。

夏风扭脸看见，招呼道：哟，二位来了。

大冬：我想先看看书。

夏风：没问题！说着把一本书递了过来。

大冬接过看去，只见书名果然是《一见倾心》，设计倒也不俗。

夏风：你们要多少？

小二：500册。

夏风笑了：那么有名的文盛书店，只要500册，气魄太小了吧，是怕钱赚多了没地方放是吧？

大冬：先要500册，销得好再加，给我们的折扣可是预先说好的，4折。

夏风：当然！带钱了吧？

小二把钱递过去。

夏风仔细数着。数完，对其手下人高叫：给文盛书店发500册！

有人把成捆的书朝大冬、小二递过来……

49

文盛书店。白天。

顾客开始陆陆续续地进店。

大冬、小二正在把刚进来的那500册《一见倾心》拆包上架。

有顾客拿过《一见倾心》翻着。

一个顾客翻着翻着惊叫：哟，还有这个！

另一个顾客闻声凑过去，边看边笑。

书中插页特写：上边印着赤裸的女性身体照片。

进店的顾客闻声都过来拿着书看。

顾客们的异常举动引起了在收款台前收款的小二的注意，他也去拿了一本书仔细翻看着。

书中不止一幅插页，每张插页上都印着女性裸体照片。小二大惊，急忙叫住正在店堂忙乎的大冬，示意他过来看书。

大冬翻完书后也很吃惊，轻声地：他们怎么印上这个？

小二：走，去给大哥说说。

50

店旁二层小楼。白天。

二层卧室里，小润正穿着一身红衣裙站在宛强面前：我明天婚礼上就穿这个行吗？

宛强笑着审视一阵走到小润身边：你穿什么衣服都非常漂亮，快别让我看了，再看我会忍不住亲你的！

小润闻言满腮含笑地朝宛强依偎过来。

宛强揽住小润刚要俯身亲吻，突然响起了敲门声。

两人急忙分开。

宛强：谁呀？

大冬的声音：大哥，有急事！

宛强：进来吧。

大冬和小二推门进来。

宛强：啥急事？

大冬把手中的一本《一见倾心》递上：他们在书中插有照片。

宛强接过，翻了翻，看了看那几张照片，皱眉骂了一句：无聊！

小二担心地：哥，不会出事吧？

宛强显然没意识到事情的严重性，淡淡地：这书不要再进了，卖完为止。这个夏风，为了促销，竟采取这种下作手段，咱们再不同他合作了。

小润这时喜不自禁地对大冬、小二：你们两个记住明天上午要先把店里的事情安排好，然后按时赶到金龙大酒店参加我们的婚礼！

大冬、小二转忧为喜地：当然！

51

省文化厅。管弥办公室。白天。

管弥正坐在桌前看着什么文件。

年轻的公务员小景匆匆走进来对管弥：处长，刚才几个读者相继打举报电话来，说中原图书批发市场和街上不少书店，都在卖一本黄色小说《一见倾心》。

管弥抬头：哦？

小景：举报人说，小说的后半部分描写不堪入目，而且配有女性裸体照片。

管弥：你迅速去市场查清情况，然后电话告诉我。

小景：是！

52

中原图书批发市场。傍晚。

年轻公务员小景一手拿着一本《一见倾心》，一手拿着手机：报告管处长，书已见到，内中有女性裸体照片，而且一些段落描写极其下流，可以肯定是一本黄色书籍。

53

省文化厅管处长办公室。傍晚。下班时间。

管弥正握着电话询问：《一见倾心》是哪个出版社出的？

电话里公务员的声音：省人民出版社。

管弥：你马上去出版社查清情况！

54

晚。省人民出版社大门口。

小景正对着手机：管处长，出版社的人已经下班，我初步了解了一下，《一见倾心》这本书是文盛书店老板宛强从出版社买书号自己印的……

55

晚。省城管弥家。

管弥握着话筒意外地：文盛书店宛强？

电话里小景的声音：对。

管弥的脸上慢慢浮出一个冷笑，只见他对着话筒：好，你先回来休息吧！

他放下电话大声对厨房里喊：许玫！

　　许玫腰围围裙由厨房里出来：有事？

　　管弥兴奋地：宛强那小子制售黄书，又犯在我手上了！

　　许玫咬了牙：这回可不能轻饶了他！

　　管弥阴沉地：宛强，明天是你举办婚礼的日子，我看你这个婚礼还怎么举办下去！

　　他猛拍了一下桌子……

第十一集

1

旭日东升,霞光万道。万家客厅。

小润坐在镜前梳妆,一个女伴正在为她盘头。

万夫人在把给女儿的陪嫁品装进箱子。

万教授满脸含笑地问一个年轻人:鞭炮买来了吗?

那年轻人:买来了,两挂五千响的。

一个姑娘兴冲冲地拎着一篮花瓣走进来对小润高叫:待一会儿我要把这些花瓣都撒在你身上。

镜中的小润抿嘴一笑……

2

文盛书店门前。一派喜庆气氛。

三辆花车排成一队停在门前。头两辆轿车显然是雇来的,一辆是奥迪,另一辆是凌志,后一辆车是宛强自己的那辆马自达。三辆车上都饰有彩带和红气球。

西装笔挺的宛强满脸含笑地问大冬:可以走了吗?

大冬:稍等一等。跟着跑到第一辆车前对一个拿家用摄像机的小伙子交代:一定要把重要的美好的画面全拍下来!

那小伙子:放心吧!

大冬又跑到第三辆车前对一个怀抱录音机的姑娘:要不停地放喜乐,记住了?

那姑娘笑道:明白!

大冬这次跑过来拉住宛强上了第二辆奥迪。

车队启行了。

3

奥迪车内。阳光满车。

坐在副驾驶座的大冬扭头对宛强:大哥放心,小弟保证把你的婚礼操持得滴水不漏！

坐在后座上的宛强笑笑：辛苦你了！

4

省文化厅大门口。早上上班时间。

管弥站在一辆轿车车门前问小景：与市公安局联系好了？

小景：联系好了，他们在等我们！

管弥：出发！

两人上车……

5

中原大学万教授家门前。上午。

鞭炮响了，喜乐响了。

担任伴娘的姑娘扶着身穿婚纱的小润走出房门。

宛强上前，握着小润的一只手引她上了那辆奥迪。

万教授和夫人上了第三辆车。

第一辆车上握摄像机和相机的两个小伙子正在忙着录像、拍照……

6

市公安局一间挂有"扫黄办公室"牌子的房子。上午。

管弥正把那本《一见倾心》的小说递到一个警察手里：就是这本黄书，目前正在全市各图书网点流散！

那警察接过书认真地翻看着。

管弥：此事已报省扫黄打非办公室知道，他们要求，一、立即查封所有正在市场发行的《一见倾心》；二、立即拘捕出版这本书的犯罪嫌疑人。

那警官：我立刻向领导报告！

7

金龙大酒店大餐厅。上午。

结婚仪式正在举行。

一个青年男子手举话筒，用纯正的普通话——显然是省电视台的主持人——宣布：请男女双方介绍恋爱经过！

众人一片掌声。

宛强和小润都不好意思地看了一眼双方。

司仪看着宛强和小润笑催着：谁先讲？

宛强只好脸红着：我先说……

一阵欢笑声……

8

市公安局门口。上午。

管弥、小景和几个警察走出市公安局大门。

管弥对其中一个警察：据我们了解，黄书制作者现正在金龙大酒店举办婚礼。

那警察对他的手下一挥手：上车，金龙大酒店！之后转对管弥：你跟在我们后边。

几个人奔向两辆警车。

管弥和小景走向自己的车。

两辆警车快速驶去。

管弥的车紧紧跟在后边……

9

金龙大酒店大餐厅。时近正午。

宛强和小润的婚礼还在进行。

宾客们的欢笑声响成一片。

司仪高喊：下边我们请新郎、新娘共唱一首《夫妻双双把家还》好不好？

众宾客笑着应和：好——

原本关着的餐厅大门这时突然被砰一声撞开。

众人闻声扭头。

只见市局的那几个警察神色肃穆地走进来。

众宾客都惊在那儿，大餐厅内鸦雀无声。

大冬见状急忙迎过去叫道：哎，同志！

领头的警官猛把大冬推开，而后径直走到宛强身边，冷冷地：请问，你就是宛强？!

宛强有些生气地：我是宛强，你们这是——

宛强的话音未落，那警官突然从身后抽出一个手铐，啪地铐在了宛强手上。

众人呀地惊叫一声。

一旁的小润急忙过来：你们这是干什么？

那警察没有理会小润，而是把一张逮捕证朝宛强一亮：你因制黄贩黄，被市公安局批准逮捕，签字吧！

宛强怒极地吼道：胡说！

胡说！大冬、小二这时也扑了过来吼道。

坐在那儿的万教授和万夫人这时也赶忙走到了那警官身边，万教授激动地：你们一定是搞错了！

那警官这时转对餐厅门外叫了一句：管处长进来！

10

餐厅大门口。白天。

一直站在那儿冷冷看着餐厅内事情发展的管弥和小景，闻唤走了过来。

管弥径直走到万教授身边，歉然一笑：真抱歉，请看这个！说着把一本《一见倾心》递到了万教授手上。

宛强、小润、大冬、小二看见那本书后都是一惊。

万教授很激动地转向宛强：这是你印制的？

宛强点头：是的。

万教授又转向管弥：我相信我的女婿宛强，他不会去做什么黄书，你们一定是把这本书的性质定错了，它不会是黄书！

管弥冷冷笑笑：我一开始也不相信这是真的，可只要你读一下书的后半部，立即就会明白。好在我没收的《一见倾心》很多，这一本就送你了，你回去再仔细读读！

那警官这时对手下挥手：带走！

两个警官架着宛强就向门口走。宛强默看了一眼管弥，目光尖利如箭。

小润身子一晃，向地上倒去。

众人急忙上前扶住。

万教授手捂住胸口，重重地坐到了椅子上。

万夫人哭叫了一声：天哪……

管弥幸灾乐祸地环视着这个刚才还洋溢着一片欢乐的场所……

11

文盛书店。下午。

宛强的小办公室里，大冬和小二正一人拿着一本《一见倾心》在看着。

大冬后悔地：天哪，当初咱拿到书后都没有认真看，这书的后半部分写得实在浑蛋，净是男女在床上的事情！

小二拍着自己的额头：我们上当了！上那个夏风的当了！他赚了大钱，我们担了出版的责任！

大冬恨恨地猛然站起：去找他！

小二也站起身来：咱只有找到那个夏风，才能为大哥洗刷掉罪名！……

12

中原大学万教授家。下午。

万教授把那本《一见倾心》一把摔到桌子上，一脸铁青地吼道：宛强他真是钱迷心窍，怎么能做这种书？明明是黄书嘛！

万夫人小心地拿过书，不相信地：我就不信宛强能傻成这样，真去做黄色书籍？

万教授暴怒地：不信，不信，还不信？他把书从桌子上拿过，哗哗地翻到其中一页，递到妻子面前：你看看，你看看，这写的是什么东西?!

万夫人看过那页之后，也目瞪口呆。

万教授瞪住妻子：还不信吗？

万夫人抬手捂住了自己的脸。

13

万家小润闺房。下午。

小润正伏在床上嘤嘤啜泣。

当伴娘的那个女伴正在她身边轻声劝慰着。

万教授冷着脸走了过来,发泄地:哭,哭,哭有什么用?你整天和他在一起,对他做的蠢事竟然一无所知,还有脸哭?

正在哭泣的小润闻言猛地坐起身:你吼什么?丢你脸了是吧?

万教授恼怒地:出了这么大的丑事,你叫我以后还怎么往大学讲坛上站?学生们和其他教师将怎样议论我?!

小润闻言起身:丢你脸了,我走!说罢,一擦眼泪,傲然向门外走去。

万夫人着急地想唤住女儿:小润,小润——

小润头也没回。

万夫人转向万教授抱怨地:孩子心里正在难受,你怎么能——

万教授暴躁地:少啰唆!说罢,一屁股坐到了沙发上,双手抱住了头……

14

郊外当初大冬、小二进书的那个废仓库里。白天。

大冬、小二匆匆跑进来。

仓库里空无一人。

地面上片纸无存。

两个人呆在那儿……

15

小润新房二楼卧室里。傍晚。

小润有气无力地拥被倚在床上,显然是病了。

大冬、小二垂头丧气地走进来。

小二:小润姐,我去请个医生来给你看看病吧。

小润摇摇头,而后微声地:找到那个夏风了吗?

大冬:没有。在图书批书市场听人说,上边一查禁《一见倾心》,他就没了踪影,显然是藏起来了。

小润无力地:一定要找到他,只有找到他,事情才能弄清楚。

大冬叹口气:我们是上当了。这个夏风当初之所以让我们去给他弄书号,就是为了逃避责任,并不是他买不来书号!

小润咳了起来……

16

省城看守所。白天。

一个不大的监房里,挤坐着十几个在押犯罪嫌疑人。

宛强也坐在其间,他身上虽然还穿着婚礼上的那身新西服,但人显然已变得狼狈而憔悴。

他默默看着脚前的地面,陷入沉思。

画外飘来他充满悔恨的声音:你太愚蠢,你怎敢如此轻信人?你生生是被钱蒙住了眼睛……

17

白天。

一张报纸。

报纸上的通栏大字标题:文盛书店老板宛强涉嫌制黄被刑拘。

镜头拉开,才见看报纸的原来是许玫,她正坐在自己家里。

许玫面露冷笑地把报纸扔开,对坐在一边看什么文件的丈夫管弥:我要去看看他!

管弥没听明白:看谁?

许玫指了指报纸:这个被关起来的浑蛋。

管弥不高兴地:去看他干啥?现在可能还不许探视。

许玫冷笑着,话里有话地:我找找熟人通融一下,去跟姓宛的说说话安慰安慰他呀!

18

白天。省城一看守所。

宛强所在的监房。

宛强正木然呆坐在墙角。

一个狱警走到门前高叫：宛强，有人探视。

宛强闻声抬头。

19

看守所会见室。白天。

宛强快步走了进来，他显然急于见到亲人。但当他看见坐在栅栏对面的是许玫时，意外地停住了步，吃惊地瞪住许玫。

许玫：没想到是我来看你吧？宛大经理？

宛强默然看着对方。

许玫：我来就是为了告诉你，这是你该得的报应！你就好好地在这儿住着吧！

宛强依旧无语。

许玫笑着：我今天来给你带了一样礼物，你愿不愿要？

宛强转身想走。

许玫呸的一声，隔着栅栏把一口唾沫吐到了宛强的脸上：这就是我给你的礼物！

宛强没动，任颊上的唾沫向下流着……

20

府城滨河花园住宅小区。阳光初升。

小区大门外许瑜摆的那个小书摊前，许瑜正忙着把书刊、报纸摆开。

一旁的婴儿车上，小婉正坐在车上瞪大眼睛看着妈妈的举动。

一个骑摩托车送报的男人在书摊前停下摩托，将车后装的一捆报纸递到许瑜手上：你要的 100 份晨报。

许瑜急忙道谢：谢谢你！

那人重又骑车走了。

许瑜弯腰打开报纸往书摊上放。

报纸上的一行题目突然吸引了她的眼睛：省城扫黄挥出重拳，书店经理宛强被捕。

许瑜急忙抓起报纸看了起来。

她的眼中出现了意外和震惊。

她慌慌地转身对旁边水果摊的一位中年妇女：大姐，帮我照看一会儿摊子！而后弯腰抱起女儿，慌慌地向街里走去。

21

府城大街。白天。

一栋挂有诚心律师事务所牌子的楼房。

许瑜抱着孩子匆匆走了进来。

22

诚心律师事务所内。白天。

抱着孩子的许瑜正急切地对一个中年律师：张律师，我可以请你去省城为我一个朋友的案子做辩护吗？

那律师点头：当然可以，只是你还没说他犯了什么事呢。

许瑜：我现在只得到一个消息，说他制售黄书。

那律师：制售黄书是违法行为，我就是替他辩护，也只能在罪轻罪重的问题上辩。

许瑜：我虽然还不知道详情，但我相信他绝不会傻到去真的制售黄书，我估计这案子一定有冤枉他的地方！

那律师：你说得这样肯定？

许瑜：当然，我了解他！

那律师：好吧！这案子我接了，待会儿我们签一份委托书；同时我要说明，这是要收费的，而且我往返省城的住宿费用也都要由你来负担！

许瑜毫不犹豫地：这没问题！说着，就从兜里掏出了一大把平日卖报、卖书所得的零票。

那律师：钱不要交给我，交到财务上就行！

许瑜抱了宛婉站起身来。

23

省城火车站出站口。清晨。

许瑜抱着熟睡的宛婉走出站口。她的身后跟着那位律师。

许瑜腾出一只手拿出那张府城晨报，看了一眼后对一个的士司机：去顺河街文盛书店。说罢和那位律师上车。

24

出租车内。清晨。

许瑜对张律师：我一会儿送你到文盛书店后，我就走了，不再陪你。你到文盛书店了解情况时，只说你是宛强的朋友，自愿为他免费辩护，一句话也不要说到我。以后见到宛强，也不要提我。这是按规定给你的费用！说着把一包钱递到张律师手上。

张律师惊异地：为何？

许瑜：请照我说的做，以后你会慢慢明白的。

张律师迟疑地慢慢点头：好吧，就依你。

25

文盛书店门口。清晨。

出租车停下。

张律师走下车。

坐在车内的许瑜先看了一眼文盛书店的店门，随后隔窗向张律师挥挥手。

车重又开走。

26

省城一家商场。上午。

抱着宛婉的许瑜走了进来。

她先到一个柜台前买了毛巾、衬衣、短裤等用物，后又到食品柜台前买了面包、香肠、方便面等吃食。

她一手抱孩子，一手提着东西走出了商场……

27

省城看守所大门口。天近正午。

许瑜抱着孩子提着东西由远处走了过来。

她走近会见室门口对一个警察怯怯地：同志，我给里边一个关着的人送点东西可以吗？

警察：谁？

许瑜：宛强，前不久关进来的？

警察：是那个制售黄书的？你是他什么人？

许瑜：妹妹。

警察先看了看手表，又看了看许瑜怀中的孩子，皱皱眉头：按说他现在还不能探视，不过看你抱个孩子跑来，他又不是杀人抢劫，还是允许你们见一面，你先进去等，我让人去把他提来。

许瑜急忙摇头：不，不用叫他来，麻烦你把这些东西转交给他就行了。

警察狐疑地：不见了？

许瑜轻微点头，低声地：见了免不了都伤心，你把这些东西转给他就行，谢谢了。说着把东西递到了警察手上。

警察有些意外地看着许瑜……

28

省城看守所宛强监房。午后。

宛强正仰靠在自己的铺位上发呆。

门外响起会见室那个警察的声音：宛强！

宛强闻声站起：到。

警察：有人给你捎来了东西。说着晃了晃手里提着的塑料袋。

宛强走到铁栅栏门前：谁送来的？

警察：你妹妹！边说边把铁栅栏门打开递了过来。

宛强接过东西后低低自语：妹妹？小润，是你来了？

小润的身影在他眼前一闪。

宛强拿起塑料袋里的面包，迫不及待地放进了嘴里……

29

文盛书店宛强办公室里。白天。

张律师正和大冬、小二相对而坐。

张律师：你们两个都敢断定，你们当初看《一见倾心》的前半部书稿时，没有发现有黄色内容？

大冬、小二点头。

张律师：这前半部书稿有没有留下复印件？

小二突然记起地：有，我当时复印了一份，想再细看一遍。

张律师高兴地：去把复印件拿来！

30

小润新房二楼卧室。阳光西斜。

大冬、小二领着张律师走到门口敲门。

一个女孩拉开了门。

小二：小润姐起来了没？

那女孩：还在床上躺着，你们进来吧。

31

二楼卧室。下午。

小二指着张律师对一脸病容仰躺在床的小润：姐，这位是我哥的朋友张律师，他自愿从府城来当哥的辩护律师。

小润有些感动地欠身对张律师：谢谢你。

张律师摇摇头，而后把目光凝在了墙上的一幅相框上，那相框里镶着小润身着婚纱和宛强在一起的照片。

张律师的眼睛里分明是明白了一切的神色，他轻声地对小润：根据我目前了解到的情况，宛强在这桩案子里要负的责任不小，但不是主要的，请你放心。

小润：谢谢你……

32

市公安局门口。白天。

张律师走了进去。

33

市公安局一间办公室里。白天。

张律师正对当初负责拘捕宛强的那个警官说着什么。

那警官边听边点头。

34

省人民出版社总编辑办公室门口。白天。

张律师走了进去。

35

省人民出版社总编室里。白天。

张律师正和郑总编辑谈着什么。

张律师拿出一沓书稿让郑总编辑辨认着。

郑总编辑辨认一阵后点头……

36

中原大学万教授家客厅。白天。

万教授默坐在沙发上，双眼望着窗外。

电话响了，他没有去接，万夫人走过来拿起话筒。

万夫人听了一阵后捂住话筒转对丈夫：校办通知，让你下午去参加优秀教授座谈会。

万教授摇头：不去。

万夫人转对话筒：对不起，他因身体不适，不能参加了。说罢放下了话筒。

万教授长长地叹了一口气。

万夫人：你不能总这样不出门吧。

万教授生气地：我还有脸出门？女婿在婚礼上当场被公安局抓走，我出去让人们去戳脊梁骨？

响起了敲门声。

万夫人上前开门。

门开后，只见是管弥处长出现在了门口。

万夫人意外地：管处长？

管弥迈步进屋，将手上提着的一篮水果放下，恭敬地：我专程来看看万教授。

万教授也很意外地站起身：快请坐，管处长。

管弥在沙发上坐下，装作怀着歉意地：那天在小润的婚礼上，我领人去把宛强带走，实在是很不好意思，但那是执行公务，还望你们能够理解。

万教授叹了一口气：我们能理解，归根结底，还是怨宛强自己。

管弥看了一眼室内，装作关心地：听说小润一直没有上班，要让她想开呀，是不是总在屋里躺着？

万夫人：小润回文盛书店那边的新房住了。她心情不好，上班肯定也做不成节目，就让她先歇歇吧。

管弥话中有话地：谁做的事谁承担，这件事其实与小润毫无关系，她应该尽快从阴影里走出来。

万教授和夫人一时无语。

管弥：得空了我去劝劝小润，让她想开点……

37

省城看守所。白天。

宛强所在的监房。

一个警察走过来：宛强，你的律师要见你。

宛强精神一振，立刻站起身来。

38

看守所会见室。白天。

张律师和宛强相对而坐。

张律师：你的案子不久就要开庭，有些事情我想同你谈谈。

宛强：张律师，是万小润聘你来为我辩护的吧？

张律师含了一点笑意：你怎么断定是万小润聘的我？

宛强：她是我的未婚妻。

张律师勉强点了一下头，叹了一口气，那叹气分明是在为许瑜。

宛强：她好吗？

张律师：谁？

宛强：小润。

张律师：她在家休息，一切都好。我们现在谈谈《一见倾心》的制作经过吧。

宛强：我从头说起吧……

39

小润新房一层客厅门外。傍晚。

管弥提着一篮水果走到门口敲门。

门开了，小保姆出现在门内。

管弥：请问万小润同志在吗？

小保姆：她身体不适，正在休息。

管弥：我是她的同事，来看看她，说几句话就走。

小保姆让开，管弥进了屋。

40

小润卧室。傍晚。

小保姆走进来：万姐，你的一个同事来看你。

躺在床上的小润：男的，女的？

小保姆：男的。

小润起身，勉力披了衣服，下床。

41

小润新房一层客厅。傍晚。

管弥坐在沙发上，目光缓缓审视着室内的一切。

小润由小保姆扶着从楼梯上缓缓下来。

管弥看见小润，疾步走过去：小润，病了？

小润见是管弥，略略一怔：管处长？！

管弥：我一直在为那天冲了你的婚礼不安，特来看看你并表示歉意。

小润淡淡地：你也是执行公务。

管弥：谢谢你能理解，可我一直觉着对不起你。说着目光在小润曲线毕露的身上移动。

小润：听说快要开庭了？

管弥：不管判宛强多少年，与你都无关系，你该怎么着就还怎么着。

小润不高兴地：你怎么就断定宛强一定会被判刑？

管弥一愣：我是觉着，制黄贩黄，不判是不可能的。

小润显然因这话受了刺激，身子摇晃了一下，向地上倒去，小保姆急忙扶住，管弥也趁机上前捏住了小润的一只胳膊。

小润慢慢睁开眼睛对管弥：没什么，我只是想休息了……

管弥的目光贪婪地在小润身上"舔"了一下，松开了她的胳膊……

42

文盛书店。白天。

书店在照常营业。

顾客进进出出。

43

店内宛强的办公室里。白天。

张律师和大冬、小二隔桌而坐。

张律师：我准备做无罪辩护，但因为夏风的脱逃，将会使案件辩护起来很难，本属于夏风的罪责，很可能会落到宛强身上。

小二紧张地：公安局为何不抓夏风？

张律师：我已向公安局反映过了，他们也在四处抓他，但这个人很精，公安局至今未寻到他的踪迹。

大冬：我就不信找不到他，小二，咱俩再去找！

小二：他当初通知我们去拉书时曾在我手机上留过一个手机号码，我们可不可以由这个手机号码下手？

大冬拍了拍自己的额头：我想起一个主意，我们给这个号码的手机发一个短信，就说要偿还过去欠他的书款，他长期做书，不会没有欠他钱的人，估计他见有人还钱不会无动于衷。他眼下虽然不开手机，但估摸他有打开的时候！

小二：发短信时用一个新的手机号码，不要让他意识到是我们。

大冬点头。

44

傍晚。府城许瑜住屋。

许瑜在给小婉喂奶。她探身拿过电话，拨着号码。

她拿起话筒：张律师吗？啥时候开庭？

45

省城一家小宾馆张律师所住的房间。傍晚。

张律师对着话筒：很快就要开庭，我会尽力……

46

傍晚。许瑜住屋里。

许瑜放下话筒，默然望着窗外。

47

文盛书店大冬和小二的卧室。夜。

大冬和小二都在熟睡。

嘀，嘀。响起手机接收短信的声音。

睡得迷迷糊糊的小二闻声拿过手机去看，他只看了一眼，就睡意顿消，猛伸手推醒大冬：快，那个夏风回短信了。

大冬呼一下坐起身：他怎么说？

小二看着手机：他问我们叫什么名字，打算还多少钱？

大冬略一沉思：就回说是图书批发市场老杨，欠钱11万，这次能还9万。他未必能把那里的人名记得很清。

小二立刻按键回复短信。

大冬和小二紧张地盯着手机屏幕。

没有回音。

两个人又等了一阵，见仍无消息，遂有些沮丧地拉灭了灯重又躺下。

嘀嘀声重又响起。

小二急忙起身再看手机，立刻高兴地：他要我们明天中午12点到银阳路上的银阳酒吧3号台见面还钱！

大冬高兴地：先拨110，报告公安局……

48

省城银阳路银阳酒吧。中午。

当初逮捕宛强的那个警官身着便衣出现在门口。

他身后又相继走来两个穿便衣的青年，两人那机警的样子一看就知也是警察。

三个人相继在酒吧里找了座位坐下，他们离3号台都不远。

戴了一副墨镜的大冬目不斜视手拎一个皮包走了进来，他径直去3号桌前坐下。

大冬要了一杯红酒慢慢喝着。

一个陌生的年轻人这时由角落里的一张桌前起身，走过来坐到了大冬面前。

大冬看了对方一眼，见不是夏风，仍继续喝自己的酒。

那年轻人低声地：先生是在等人吧？

大冬先是一惊，然后微微点头：你怎么知道我在等人？

那年轻人：我们夏老板告诉我的。

大冬顿时明白了对方的身份，也低声地：夏老板哪？我要还他钱哩！

那年轻人：他让我代他来拿钱！

大冬摇了摇头：这恐怕不行，毕竟是一大笔钱哪，你把钱拿走他以后要说我没还呢？

那年轻人：那倒不会，这是他给你写的收条。

大冬起身拎过皮包：我不看收条，他既然不要钱，我走了。

那年轻人见状急忙拉住大冬的手：先生，你既是坚持要当面还钱，请跟我走。

大冬点头。

那年轻人转身出门。

大冬紧紧跟上。

酒吧里的三个便衣警察见状互相对视了一眼，也相继走了出去。

49

酒吧门前街上。中午。

那年轻人招手拦住一辆的士和大冬一块坐了进去。

的士走开。

三个便衣警察也相继钻进两辆轿车,紧紧跟了上去。

50

郊区一排平房。午后。

载着大冬和那个年轻人的出租车停下,两个人相继下车。

大冬迅疾地回望了一眼,看见了跟在后边的两辆轿车之后,跟着那年轻人向平房中的一间走去。

51

平房里。午后。

夏风正仰躺在一张凉椅上,由一个身着暴露衣裙的姑娘给他按摩着身子。

那个年轻人领着大冬走了进来对夏风:老板,那位还钱的来了。

因大冬戴了墨镜,夏风一上来没认出他。夏风挥挥手给大冬让座:坐,坐,那么多欠我钱的人,只有你还记着还账,说实话,我把你的名字都忘了。你是欠我哪本书的账?

房门就在这时砰的一声被一下子撞开,三个便衣警察持枪冲了进来。

大惊失色的夏风还没有来得及坐起身子,就被按着戴上了手铐。

大冬这时摘下墨镜,冲过去照夏风脸上打了一拳:你×××害死我们了!

夏风这才认出大冬:是你?

警察们架着夏风就向门外走去……

第十二集

1

一栋写有"审判庭"三个大字的楼房。阳光明媚。

法警肃立在审判庭门前。

脸现病态的小润和大冬、小二一起走了进去。

旁听的人络绎而入。

管弥、小景也走了进去。

2

审判前门前一侧。白天。

张律师正要进去,手机响了。

他打开手机:哦,是许瑜,审判马上就要开始了……

3

府城。许瑜住室。白天。

许瑜正握着话筒:不管是什么结果,一宣判就请告诉我……

4

法庭内。灯光明亮。

法官、检察官、笔记员和辩护人都已入席。张律师满怀信心地坐在辩护席上。

旁听的群众相继入座。

一派庄严气氛。

法官宣告了一句。

宛强和夏风被法警带入被告席。

小润热切地看着明显憔悴的宛强。

宛强默然用目光在观众席上寻找着,最后把目光落在了小润身上,眼神复杂。

管弥幸灾乐祸地看着宛强。

法官继续说话……

5

府城。许瑜住室。白天。

许瑜在电话前来回踱步，面露不安和焦急。

小婉在婴儿车里伸手朝许瑜叫着。

许瑜上前抱起女儿，亲了一下女儿的脸蛋，喃喃地：我的乖女儿，妈妈在等一个消息……

6

法庭。白天。

庭审在继续，检察官在宣读着什么。

旁听的人都在凝神静听……

7

中原大学万教授家。白天。

万教授正在书房里不安地踱步。

万夫人推门进来，轻声地：你估计审判会是一个什么结果？

万教授叹口气：不管结果怎样，反正我们已经丢脸了，牵涉到一个制售黄色书籍的案子里，我可真是从来没有想到……

8

法庭。白天。

庭审在继续。张律师正在慷慨激昂地说着什么……

9

省城许玫家。白天。

许玫在客厅来回踱步，面孔冷厉。

画外传来她咬牙发出的声音：宛强，但愿能判你10年！……

10

审判庭。法庭正面墙上的时钟已指向 12 点。

庭长正在高声宣布:……依法判处夏风有期徒刑五年,罚没制售黄色书籍《一见倾心》所得的 411 万元。宛强无罪释放,但其接受夏风所给的书号费、手续费 16 万元,全部没收!

旁听席上响起了掌声,大冬、小二拍得最起劲。

小润眼含热泪站起身来急切地向宛强走去。

夏风垂下了头。

宛强神情激动地向小润走过来。

管弥站在旁听席上,默然看着这个场面,脸上露着明显的失望。

小润扑到了宛强怀里……

11

审判庭大门外。正午。

张律师正对着手机:许瑜,判决结果很理想,宛强无罪释放……

12

府城许瑜住屋。正午。

许瑜对着话筒异常高兴地:谢谢你,张律师……

13

审判庭大门外。正午。

张律师正对着手机:宛强至今还不知道是你聘我来为他辩护的,我要不要向他说明?

14

府城许瑜住屋。正午。

许瑜对着话筒:不用,请一定不要向他说明,你的全部食宿和工作费用都由我来支付,不必向他再说别的。说罢,慢慢放下话筒,走到婴儿车前抱起小婉,把小婉高高举起欢喜地:你爸平安无事了!……

15

审判庭大门外。正午。

张律师刚刚关上手机，宛强和小润、大冬、小二向他走来。

宛强激动地握住张律师的手：谢谢你出色的辩护！

张律师：这是我应该做的，祝贺你重获自由！

宛强感叹地：我从没想到，此生还要与看守所打交道。

张律师宽慰地：事情已经过去了，让生活恢复正常吧。

宛强：走，我中午请你吃饭！

张律师：不用了，我家里还有急事，以后有机会了咱们再聚。边说边走向一辆出租车。

小润、大冬、小二上前与张律师握别，每个人都面露感激之情。

张律师上了出租车，车开走。

宛强定定望着车走远，之后才转过身来忽然想起：该给张律师的费用都给了吧？

小润：几次给他钱他都不要，他说他是你的朋友，帮这个忙是应该的。

宛强意外地：他说是我的朋友？

大冬：对呀！

宛强：这件事之前，我从未见过他。

小润吃惊地：哦？那他——？

小二：他兴许是一个有正义感的热心人，自愿来帮忙的。

宛强沉思着……

16

傍晚。中原大学万教授家。

小润拉着宛强走进门大声地：爸、妈，宛强回来了，无罪释放，只是罚了点钱，花钱消灾了！

万教授和万夫人由书房里走出来。

万夫人高兴地望着宛强：快坐，快坐，在里边受苦了吧？

宛强勉力一笑：没什么，妈妈。

万教授神情略有些冷淡地：宛强，以后可要吸取教训！无论干什么都要三思而后行！你这次之所以上当，归根结底还是把钱看得太重！

宛强点头：是的，当时只看到很轻松就可得到十几万元，根本没去想后边还有陷阱……

万教授：吃一堑长一智吧，你们坐，我晚上有个应酬。说着他就准备出门。

小润着急地：爸，把你的应酬推了，宛强今天刚回来，咱们一家要庆祝庆祝。

万教授不带感情地：这有什么好庆祝的？你们吃，我已经预先答应了人家。说着，走出了门去，言行中分明带上了不快。

宛强望着万教授的背影，脸上露出了一丝难堪……

17

管弥、许玫家。傍晚。

管弥拎着公文包走进门。

许玫迎上前迫切地：为何把姓宛的放了？

管弥没好气地把公文包扔到沙发上：法院的决定，懂吗？

许玫：这么说他又没事了？

管弥换上拖鞋，往沙发上舒服地一坐：法律管不着的事情，还有纪律和规定来管嘛！

许玫有些不明白地看着丈夫。

管弥伸了一个懒腰：吃饭吧！

18

文盛书店。白天。

宛强走进店门。店员们都围了过来。

一名男店员关切地：宛总先在家歇歇吧。

宛强点头：谢谢，我没事。又转对店员们：大家这些日子辛苦了。说罢，走进了办公室。

19

文盛书店宛强办公室里。白天。

大冬正在向宛强汇报：每天的销售额仍保持在过去的水平上。

小二：我们现在进书都特别小心。

宛强点头：小心点好，卖书这个行当里也处处都有陷阱呀！

大冬：法院罚没的款项已经交出去了。

宛强：交了吧，这是我们应该付的一笔学费。

一名女店员这时慌慌张张推门进来：宛总，省扫黄打非办公室的几个人到了店门口。

宛强一愣，急忙起身迎了出去。

20

文盛书店店门口。白天。

管弥、小景和另外两个公务人员正站在门口，一副傲然派头。

宛强出店看见管弥，脸立时阴了下来。

管弥看见宛强，倒是一脸笑意：宛总，祝贺你洗去冤屈，重获自由啊！

宛强冷冷地：管处长来我这小店门前有何公干？

管弥：我们查了一下，贵店在《一见倾心》这本黄书热销的时候，曾进销过500本，你们虽属受蒙蔽进销，不负法律责任，但此举确也暴露出贵店管理上的漏洞，按照上边的有关规定，需要你们停业整顿一段时间！

宛强一惊，一股恼怒也从眼中一掠而过，不过他很快平静下来，据理力争：这恐怕不妥吧？《一见倾心》的官司还在打着的时候，这个书店就一直在营业，而且再没出现过类似错误，这个官司结束后，反倒又要整顿了？

管弥笑笑：是呀，这也是为了你的书店好，好让店员们吸取教训，免得以后再出此类问题，给你惹来更大的麻烦！

宛强气得双唇直哆嗦。

跟在宛强身后的大冬：停业整顿时间多长？

管弥：一到两个月吧。

大冬：这么长？那我们辛苦聚起来的顾客群，到时候不就全流失了？

管弥：不要总是从经济上看问题嘛！小景，把整顿要求给他们！

小景把一张纸递给了大冬。

宛强这时无奈地转向管弥：好，我们执行你的要求。

管弥得意地笑了：这就对了……

21

宛强、小润所住的二层小楼。一层客厅。夜。

宛强、小润、大冬、小二分坐在沙发上，每个人脸上都罩着阴郁。

小二激愤地：这是存心整我们！

小润：真没想到又出这事，能不能想个什么办法？

大冬：只有低头送礼了。

小润：送什么礼？

大冬：钱！

小二望着宛强：哥，要不就送点，不然他总这样折腾我们，我们的损失会更大！

宛强默默看着地面，一霎之后，抬头无可奈何地：那就送吧！

小二：谁去？

宛强：大冬吧。我和小二去送，他肯定不会要。

大冬有些不安地：我去能行？

22

管弥、许玫家。夜。

管弥正仰靠在沙发上看电视。

电视上正播放着豫剧《穆桂英挂帅》。

管弥摇头晃脑地跟着电视上的角色在哼唱。

小晶由自己的房间里走出来：爸，你能不能声音小点，别影响我做作业！

管弥停下点头：好，好。

响起了敲门声。

管弥起身去拉开了门。

大冬臂下挟一个大信封站在门口。

管弥：你找谁？

大冬不好意思地笑笑：管处长，忘记我了？我是文盛书店的大冬。

管弥的脸冷了下来：噢，我想起来了，有事？

大冬吞吞吐吐地：也没什么大事，就是我们觉着处长总为我们书店操心，来表示一点谢意。

管弥分明是听明白了，却仍装作不明白地：别恨我就好了，还来谢我？

大冬赔着笑，故装糊涂地：哪能呢，要不是管处长关照，我们宛总他这次非被判刑不可。

管弥大概以为对方真不懂案子中的情由，便笑了笑：你说的倒是，我要不说话，他的麻烦还真大着哩！

大冬：所以呀，我们要来谢谢处长。说着，就把那个大信封放到了茶几上。

管弥的眼瞥了一下那个信封，他显然明白信封里装的是什么，眼中闪过了一丝欢喜，但很快，那欢喜又消失了。他转为严肃地：大冬，你信封里装的是什么？

大冬紧张地：没……啥……就是一点……心意。

管弥：拿走！

大冬赔着笑：一点小小的心意，处长就收下吧。

管弥上前拿过那个大信封，信封的分量让他迟疑了一霎，但随后，他还是把信封扔到了大冬怀里：拿走吧，不然我会交给纪检委的！你把我这个堂堂的国家干部看得也太低了些，以为几万块钱就可以把我收买了？

大冬：哪里，哪里。说罢，尴尬至极地退出了屋子。

23

管弥、许玫卧室。夜。

许玫已经上床，正在灯下打着毛衣。

管弥走了进来。

许玫看了一眼丈夫：那人是来送钱的？

管弥：是呀，从重量上我估计是5万。

许玫：小晶将来出国可是要不少钱哪。

管弥：是呀，你以为我不想收，可一想这钱是宛强送来的，我这心里就有些发毛，我担心这小子给我们玩圈套。

许玫恨恨地：是他的才该收，他赚了那么多钱，应该敲他一笔！

管弥：这你就不懂了，对手的钱是不能收的，收了，你就被他捏到了手里……

24

文盛书店宛强办公室。夜。

大冬把那个装钱的信封扔到了宛强的办公桌上。

正在灯下看书的宛强抬眼看了一下那个信封。

坐在一旁写着什么的小二抬头看定大冬：他不要？

大冬点头：我估摸他是想要但不敢要，毕竟这是我们送的，他怕要了钱会给自己带来麻烦。

小润这时由外间推门进来：你们怎么还不睡？

宛强：就睡。

小润这时注意到了桌上那个装钱的信封，转向大冬：没送出去？

大冬颔首：我办这事不行，一霎之后突然想起地：我想了一个主意，让小润姐去送给他。

小润一怔：我？

宛强没有说话。

小二：小润姐去兴许行。

小润点头：好吧。我去试试。

25

白天。省电视台小润所在的办公室。

小润拿起话筒，犹豫了一霎开始拨号。

小润对着话筒：管处长，你好！

26

白天。管弥办公室。

管弥对着话筒意外而高兴地：哟，是小润哪，近日可好？

话筒里小润的声音：晚上有空吗，我请你吃饭。

管弥欢喜地：还是我请你吧，金龙大酒店，晚上6点。

27

金龙大酒店一个雅间里。晚饭时分。

小润和管弥相对而坐。

小润举杯：来，为了你和我爸爸的友情，干杯！

管弥两眼盯着小润的脸蛋笑着：应该为我和你的友情干杯！

小润当然明白对方这话的意思，不自然地笑笑，把杯碰了过去。

管弥：你今天突然约我来吃饭，是不是有什么事情？

小润笑着：事也不是什么大事，就是文盛书店停业整顿的事，得请处长关照，让他们早点结束，恢复营业……

28

晚饭时分。宛强、小润的新房客厅。

宛强面孔阴沉地来回踱步。

他不时抬腕看表。

29

金龙大酒店雅间。夜。

管弥又拿起酒瓶要给小润倒酒。

小润不安地挪开杯子：不行了，我确实不能再喝了，再喝就要醉了。说着拿过自己的手袋，从中掏出了大冬当初没有送出的那个信封放到了桌上低声地：管处长，这是我和宛强的一点心意，请收下。

管弥眯着眼笑着。

小润起身要走。

管弥依旧笑着：你不怕我把这东西交给纪委办你个行贿罪？！

小润惊慌地：这，这只是我们的一点心意……

管弥：把这东西收起来！你要真想让文盛书店早点恢复营业，就送我一样小礼物！

小润只好任他握住自己的手。

管弥俯首在小润的手背、手腕上轻轻地吻着。

小润欲挣脱又不是，难堪而厌恶地闭上了眼睛。

管弥抬头淫笑着：回去告诉宛强，明天他就可以恢复营业。不过，我这完全是看在你的面上！说罢，又突然在小润颊上亲了一下。

小润惊得忙扭过了脸，抓起信封面带屈辱地转身向门口走去……

30

宛强、小润新房客厅。夜。

宛强仍在焦躁地踱步。

门被推开，小润走了进来。

宛强急忙上前：他收了？

小润一边把手袋扔到宛强手上一边淡淡地：没有。

宛强：哦？

小润：不过他答应文盛书店明天恢复营业。

宛强：有啥其他条件？

小润欲言又止地：没有。

宛强仔细地看着小润的脸。

小润面无表情地：我上楼去睡了，我累了。说罢上楼。

31

新房二楼卧室。夜。

小润已经上床侧身躺下。脸伏在枕头上。

宛强推门进来，先是默看了一霎小润，而后走到床前，猛地扳过小润的脸。

小润满脸是泪。

宛强带了怒气：告诉我，是不是管弥那东西对你有不轨之举？

小润显然是怕再惹事，忙摇头：没有。

宛强不相信地：那你为啥哭？

小润一下子扑到宛强怀里，满含委屈地：我不想去屈辱地求人，不想，不想……

宛强无语，只眉头紧锁，缓缓地拍着小润的后背……

32

夜。新房一层客厅。墙上的挂钟在嘀嗒嘀嗒响着。

宛强在那儿缓缓踱步,一步一步。

他最后站在了窗前,默望着窗外的夜空,身子一动不动。

夜空划过一颗流星。

他的牙一下子咬紧,分明是做出了什么决定。

33

白天。文盛书店。

恢复了营业的店门口偶尔会有顾客进出,与过去相比,进出的顾客少多了。

34

文盛书店内宛强办公室。白天。

宛强对坐在面前的大冬和小二低声地:从今天起,店里的书只卖不进。

小二:为啥?不进新书能吸引顾客?

宛强:那个管弥不会放过我们的,与其在这里受制于他,不如咱们走,躲开他!

大冬一惊:走?去哪儿?

宛强:北京!

大冬、小二都意外地:北京?

宛强:北京是中国图书的集散地,是出版业最繁荣的地方,我们有了现在的经验,到那里不该没饭吃。

大冬、小二都有些呆。

宛强:当然,我说走不是一下子都走,是我先去,你们仍在这儿维持,待我在那里站稳了脚跟,你们再把这里的店关掉,和小润一起去。

大冬:小润姐已同意了?

宛强:我还没跟她说,我想先回一趟府城,回来后再给她讲。

35

清晨。公路上。

宛强在驾车疾驶。

省城—府城的路牌一掠而过。

36

府城滨河花园住宅小区大门一侧许瑜的书摊前。白天。

许瑜正在给几个顾客拿书、拿刊、拿报。

小宛婉拉着妈妈的衣襟绕着妈妈的腿转。

宛强提着一包东西出现在书摊前。

许瑜没有看见宛强,仍在应付顾客。

宛强在宛婉面前蹲下,伸手摸了一下宛婉的脸蛋。

宛婉瞪大眼睛盯着这个陌生人。

宛强从提兜里掏出一个电动青蛙,放到宛婉脚前。

电动青蛙哇地叫着,惊得宛婉急忙把脸藏到妈妈的腿间。

许瑜闻声扭头才看见宛强,意外地:你回来了?

宛强笑笑:回来看看你们。

许瑜从自己腿间把宛婉拉出,对宛婉:叫爸爸!

宛婉只是瞪眼看着宛强,没有说话。

宛强伸手抱过宛婉,伸嘴向女儿的脸上亲去。

37

一家饭店。正午。

宛强和许瑜、宛婉母女坐在桌前。

一桌子饭菜。

宛强不时夹菜向女儿口中喂着,宛婉就坐在宛强怀里。

许瑜对宛婉:叫爸爸呀!妈妈平日怎么教你的?

和宛强相熟的宛婉终于叫了一句:爸爸!

宛强转对许瑜:我这次回来,一来是想看看你们,二来是告诉你,我要离开省城去北京找事做了。

许瑜:不是在省城开了个书店吗?

宛强显然不想细说，只是含混地：到北京去，发展的空间会更大些。

许瑜：京城里的人更多更杂，到那里去做事，更要小心些。

宛强点头：我知道。这是给宛婉留的一点生活费。边说边从手包里掏出一个信封朝许瑜递过去。

许瑜把那个信封又推了过来：宛婉的生活你放心，我不会让她吃苦的，你去北京打天下，那边用钱的地方更多。

宛强：这是给宛婉的，你不要推了，我平日不能照顾她，留点钱给她用，我心里会少些愧疚。说着，把钱塞到许瑜的手袋里。

许瑜：好吧，我给宛婉存下来。

宛强望着许瑜，轻声地：要是碰见合适的人，你该再成个家。

许瑜脸一冷：我不用你替我操心！

宛强不敢再说下去，转而又给宛婉夹菜：来，吃，我的宝贝……

38

饭店外边。午后。

宛强正在拉开自己的车门。

许瑜抱着宛婉站在车前。

正要进车里的宛强又回过脸来对许瑜：这次回来，原本想去拜访一位姓张的律师的，因为时间紧，只好待下次了。那位张律师和我素昧平生，早些日子以朋友的名义帮了我一个很大的忙，我该登门致谢的。

许瑜没有应声。

宛强坐进了车里，发动了引擎。

宛婉向宛强挥手。

宛强向许瑜和女儿挥手……

39

中原大学万教授家。傍晚。

万家三口人和宛强坐在饭桌前吃饭。

能看出万教授脸上表情有一丝冷淡，没有了过去接待宛强的那份热情笑容。

宛强停下筷子，轻声地：爸，妈，小润，我有个决定想告诉你们。

万家三口人都停下了筷子看着宛强。

宛强：我想离开省城，到北京去闯一段日子。

三个人显然都感意外，一时全没有出声。

万教授看了一眼宛强，淡声地：这倒也好，省城这个地方，你一旦出过事情，要消除影响需要很长的时间，还不如到一个新地方重打锣另开张。

万夫人：你去京城想做哪方面的事情？

宛强：恐怕还是和书有些关系，别的事情我没兴趣做。

小润显然不放心：你到那里人生地不熟，两眼一抹黑，怎么做书？

宛强：问题不大，我想我能打开局面。

万教授：北京我倒有一个学生，听说现在也在搞书的发行，你去北京，先找找他了解一点情况。他叫焦韦。

万夫人：那你和润润的婚礼打算啥时候……

宛强：眼下我和你们都没有去张罗这事的心情，我想先等等，待我在北京站稳了脚跟再办不迟，到那个时候，我要在北京最大的酒店里办婚礼！

小润无语，只默默听着……

40

夜。宛强、小润新房卧室。

小润偎在宛强的怀里：你真有把握在北京站稳脚跟？

宛强：闯呗，男人的世界都是闯的。

小润：北京可是个花花世界，那里的漂亮姑娘一定很多……

宛强俯下身子吻住小润，在她耳边悄声地：谁也没有我的小润漂亮，你放心，我不会做对不起你的事！

小润把脸藏到了宛强的怀里……

41

北京西客站出站口。清晨。

宛强拎着一个提包随人流走出来。

他站在站前广场，默望着繁华的京城大街。

他拦了一辆的士，坐了进去。

42

的士内。清晨。

司机：去哪？

宛强：给我拉到一个卖书的地方。

司机笑了：哥们，京城里卖书的地方多了，你究竟想去哪里？

宛强：最大的书店。

司机：那就去图书大厦。

43

图书大厦。白天。

宛强一边啃着面包一边在大厦里上上下下地看着。

他满眼新奇。

他在一个书架上找了一本《认识北京》和一本《连锁经营》。

他向收款台走去。

44

中午。京城一家小饭馆。

宛强在狼吞虎咽地吃着面条。

他扒完最后一筷子面条，扔下筷子，打开手机。

他拨了一串号码后对着手机：是焦韦先生吗？我也是中原大学万史翰教授的学生，刚来京城，他嘱我去看看你！

电话里的声音迟疑了一下：好的，你来吧。

宛强：请把详细的地址告诉我……

45

傍晚。天上飘着毛毛细雨。京郊的一排平房里。

宛强拎着提包，淋着雨敲响了一扇木门。

门拉开了，一个穿着体面满脸精明的年轻人站在门口。

宛强：是焦韦师兄吧？

那年轻人点点头：进来吧。

46

焦韦所住的平房里。傍晚。

焦韦和宛强对坐在灯下。

宛强打开自己的提包。我听说你做书的生意，就给你带来了一个小礼物。边说边从里边拎出一个包装盒，仔细地将盒子打开后，将一个玲珑剔透的玉雕财神爷捧在了手上。

焦韦脸上露出了喜色。

宛强将玉雕财神递到焦韦手上：祝你再发大财！

焦韦笑了：这个礼物好，我最近连做了两套书，都还没有开始发行，财神一到，预示着这两套书会发行得很好！

宛强趁机问道：两套什么书？

焦韦高兴地：一套是历史上20个有作为的皇帝大传，另一套是历史上20个最美的后妃大传。你愿不愿跟我去看看。

宛强：当然愿意。

焦韦起身，推开一扇后门，啪地打开一个电灯开关。

一个宽敞的平房仓库出现在宛强的面前，仓库里整整齐齐地堆着许多书。

宛强惊叹着：嗬，这么多书！

47

书库里。傍晚。

焦韦领宛强走进库房，将两套装在纸箱子里的书搬到了宛强的面前。

一个盒子上印着一个皇帝的头像，另一个盒子上印着后妃的头像。

焦韦自豪地：这套皇帝后妃大传，40本总共定价2000元，但成本每套才400元，我每卖一套，净赚1600元。当然，这个利润不能全归我，要给卖的人留下800元赚头。

宛强：哦？

焦韦：这些书通常是各级机关买去当礼品送人的，不管谁来买，我每套只收他1200元，但给他开2000元的发票，让他回去报销，他就可净赚800元。

宛强意外地：你哪来的发票？

　　焦韦：那还不好找呀？！

　　宛强：一套赚800元，总共印了多少套？

　　焦韦：10万套。

　　宛强：要全卖出去不就赚8000万了？

　　焦韦：你的算术成绩还行！

　　宛强愣在那儿。

　　焦韦：吓到你了？告诉你，这京城里因做书成为亿万富翁的人，多的是！

　　宛强定定站在那儿。画外随即传来他恍然大悟的心声：礼品书！对，就做礼品书！

　　焦韦：你这次来京，要是想打工，就给我推销这套书，每销一套，给你60元。

　　宛强：行！

48

　　省城。白天。

　　省电视台小润的办公室。

　　小润在拨电话，随之对着话筒：宛强，你怎么样？我好想你……

49

　　京城大街。白天。

　　宛强一边对着手机说话一边把自行车靠在街边，车后座上装着一套皇帝后妃大传。

　　宛强：小润，我正在了解做礼品书的路子，你放心……

50

　　省城。宛强小润新房卧室里。夜。

　　换上睡衣的小润正预备上床睡觉。

　　电话突然响了。

　　小润拿起话筒：哪位？

　　话筒里的声音：小润，还没睡吧，我是管弥！

小润意外而戒备地：是管处长？这么晚了来电话，有事？

51

省城大街。夜。

一辆行走着的出租车里，管弥正对着手机：也没什么大事，听说宛强去京城干大事了，我这里也刚好有一个好消息想告诉你，让你和我一起分享快乐！

小润的声音：什么好消息？

管弥对着手机：我打车马上要经过你的住处，你要想听这个消息，请下楼在街边站着，我去接上你，咱们到酒吧里坐一会儿！

52

小润卧室。夜。

小润满脸戒备地对着话筒：谢谢，不了，太晚了，再见！

小润厌恶地放下了话筒。

小润再次冷冷地看了眼电话。

53

省城大街。夜。

行驶的出租车里，管弥满脸不高兴地关上了手机。

车刚好驶过宛强、小润的新房楼前。

管弥拉开车窗，满眼不甘地看着还亮着灯的窗户……

54

省城。白天。

省电视台小润办公室里。

小润正和两个同事商量着什么。

一个干部领着管弥走了进来。

管弥的目光一下子就定在了小润身上。

那个干部高声地：诸位注意了，我向大家介绍我们新来的副台长。

小润和那几个同事都抬起头来，意外地看着管弥。

那个干部：管台长今天刚到任，先来和大家见个面。

小润惊在那里。

管弥上前和那几个工作人员一一握手。

那个干部指着小润：这是"读书时间"节目的著名主持人万小润。

管弥上前握住小润的手轻轻摇着：在电视上见过的。

小润的眼中分明闪过了一丝慌乱。

管弥望着小润，意味深长地笑着……

第十三集

1

京城大街。白天。

宛强骑自行车装着两套皇帝后妃大传走着。

他骑到一座巍峨的高楼前停下车子。

他提着书走进大楼。

2

楼内一个挂有"某部"牌子的办公室。白天。

一个干部模样的中年男子正在翻看那两套皇帝后妃大传。

宛强站在一边说明：很多单位都把这两套书作为礼品送人。

中年男子：我们是需要一些包装精美的书作为礼品、奖品、纪念品送给有关人员，但这套书恐怕不合适，有点不上档次。

宛强急迫地：那你觉着哪类书可以作为上档次的礼品？

那中年男子：你要是把二十世纪社会科学各个学科的一流专著出一套，再装到一个精美的礼盒里，你说谁见了不喜欢？

宛强恍然大悟：对，对，你说得有道理！

那中年男子指着那两套皇帝后妃大传：这样吧，你把这两套书各送十套来，我们在几个阅览室、图书室里放放，让有兴趣的人翻翻。

宛强：如果我真做了一套二十世纪社会科学经典著作，你估计你们这个系统能要多少套？

那中年男子：差不多可以要一万套，国家公务员的一个任务就是学习嘛！

宛强激动地：那咱们说定了，这件事我来做，你当我的顾问，行吗？

那中年男子认真地看着宛强：你有这个力量？在没见到书之前，我是不会付一分钱的！

宛强：这你放心！请问你怎么称呼？

那中年男子：我姓郭，叫我老郭就行！

宛强紧握住老郭的手：愿我们合作成功！

3

白天。京城大街。

宛强背着挎包走进一个挂有"某研究院"牌子的大楼。

4

大楼内。白天。

宛强正和一个工作人员交谈着什么……

5

夜晚。北京。宛强所住的小旅馆。

宛强正对着电话:小二,把咱们所有的流动资金全部汇到我的存折上,把我的那辆轿车也卖了,我急需现金……

6

省城。文盛书店内。夜。

小二对着电话:哥,我知道了……

7

省城。省电视台小润的办公室。阳光西斜。

小润在拨电话,随后对着话筒:宛强,你怎么样?啥时候我能过去?

8

京城。一个挂有"京发印刷厂"牌子的大院门口。傍晚。

宛强正对着手机:小润,我正在组织印制一套大型礼品书,雇了二十个相关领域的研究员作编委,待这套书一印出来,咱在京城就能买房子和租店铺,就可以联系调动你的工作了……

9

省城。省电视台小润办公室。傍晚时分。

小润正在收拾东西准备下班。

门被推开，管弥出现在门口。

小润一愣：管台长，有事？

管弥笑笑，走进来在小润对面坐下：有点儿小事想和你谈谈。

小润神情戒备地也跟着坐下。

管弥望着小润，神情转为严肃：最近台里做了个调查，说你们这个"读书时间"节目的收视率在不断下降。

小润不相信地：那不可能。

管弥加重了语气：可数字摆在那里，怎么会不可能？

小润见管弥有点生气了，不敢再分辩。

管弥：有人提出，你这个主持人不是很称职，该换换了。

小润一听猛地站了起来：我怎么不称职了？我哪一期节目不是做得认认真真？一定是有人想整我……说着，因为委屈，眼泪流出来了。

管弥淡淡一笑：别生气嘛，这林子大了，什么鸟都有，你不想让人家说话是不可能的，不过别人想换你，也没那么容易，不是还有我在吗？！

小润抹了一下眼泪。

管弥伸手拍拍小润的肩膀：瞧把你委屈的，这样吧，我今晚请你吃饭，给你压压委屈。

小润无语。

管弥起身：你洗一下脸，我先去，就在金龙大酒店大厅等你。说着，转身就出了门。

小润站在那儿有些发呆。

10

省城。金龙大酒店。傍晚时分。

五彩霓虹闪得人眼花缭乱。

小润迟疑地向酒店门口走去。

她在就要进门的那一刻又转过身子。

她向远处的街边走了一阵，又慢慢停下步。她的内心显然在挣扎，她不愿去吃管弥的饭，可因为牵涉自己的工作，她又不能不去。

她最终走进了酒店大门。

11

金龙大酒店一间包房内。晚饭时分。

管弥和小润相对而坐。

桌上摆了丰盛的饭菜。

管弥的脸上一副如愿以偿的神色。

小润显得局促不安。

管弥举起酒杯：来，干杯！

小润举起酒杯，轻轻与管弥碰了一下，就急忙闪开手。

管弥喝罢杯中的酒后豪爽地：你只管把心放下，谁也别想换下你这个主持人，在我眼里，全台所有的节目主持人中，数你最棒！

小润被夸得脸色渐渐好起来……

12

省城。文盛书店门口。夜。

大冬和小二在收拾门前的广告板。

小二望了一眼小润和哥哥的新房，见灯黑着，自语着：小润姐怎么还没回来？

大冬：兴许今晚是回她娘家住了。

13

金龙大酒店门口。夜。

管弥和小润相继走出门来。

管弥挥手叫过来一辆出租车，对小润：我送你回去。

小润警惕地：不，不用。说着自己也挥手叫过来一辆出租车迅疾地坐上并朝管弥挥手：再见！

管弥有些沮丧地也朝小润挥手：再见。

14

小润新房卧室。夜。

小润在拨电话，随后拿起话筒：宛强，你这会儿在干啥？

15

京城一家小旅馆的一个房间里。夜。

宛强对着手机:我正在审校那套礼品书的封面。

20张书的封面摆开在他的床上,五彩缤纷。

手机里小润的声音:我想快点去到你的身边,和你在一起。

宛强苦笑着:只有我在这儿站稳脚了,才能把你调过来。我不想让你现在过来跟着我受动荡不定之苦……

16

小润卧室。夜。

小润慢慢放下电话,仰靠在床头。

她的眼前晃过管弥在饭店包间吃饭时色眯眯看她的眼神……

她叹了一口气,拉灭了灯……

17

白天。京城。我们见过的那个老郭的办公室。

宛强正把一套包装得十分精致的"二十世纪中国社会科学经典著作"放到老郭的办公桌上。

老郭吃了一惊:这么快就搞出来了?

宛强:我找了各个学科里的顶尖级人物,让他们来选定书目,所以就快了些。

老郭爱不释手地翻看着那套书,连连称赞着:行,行,有魄力,有执行力!

宛强:你看你要多少,我给你把书送过来!

老郭高兴地:我当初答应过要1万套,你都送过来吧!

18

京城郊区焦韦的住处门口。白天。

焦韦正在对一个人交代着什么。

宛强走了过来:焦大哥,忙哪?

焦韦转过身来对宛强:好长时间不见你了,如今在干啥?

宛强笑笑：找点混饭吃的事情做做。

焦韦：你在我这儿推销就不能混饭了？我每套不是给你几十块钱吗？

宛强含笑地：我不能总靠着大哥过日子呀，我得自己去闯条路才是。

焦韦不屑地：闯着了没？

宛强谦恭地：我这不正是来向你禀报嘛，我向你学习，也印了一套礼品书。

焦韦不高兴地：不是想抢我的生意吧？

宛强：哪能呢，大哥不是说过，礼品书的市场很大，我不过是占了这个市场的一个小角落而已。

焦韦：你做的啥礼品书？

宛强：一套社会科学方面的专著。

焦韦一听显然放心了：哦，社会科学，能卖出去？

宛强：试试吧，卖不出去就自认倒霉，再回来给你打工。

焦韦：你今儿个来就是为了告诉我这个？

宛强：主要是向你报告这件事，顺便也想请焦大哥帮一个忙。

焦韦：说。

宛强：我看你的书库里还有空闲处，我想把印出来一时未销出去的礼品书放到你库里，当然，我会付租金！

焦韦痛快地：行，这事好说，房子闲着也是闲着。

宛强高兴地：谢谢大哥了！

19

白天。焦韦的书库门口。

两辆卡车开了过来。

宛强从第一辆车的驾驶室里跳下来。

两个守库房的人打开了库门。

宛强指挥工人把车上的那些礼品书卸下来扛进了库房。

宛强也扛了两套书向库房里走去。

20

白天。焦韦的书库内。

焦韦做的书摆在一边。

宛强做的书摆在另一边。

宛强点数自己存下来的书。

宛强和两个司机用塑料布将自己存的书盖好……

21

白天。一栋办公楼前。

宛强抱着他做的那套书走了进去……

22

白天。另一栋办公楼前。

宛强抱着他做的那套书走了进去……

23

京城一家工商银行门口。白天。

宛强和老郭一起走了进去。

24

工商银行的一个窗口前。白天。

老郭握住宛强的手：我们的账算是结清了。

宛强高兴地：我得请你吃饭。

老郭：吃什么饭哪，你这也是帮了我的忙，再见！说着就要向门口走。

宛强急忙拉住他把一个厚厚的信封塞进了他的手包里：这是为你当初给我的那个建议，不是行贿。

老郭坚决地把信封又塞回到宛强手上，扭身走了。

宛强在椅子上坐下，先看了一阵手上存折，又看了一阵手上的一张金卡，笑意浮上了脸庞。

画外传来他喜极了的声音：天哪，我竟成了千万富翁？！

一个也想歇息的男子向宛强身边的椅子走来，宛强急忙把存折和金卡装进了衣袋……

25

省城。电视台门口。白天。

小润挎着手袋走出电视台大门，站在街边等出租车。

一群男女中学生刚好走过电视台门口，内中一个女生看见了小润，哇地叫了一声：这不是在"读书时间"节目里当主持人的万小润姐姐吗？

那群学生呼一下过来围住了小润。

几个学生急忙掏出本子叫：请给我们签个名留念。

小润兴奋起来，急忙从手袋里拿出笔给中学生们签名。

她被这崇拜弄得容光焕发。

她的手机就在这时响了。

她停下签名的笔，拿出手机打开：喂。

手机里传来宛强的声音：你可以来北京了！

小润对着手机：你先等等。

之后，继续给学生们签名。

26

京城。大街一角。白天。

宛强对着手机嘟囔：什么事这样重要，连我的电话都不接了？

他悻悻地关上了手机。

27

省电视台门口。白天。

让小润签字的学生们已经离开。

小润重新打开手机，拨号后对着手机：对不起，宛强，刚才有人让我签名，你刚才说什么事？

28

京城。大街一角。白天。

宛强对着手机：你可以来北京了，我已经站住了脚！

手机里小润喜悦的声音：真的？太好了！……

29

北京西客站。清晨。

宛强拉着小润的手,拎着小润的提箱走出车站。

30

京都宾馆门口。清晨。

宛强和小润从出租车里下来,向宾馆走去。

宛强边走边对小润:为了迎接你,我也是刚刚搬到这里。

31

宾馆宛强所住的房间。清晨。

宛强对小润:你要不要先睡上一觉?

小润:不用。

宛强:那咱们今天去办两件事,第一,去看一家新建的商铺,相中了咱们就买来开书店;第二,去电视台打听一下调你的事。

小润高兴地:好!

32

京城大街。白天。

一排新建的高楼底层商铺。

商铺门前的广告:60万商铺热卖,一次性交款享9折优惠。

宛强手拿着一叠新房出售广告和小润一起由一辆出租车上下来。

他们刚走到广告牌前,一位售房小姐就迎了上来:二位是要买商铺吗?

宛强点点头:领我们先看看房子。

33

商铺里。白天。

宛强和小润在检查房子的质量。

宛强看得很仔细。

宛强用脚度量着铺子的宽度,脸上露出满意的神情。

宛强对那售房小姐：我一次要三个商铺是不是可以再优惠一些？

那小姐惊喜地：我立刻去请示我们经理。

小润也吃惊地：一次买这么多？

宛强：还是那句话，舍不得娃子套不住狼！

那售房小姐这时跑过来朝宛强叫：我们经理说，最多88折。

宛强点头：好了，我要！去拿合同来……

34

电视台门口。白天。

宛强和小润走下出租车。宛强手里提着一个提袋。

宛强打开手机拨电话，边拨边对小润：我前几天通过焦韦认识了一个部门负责人，咱们今天先见见他。

小润颔首：行。

电话通了，宛强对着话筒：范主任，我是焦韦的朋友宛强，我女朋友来了，我们想见见你。

小润指指宛强手里的那个提袋：这些礼物全给他？

宛强笑笑点头。

35

电视台内一间办公室里。白天。

一个秃顶的男子坐在办公桌后，望着坐在对面的小润和宛强，淡淡地：如今哪，想做电视台节目主持人的女子和想当电影明星的女子一样多！

宛强赔着笑：小润她在我们省台是很拔尖的主持人哩！

秃顶男子瞥了一眼小润，不带任何感情地：这里可是北京！

小润有点难堪地低下了头。

宛强：范主任，能不能这样，我们今晚在一起吃顿饭，大家先聊聊天。

范主任不冷不热地：还用吃饭？

宛强：吃，吃顿饭有什么了，事情成不成咱交情在！你可以多带几个人，咱们热闹热闹。宛强说着把手里拎的那个小提袋放到了范主任的桌子上，低声地：一点土特产。

范主任看了一眼那提袋，勉为其难地：好吧，那我就让"读书园地"

的人都去。

36

傍晚。京城一个豪华的酒店。

宛强和小润站在门口，不断地向远处看，显然在等人。

几个男子和两名妙龄女子在那个秃顶男人的带领下说说笑笑地向这边走来。

宛强急忙迎了上去。

小润迟疑了一下，也迎了过去。

37

酒店内一个大包间里。傍晚。

电视台的一伙人落座之后仍然在说笑。

内中那两个女主持人穿戴时尚，男人们的目光都停在她俩身上。

两名女子妙语连珠不时引得男人们哈哈大笑。

小润十分落寞地坐在一边。

宛强带着明显的讨好神情给那些人敬酒。

一位女服务员走进来对坐在正中位置上的范主任：我们店里的一些工作人员想请你们两位女主持人签个名字可以吗？

范主任笑着：可以，不过你们得给我们的酒菜打折。

一伙年轻的男女工作人员拿着本子拥进包房，围在那两位女主持人身边请她俩签名。

没有一个人理会小润。

小润脸上隐隐现出一种失落感。

屋子里充满了欢笑。

但小润脸上却没有一丝笑意……

38

宛强所住的宾馆房间。夜。

小润走进来，重重地坐在沙发上一言不发。

宛强安慰地：那位范主任临走时给我说，他再做做工作，他说台里调一个人历来都是很难很难，让我们耐心等待。

小润没说什么，开始闷闷地低头脱鞋……

39

清晨。宛强所住的房间。

宛强对仍在化妆的小润：你今天先歇歇，我去和人谈书店装修的事，明天我陪你去看京城的风景名胜！

小润点头。

40

正午。宾馆餐厅。

小润一个人闷闷地吃着东西。

她胃口显然不佳，吃了几口，扔下筷子，起身向餐厅外走。

41

宾馆房间门口。正午。

小润去衣袋里摸房间门卡打算开门，没有摸着。

小润自语着：糟糕，刚才出门忘记带门卡了。

小润转身朝走廊尽头的服务台叫道：小姐，请来开开门。

楼层服务台小姐分明听见了小润的叫声却没有应声，更没有过来。

原本就不高兴的小润眼中闪过了一丝怒气，噔噔地向楼层服务台走去。

42

楼层服务台前。正午。

小润着恼地对那服务小姐：我叫你开门你没有听见吗？

那服务小姐冷冷地：房间主人不在，我是不能随便给你开门的。

小润越加生气：我在里边住着，我就是房间主人，知道吗？

服务小姐讥讽地：你们这种人我见多了，充什么主人？

小润又惊又气地：我是哪种人？你给我说清楚！

又一个服务小姐闻声从旁边的房里走出来。

服务小姐不屑地：不就是一只鸡嘛！只会靠男人——

小润噢地叫了一声，抡起手袋就朝那小姐打去，那小姐一闪身躲开，刚出来的那个小姐急忙过来劝止小润：对不起，对不起，请息怒！同时对出言不逊的那位小姐：你胡说什么？！她是我们的房客……

43

宾馆宛强和小润所住的房间内。白天。

小润正扑在床上嘤嘤啜泣。

宛强无奈地站在一边。

一个胸挂客房部经理胸牌的男子正在躬身道歉：对不起，对不起，我们对员工教育不够好，致使她出口伤人。

经理的旁边站着那位出言不逊的服务小姐。

经理道完歉转向服务小姐一瞪眼：还不快向万小姐道歉？

那小姐鞠了一躬：对不起，因为我们宾馆里确实有鸡，我就把你错认为——

经理朝那小姐气极地：还在胡说？！

宛强朝那经理和小姐一摆手：请回吧。

两人鞠了一躬，向门外走了。

宛强转向小润轻声地：消消气，小润，别跟他们一般见识。

小润没有抬头，哽咽地：我要回去。

宛强苦笑了一下：刚来就要走？再说，你调动的事还没有个眉目哩。

小润哽咽地：我不想在这里受气。

宛强沉吟地：这样行不行？我给电视台那位范主任说说，你先去他们那个"读书园地"节目组协助工作一段时间，和他们先熟悉熟悉。

小润没有应声，似是默许。

宛强拿起了电话……

44

电视台录制厅门口。白天。

范主任站在门口，脸露一点不耐。

宛强陪着小润走过来。

宛强紧走几步上前握住范主任的手：谢谢你！

范主任对小润指指厅内：我已经给他们说过了，你先去帮助他们做点事情。

小润：谢谢主任。然后看了一眼宛强，就向厅里走去。

45

演播厅内。灯光五彩缤纷。

正在准备录制节目，一个女主持人正煞有介事地对镜检查自己的妆容。

人人都在忙碌。

小润默默站在一边看着。

节目导演用手指了一下小润：去把演播台上的桌子再往后拉一点儿！

小润没明白是叫自己，站着没动。

那导演火了，对小润：叫你哪，怎么耳朵聋了？

小润这才明白是叫自己，对方的粗鲁显然令她不快，但她还是上前把桌子往后挪了。

导演不停地指挥着人们干这干那。

导演又一次对小润：去把那块布景向左再推一下。

小润上前去推那块有轮子的布景板。

导演嫌她动作慢，催道：快一点，早上没吃饭呀？

小润的脸色越发难看了。

导演：主持人、嘉宾到位。

那位女主持人这时把手中正喝着的茶杯朝小润手上一递，不客气地：给我拿好，我这茶里可是泡有中药的！

小润眼中闪过一丝自尊心受伤的气恼。

当节目开拍时，小润把那主持人的茶杯往地上一放，转身悄悄向厅外走去。

46

北京西客站。傍晚。

宛强拎着小润的提箱跟在小润身后向进站口走。

小润面露郁闷和不快。

宛强小心地：是我思虑不周，让你来早了，我应该把一切都安排好后再让你来。

小润无语。

宛强：你回去后告诉小二和大冬，让他们慢慢寻找买主，把没有卖出的书籍及书店内的书架、家具和房子都出手，待我把这边的店堂弄好，就让他们过来。

小润点头。

宛强：这边的书店一正式开业，我就会找一家五星级酒店，把爸妈他们接来，咱俩正式办一个气派的婚礼，让你成为一个正式的老板娘！

小润脸上始微露一丝笑意。

47

西客站站台。傍晚。

小润登上列车。

她望着车外的宛强，一脸离愁。

一声汽笛，列车启动了。

宛强朝她挥手……

48

省城。省电视台小润的办公室内。白天。

小润走进来，一个女同事看见她忙迎过来：咦，怎么又回来了？不是说你正式调到北京了吗？

小润摇头：还没呢。

那女同事：哎呀，他们可是已经让一个姑娘占了你的主持人位置了。

小润一惊：真的？

那女同事：当然真的，你快去找分管咱们的管台长说说，据说那姑娘还是他推荐的。

小润急忙站起身来。

49

管弥副台长办公室。白天。

小润站在管弥办公桌前：我只是请假去北京了几天，并没有耽误节目制作，凭什么要让别人顶替我？

管弥望着小润那饱满的一鼓一鼓的胸脯，笑着：这也怨你走前没给我说清楚，我以为你此一去就不再回来了，既是又回来了，这好办，我给他们说让你还做主持人就是了。

小润一听这话，气消了：谢谢你。

管弥笑着：谢我不能总是嘴上谢，得有点实际行动哪。

小润戒备地：什么实际行动？

管弥：我一个朋友开了个酒吧，今晚开业，你能不能去捧捧场，为他主持一个简短的开业仪式？你这个著名主持人一到场，肯定会让他高兴得手舞足蹈。

小润沉吟了一霎，点头应道：好吧。

管弥：那你傍晚下班时就坐我的车走，我亲自为你开车！

50

傍晚。一个用霓虹灯做成的"馨香酒吧"四个字在初降的夜色里尽情闪烁。

管弥开着的轿车驶到了门口。

几个男女由酒吧里跑出来，拉开车门，像迎接贵宾一样地把坐在后排座位上的小润迎下车来。

人们拥着管弥、小润向酒吧里走去。

51

酒吧里。小小的舞台上灯光齐明，穿着素雅但有着天然风韵的小润手握话筒出现在舞台上，她用标准而柔美的普通话说着：

女士们、先生们，欢迎你们光临馨香酒吧，从你们踏进门的一刻起，你们就是馨香酒吧的朋友，就有权在这里享受一份带着馨香的服务，就可以随意在这里品尝带着馨香的美酒……

众人嗷的一声欢呼起来……

52

酒吧里一间包房。夜。

管弥、小润和另外几个男女围坐在桌前。

一个男子举起酒杯，对小润：我的酒吧开业仪式由你这个明星主持人主持，是我的荣幸，来，敬你一杯！

小润被这奉承弄得满脸笑容，举杯仰脖喝了。

其他几个男女也相继起身敬酒。

小润忙推辞道：不行，不行，我酒量不行。

坐在一旁的管弥居心不良地笑着：我们的著名主持人酒量还是有的，就看你们有没有办法让她喝了。

几个人就又更加热情地劝酒。

小润被盛情所逼，连连喝着……

53

夜。酒吧门前。

人们送管弥、小润上车。

能看出小润已露出醉态，走路摇摇晃晃。

小润坐到后座上，勉力与送行的人挥手。

管弥回望了一下醉意蒙眬的小润，露出满意的笑容。

他启动轿车开走。

54

夜。省城大街。

管弥边驾车边对后座的小润：小润，你感觉如何？

小润含混地：头……疼……

管弥：他们为了感谢你今晚主持开业仪式，送了你一点礼物，我待会儿给你。

小润断续地：不……要……

55

小润、宛强的新房门前。夜。

管弥打开车门轻声地对小润：到家了，我来扶你。

小润努力地：不……用……。她想下车，但终无力跨出车门，管弥伸手抱住她，她只好倚在管弥的怀里向门口走。

小润摸出钥匙，却怎么也无法插进锁孔。

管弥拿过去，开了门。

管弥扶小润进屋。

56

新房一层客厅。夜。

管弥扶着小润上楼。

小润含糊地：我……自己……行……

管弥没有理会她，半拥半抱地扶她上楼。

管弥脸上带着如愿以偿的笑意推开了卧室的门。

57

小润卧室。夜。

管弥猛地弯腰把小润抱放到了床上。

小润陷入了酣睡中。

管弥又喜又惊两手哆嗦着去解小润的衣扣……

58

夜。小润卧室。

月入室内，清楚地照着并肩而卧的管弥和小润。

能看出两人的上身都是裸着的。

小润赤裸的胳膊一挥，喃喃了一句：水。之后就慢慢睁开了眼睛。

她眨了眨眼睛，完全从酣睡中醒了过来。

她转身看见了管弥，吓得呀地叫了一声。

管弥被她叫醒了，醒了的管弥只是含笑看着小润。

小润惊骇地：你？！你怎么在这儿？

管弥：这还用问吗？你留我，我也愿留下。

小润：你胡说！你竟敢——

管弥慢吞吞地：我们之间已经什么事情都发生过了，就不要再说什么了，我喜欢你，你知道的！

小润又羞又恼地去抓自己的衣服：我……我要喊人……

管弥淡淡笑着：你喊吧，谁来了也不会相信我是强迫你的。再说，你喊，最先惊醒的就是文盛书店宛强他弟弟，你希望宛强他弟弟看见这一幕？！

小润被这话惊吓在那儿。

管弥冷冷地：你还想为宛强守贞节呀？！告诉你，他可从来没为你守贞！

小润：你胡说！

管弥：我胡说？告诉你，他在和你交往的同时，还在府城养了另一个女人并且和她生了一个孩子。

小润：不许你污蔑他！

管弥笑了：我污蔑他？要不要现在就给你做个证明？

小润一边急急忙忙地穿着衣服一边坚决地：我不信，不信！你滚！滚！

管弥：那我现在就给你拨个电话，让你听听他那个女人的声音。

小润定睛看着管弥拿起床头的电话。

管弥在拨号之后，是电话通了的声音。

电话里传来一个女人睡意蒙眬的声音：谁呀？

管弥对着话筒轻声地：许瑜，我是你姐夫管弥，我刚从北京回来，在北京见到了宛强，他很挂念你们娘俩，他的女儿好吗？

59

府城许瑜住屋。夜。

许瑜满脸睡意而又惊疑地握着话筒：姐夫，你忽然问这个干啥？你怎么知道我的电话号码？

电话里的声音：我得给宛强回个话呀！你的电话号码还不好打听？

许瑜停了一霎，望了一眼睡在身边的女儿宛婉，不甚情愿地：孩子很好！

60

省城宛强、小润新房卧室。夜。

管弥放下电话对着小润：听清了吗？

小润：谁敢说这不是你的欺骗手段？故意和一个女人串通好了来骗我？滚！你滚！

管弥一边穿着衣服一边笑着：你是不敢承认自己受了宛强的骗。你要想弄清真相，很好办！

小润眼望着管弥，分明在等着他的下文。

管弥：天亮之后你就可以和我一起去一趟府城，我开车，我让你亲自看看宛强的女儿！

小润的心显然被说动了：真的？

管弥：还能有假？说着他抬腕看表，现在是五点，一个小时后咱们出发！

小润咬着牙：如果你敢用这个骗我，我会有办法治你的！

管弥：如果我没有骗你呢？

小润没有说话……

第十四集

1

清晨。公路上。

管弥在驾车疾驰。

车内坐着的小润一脸冷色。

管弥扭头望一眼小润，关切地：靠背后边的插兜里有饮料，你要渴了可以拿过来喝。

小润像没听见似的没有理会。

管弥笑笑：还在生气？

小润爆发地：开你的车！

2

府城滨河花园住宅小区门口。白天。

大门一侧的小书摊前，许瑜正在含笑给几个顾客拿书、拿刊、拿报。

小宛婉正扶着妈妈的腿在转着圈玩。

管弥的轿车在远处的路边停下。

许瑜抬头瞥了一眼那轿车，没有在意地又弯腰去忙了。

3

管弥的轿车内。白天。

管弥指着远处书摊前的许瑜对坐在后座上的小润：那就是我的妻妹，叫许瑜，她身边的那个孩子，就是她为宛强生下的。

小润的身子摇晃了一下，她眼前猛地晃过了上次她来找宛强回省城的场景。

管弥：为了向你最明确地证实那孩子的父亲是谁，我把车开到书摊附近，你把身子躺在后座上别动，只把车窗玻璃摇下一个缝，能听见我和许瑜的对话就成。

小润没有点头也没有表示反对。

管弥把车向前开去。

4

许瑜的书摊附近。白天。

管弥由车里出来，手拎一袋礼物向书摊走去。

许瑜在和一个顾客说话，没有留意到管弥的走近。

管弥站到书摊前叫了一声：许瑜，忙呢？

许瑜扭过脸来，意外而吃惊地：姐夫，你怎么来了？!

管弥：回府城有点事，顺便来看看你和孩子。

许瑜不自然地：我姐她好吗？

管弥：好，她就是常常挂念你，她虽然脾气厉害，可她心里是希望你好。

许瑜无语。

管弥转向宛婉，俯身：在北京见到宛强，他说他就是挂心他的宝贝女儿。你好吗？边说边摸了一下宛婉的脸蛋。

小宛婉一双大眼瞪着管弥。

管弥把那袋礼物放到宛婉面前，从中拿出一个布娃娃递到宛婉手上：姨父给你买的。

宛婉看着那个布娃娃笑了。

管弥直起身对许瑜：好了，你忙，我去市里有事，你以后得空去省城家里玩，别再气恨你姐了，她是为你好。说罢，转身向轿车走去。

许瑜默然看着他坐进车里。

5

轿车内。白天。

管弥发动车就走。

小润双手捂脸侧躺在后座上。

管弥一言不发。

车很快地向郊外驶去。

6

府城郊外一片树林里。白天。

管弥驾驶的轿车在树林里停下。

　　管弥打开车门下车。

　　他拉开后排车门进去。

7

　　轿车内。白天。

　　管弥坐进后排座上，伸手去拉起小润。

　　小润已满脸是泪，仍哽咽不已。

　　管弥叹口气，低声地：我没有骗你吧？

　　小润哇的一声哭着扑进管弥的怀里。

　　管弥一边轻拍着小润的后背一边俯下脸去亲小润那白嫩的颈项。

　　小润哭得十分伤心。

　　管弥脸上露出了得意的笑容……

8

　　夜。省城小润的新房门外街边。

　　管弥开着的轿车驶了过来停下。

9

　　夜。车内。

　　坐在副驾驶座的小润准备下车，她的神色显然已经平静下来。

　　管弥伸过一只手抓住小润的手紧紧握着。

　　管弥对小润：你稍等一等。说着打开自己的手机拨号。

　　管弥对着手机：老梁吗，明天的"读书时间"节目仍由万小润同志主持，明白了？

　　手机里一个男子的声音：已经通知新主持人了，怎么办？

　　管弥命令：告诉她取消！说完关了机。

　　小润扭脸看了管弥一眼，眼中有一丝感激。

　　管弥小声地试探性地：我送你上去？

　　小润不置可否，只是打开门下了车。

　　管弥也打开车门下去。

他跟在小润身后向门口走去。

10

夜。小润新房一层客厅。

小润开门走了进去。

管弥也闪身进门并随手关上了门。

小润伸手刚要去开灯。

管弥已迅速地伸手一下子把小润拦腰抱起向二楼走去。

小润没有任何反抗……

11

夜。满天星光。

小润所住的小楼静静地隐在夜色里……

12

北京。宛强所买的书店店铺里。白天。

装修工人们正在忙着装修,一排排书架已经立了起来。

宛强正在店铺里指挥着装修工人们忙碌,不时地上前帮着抬木板,搬地砖,弄得满头大汗。

焦韦忽然出现在门口,他走进店铺环顾着:嗬,宛强,亲自动手干呀?

宛强闻声急忙转过身叫道:哎呀,焦大哥,你可是稀客!

焦韦:今儿个来,一是看看你买来的这书店,二来是问问你放在我书库的那些书什么时候拉走?

宛强笑着:大哥,再宽限我些日子,待我这边的书店一开业,我就腾出手去推销剩下的那点礼品书,房租我保证按时付!

焦韦有些不快地:我又做了一批书,需要在库里存放,罢了,既然你一时没地方放,就继续放我那里吧。

宛强:谢谢!

13

傍晚。宛强所买的书店门前。

工人们相继下班出门。

宛强累得坐在门前的台阶上用手绢擦着脸上的汗水。

一个工头模样的人锁好门走过来：宛先生，你犯不着在这儿陪着我们干，看把你累的。

宛强笑笑：我也是急着想早点让书店开张。你们去吃饭吧。

那人朝宛强挥挥手：再见。

宛强打开自己的手机拨着号码。

宛强对着手机：小润，宝贝，现在在干啥？我想你……

14

省城。傍晚。

一家豪华的饭店里，小润和管弥相对而坐，小润对着手机：我还在办公室加班呢……

她的脸上因说谎而现出一丝愧疚。

管弥微微笑望着小润，嘴角眉梢都露着满意。

15

夜。省城文盛书店门口。

大冬和小二送一个客人出门。

两人和那客人在门口握别。

那客人：放心吧，二位，你们店里剩下的这些书到时候全转到我店里就行。

大冬、小二：谢谢，谢谢！

客人上车走远。

大冬转身要进店时忽然瞥见管弥由旁边小润住的楼里出来。

大冬悄悄拍了拍小二的肩膀，指给他看正向车里进的管弥。

小二注意到那辆车的车号：Ｖ2458。

轿车驶远。

16

夜。省城文盛书店里。

大冬对小二：我已经不止一次地看见管弥晚上从小润姐住的屋里出来。

小二无语。

大冬担忧地：可别再出什么事，一男一女老是在晚上频繁接触……

小二：哥要快些把小润姐调到京城才好。

大冬：要不要给宛强哥提个醒？

小二担心地：哥的脾气不好，这事没有真凭实据是不能乱说的。

大冬：要不咱俩出面，把管弥约到一个地方狠揍他一顿，把他的贼心打下去？

小二不置可否。

17

早饭后上班时间。省城文盛书店里。

小二隔窗看着小润从门前走过。

他的目光随着她走。

他看见在远处街边停着一辆车，小润迅速地上了那辆车。

小二认出那辆车是管弥的车：V 2458。

小二转身向宛强原来的办公室走去。

18

文盛书店宛强原来的办公室里。白天。

小二在拨电话，电话通后小二对着听筒：哥，你那边忙得怎么样了？

19

北京。宛强新开的书店里。早晨上班时间。

宛强对着手机：小二，书架今天就可以弄好，下一步就是联系进书的事。边说边用手指点着两个抬书架的工人：向这边摆！他一只手里还拿着一根吃了一半的油条。

20

文盛书店宛强原来的办公室里。早晨上班时间。

小二对着话筒：哥，有件事我想给你说说，你得先把小润姐调到北京去，你俩总是分居两地不好……

21

北京。宛强新开的书店里。早晨上班时间。

宛强听出什么地：咋了，有事？

电话里小二的声音：没事。

宛强一边嚼着油条一边对着手机：我把这边书店里的事一弄好，就全力跑你小润姐工作调动的事，要不了多长时间了。我这儿很忙，晚点再说。你和大冬抓紧把那边的书店卖出去。

宛强关上手机。

22

省城文盛书店里，早晨上班时间。

小二默然握着电话，站在那儿。

大冬进来，看了一眼小二手中尚未放下的电话：给大哥打电话了？

小二点点头：我给他提醒了一句，这种事又不能明说。

大冬：这样吧，咱俩多留心些，必要时给管弥一个教训。

小二：那个想买咱书店的人来了？

大冬：马上就到，咱们按昨天定下的价格和他谈！

23

京城。白天。

宛强走进一栋挂着"工商管理局"牌子的楼房。

24

叠印：

宛强走进一家挂着"友爱出版社"牌子的楼房……

宛强走进一家挂着"艺文出版社"牌子的楼房……

宛强走进一家挂着"文化出版社"牌子的楼房……

宛强走进一家挂着"教育出版社"牌子的楼房……

25

　　京城宛强新开的书店里。白天。

　　一块崭新的写有"雅华书店"四个字的牌匾放在一张桌上。

　　能看出书都已上架，开业的准备工作已经做好。

　　宛强在一架一架书前巡视着。

　　他雇的四个身穿保安制服的工作人员和几个身穿便衣的男女工作人员跟着他。

　　宛强转对几个保安：开业的时间定在下个月8日。在这之前，你们的任务就是做好安保工作，确保所有设备、设施和书籍的安全。

　　几个保安点头：明白。

　　宛强又对一个穿便衣的男子：员工上岗的培训工作你要抓紧，要确保8日按时上岗！

　　那个男子：宛总放心！

26

　　首都电视台。白天。

　　范主任办公室。

　　宛强走进去，范主任起身与宛强笑着握手：我从报纸上看到，你的雅华书店不久就要开业了。

　　宛强掏出一个烫金的请柬连带一个厚厚的信封递过去：届时请你一定光临捧场哪！

　　范主任摸着那个信封，一点也未犹豫地放进了抽屉。

　　宛强笑着：我女朋友调动的事，不知最近进展如何？几次来催，真不好意思。

　　范主任也笑着：我也正要告诉你，已经批了，你让她下个月来吧。哎呀，为你这女朋友的事，我可是跑断了腿，磨破了嘴！

　　宛强话中带了暗示：范主任放心，这份情宛强会记在心上，一待我的书店开了业，资金周转开了，咱们再好好聚聚！

　　范主任眉开眼笑地：好，好。

27

北京京都大饭店。饭店门前缀着五颗金星。白天。

宛强走了进去。

28

饭店餐饮部办公室。白天。

宛强正对一个工作人员：我想在下个月8日中午，在贵店宴会大厅举办一个婚礼宴会。

那工作人员有点小瞧宛强，不大热情地：我们是五星级饭店，在宴会大厅办婚礼收费可是很高的！

宛强有点不高兴地：多高都可以！你要做不了主，我找你们总经理！

那人马上赔了笑脸：可以，可以。

29

京都大饭店金碧辉煌的宴会厅。白天。

那工作人员领着宛强看着，边看边保证：我保证届时布置得让你满意！

宛强点头。

30

京都大饭店大门外。白天。

宛强打开手机拨号，而后对着手机：小润，宝贝，书店开业的事已经准备就绪，我想在开业的同一天我俩举行婚礼，婚礼的场所我已选好，就在五星级的京都大饭店，我刚刚联系好……说着走出饭店大门。

31

省城。电视台"读书时间"节目录制厅。白天。

人们正在做拍摄前的准备。

衣饰整齐化妆一新的小润正对着手机默默听着。

手机里宛强的声音：我今晚就坐火车回去。

小润：我明晨去接你。随之合上手机。

她显得心神不定。

坐在一旁的管弥注意地看着小润。

小润心不在焉地走上演播台……

32

省城。电视台读书节目录制厅外。白天。

小润和管弥相对而站。

小润低声地：他要回来了。

管弥：我看你做节目时心神不定的样子就知道他要回来。

小润：你不要再去我那儿了。

管弥点头：我明白。但是你要记住，对你最好的——是我。

小润无语。

管弥：我希望你还能给我留下见面的机会。

小润：他在电话里说，下个月8日，我们要在京城举办婚礼。

管弥：你下决心了？

小润缓缓地点头，之后低低地：你反正也不可能离婚。

管弥无言。

小润看了管弥一眼：我走了。言毕，向厅外走去……

33

清晨。省城火车站站台。

小润接过走下车厢的宛强手中的提箱。

宛强笑望了小润一眼：嗬，怎么气色不太好，病了？

小润摇头：没有，大概是这几天做节目太累。

宛强高兴地：我已经带回了电视台的调令，你以后再不用在省台吃苦受累了。

小润一笑，能看出她的眼中闪过一丝歉疚之意。

34

早饭时分。中原大学万家客厅。

宛强正打开提箱，从里边往外拿礼物。小润含了笑站在一边。

他拎出两身衣服交给万夫人：妈妈，这是给你的！

他拿出两盒营养保健品递到万教授手上：爸爸，这是给你的！

万教授高兴地：你在北京东山再起打开局面的事，小润都给我说了，焦韦也给我打过两次电话介绍了一下。行，省城跌一跤，在北京站了起来，我和你妈妈都为你高兴！

万夫人：咱宛强是能干，到能人聚集的北京，能在这么短的时间内打出一片天地，那可真不简单。

宛强：这还真要感谢爸爸当初给我介绍了焦韦，我就是从他做的礼品书上得到了启发，才做了一套"二十世纪中国社会科学经典著作"，把局面打开了。

万教授：这还是因为你有市场眼光，有决断能力。

小润有些恢复了当初的开朗：一家人都别互相表扬了，该吃饭了！

宛强：还有一件大事要报告二老，我已在北京五星级的京都大饭店定了宴会厅，下个月8日我和小润在那里举行婚礼，到时候想请二老去一趟。上次，因为我的错误，婚礼中途而废，给你们和小润都带来了伤害，我心里一直不安。

万教授：过去的事就不用提了，好，到时候我和你妈妈去一趟北京！……

35

省城文盛书店。白天。

宛强和小润走进店堂。

店堂里的书架和书都已没有了，一副搬家的样子。

大冬和小二迎上来。

大冬：大哥今天在家歇歇吧，坐了一夜的车。

宛强：我不累，房子出手的事谈得怎么样了？

小二：基本已谈成，下午签合同。

宛强：好，你们二位把善后事情处理得不错。准备订赴京的车票吧。六张，小润爸妈、小润、我、你俩，全订软卧。

大冬高兴地：好！

宛强转向小二：你一会儿去附近饭店里叫些菜，今晚咱们四个好好喝几杯。

小二：中！

36

晚饭后。小润、宛强新房一层客厅。

宛强、小润、大冬、小二四个人围坐在沙发上。

小二把一份文件递到宛强手上：哥，这是关于文盛书店出手的合同。钱已划到了我们账上。

宛强看了一阵合同：点点头。

大冬：大哥，兄弟实在佩服你，只身去到北京，没有多少日子，就又打出了一片天下，真了不起。大冬此生跟定大哥混日子了！

宛强笑笑：你也能干，你和小二可以说是我的左膀右臂，到了北京，你做业务经理，小二做财务总监，小润在电视台工作之余，兼做公关部主任。咱们将来争取把书店做成中国书刊零售业的巨头。

几个人听得都很兴奋。

电话响了，小二拿起电话一听，对小润：万伯母找你说话。

小润：我到楼上卧室接，你们继续聊吧。说罢上楼，片刻后楼上传来小润的喊声：小二，你扣下吧。

小二扣下了客厅里的串联电话。

宛强继续：到北京做生意，那可要眼观六路、耳听八方呀……

37

白天。小润新房二层卧室。

小润、宛强正在收拾东西并往几个皮箱里装。

小润边叠一件衣服边对宛强：这房子的房租付到年底，要不要找房东退钱。

宛强：算了，留给他们算是一份谢意吧。

楼下响起了门铃声。

宛强走到阳台上向下看：大冬，有事？

楼下传来大冬的声音：大哥，福聚书刊批发店的老板现在在文盛书店里，想见见你，和你说说以后在京合作的事。

宛强应道：好，我马上过去。

宛强转对正在收拾衣物的小润：我去书店那边，一个书刊批发店的老板要见我。

小润点头：去吧。

宛强下楼。

38

新房一层门口。白天。

宛强出门，哐的一声关上了大门。

他向文盛书店走去，但没走多远，忽然想起什么似的自语着：哟，忘带手机了。说着，又转回身来。

他回到门口，拿钥匙打开大门。

他走进客厅。

39

新房一层客厅。白天。

他环顾了一下，发现他的手机就放在沙发前的茶几上，伸手拿起转身就要重新出门，就在这当儿，旁边的座机电话响了。

他迟疑了一下，又转身上前拿起了话筒。

话筒里已传出了小润的声音：哪位？显然是她在楼上拿起了另一部串联的话机。

宛强刚想放下话筒，里边忽然传出了管弥压低了的声音：他这会儿不在家吧，宝贝？

宛强一惊，重又把话筒贴到了耳朵上。

小润的声音十分惊慌：他刚出去，你干什么要打电话来？不是告诉你他回来了吗？

宛强的脸色为之一变，意外而震惊。

管弥的声音：实在是太想你了，就忍不住拨了，我估摸他白天不会总在家，刚好，他不在，真要是他接了电话，我把电话扣了就是了，谁家没有接过打错的电话呀？！

宛强的牙咬了起来。

小润的声音：求你再不要打电话了！

管弥笑着：你走前能不能让我再见你一次？给我留一个夜晚，我要亲遍你的全身！

宛强突然对着话筒吼道：可以，你今晚就可以来！

电话里静默了一霎，之后啪啪两声，两边话机都挂了。

宛强也猛地把手中的话筒一摔，向楼上奔去。

40

楼上卧室。白天。

小润脸色惨白满面惊恐地站在床边。

宛强喘着粗气奔到了小润的身边，猛地扬起了巴掌。

小润没有躲闪。

宛强扬到空中的手又慢慢放了下来。

宛强双目喷火一样地瞪着小润，痛心至极地：我在北京没日没夜地为我俩将来的生活奔忙，为我们的婚礼做准备，为你的调动求人，你竟然这样回报我？

小润无语，只抬手捂住了脸。

宛强伤心至极地：他是谁？

小润顿了一霎，低微地：管弥。

宛强从牙缝里喷出声来：我听着就像他！

小润哑口无言。

宛强的声音冰一样冷：好吧，既是这样，你就让他今晚来，你们好好聚聚！我不耽误你们。说罢，猛地抓起一只皮箱，把里边原来的东西一下子倒在床上，抓起自己的几件衣服塞进箱子里，关好箱子提上就走。

宛强——小润突然叫了一声，扑过来抱住了宛强的后腰，并慢慢弯下双腿，跪在了地上。

宛强没有转身，而是伤透了心地：为啥？你为啥要这样对我？我做错什么了？是因为我坐过监？

小润哽噎地：他……让我去府城看了……你的孩子……我当时一气之下……就……

宛强眼倏地瞪大，画外跟着传来他含了怒火的声音：这个杂种！随之他转向小润：他有没有告诉你那一切都是他和他女人造成的？有没有告诉你那些都是在认识你之前发生的？

小润悔恨地：我……对不起你……

宛强痛楚地：我过去没有跟你说那个孩子，是因为不想再把我的痛苦带给你，你既然知道了为何不打电话问我一句？那样我不就可以解释清楚了？

小润：我……后悔……

宛强低微地：我一直以为我有了你，是找到了最完美的爱情。我没想到结果会是这样的，没想到……没想到……说着拎起皮箱，挣开小润的手向楼下走去。

41

楼下客厅。白天。

宛强刚走到楼下，又响起了门铃声。

宛强满面冷色地走去开了门。

大冬站在门口：大哥，那个老板还在等你。说完，看见宛强的脸色不对，又看了看他手中拎着皮箱，不由得惊问：你这是——？

宛强：告诉那个老板，我今天有事，不见他了！你同时喊上小二，你俩一块过来！

大冬不明所以地：好吧。说罢，转身出门。

宛强把皮箱扔到沙发上，在沙发上重重坐下，双手抱住了头。

42

文盛书店门口。白天。

大冬对小二：大哥那边好像出了什么事，他满脸怒气。

小二意外地：哦？早饭时不是还好好的？

两人边说边向新房这边走来。

43

新房一层客厅。白天。

宛强抱头坐在沙发上。

大冬和小二推门进来。

宛强抬头低声地：计划有变，小润和她爸妈不去北京了，把车票退掉三张！

小二意外地：为啥，婚礼不是定在8日？

宛强：婚礼不办了。

大冬、小二一惊，二人不安地对视了一眼。

宛强对小二：你给小润她妈妈打一个电话，就说小润身体不太舒服，让她过来陪一下。

小二一边点头一边焦虑地：哥，究竟出了啥事？

大冬：大哥，我们哥仨在一起这么长时间了，彼此都是知根知底的，你有啥事，别瞒着我们。

宛强对大冬：你打听一下管弥办公室和家里的电话，想办法把他约出来，我想跟他谈谈。

大冬与小二交换了一个眼神，有些明白地：大哥，是不是他……

宛强冷着脸没有说话。

小二从哥的脸上已看明白了一切，愤愤地：哥，我和大冬都发现那狗东西在夜里来过小润姐这里，可我们不敢去想别的，所以就没有给你说……

宛强佯装不在乎地：他们勾搭是他们的自由，可我不许他去惊扰我的孩子，我约他出来就是要警告他这个。

大冬恼怒地：你放心，大哥，我和小二会为你出气的！

宛强：你们只需把他约出来就行，我跟他谈，不要你们插手！

44

省城管弥办公室。白天。

管弥在默默抽烟，能看出他眼中藏着慌乱。

电话突然响了。

他拿起话筒：哪位？

话筒里大冬的声音：我是文盛书店的一名工作人员，我们宛总想见你！

管弥急忙把电话扣了。

电话又响了，但管弥没接。他面露惊慌地起身在屋内踱步，边踱步边看着那个不停响着的电话机……

45

省城管弥家客厅。傍晚。

管弥在心神不定地看报纸。

电话响了。

管弥拿起话筒：哪位？

电话里传来大冬的声音：管台长，我是文盛书店的工作人员，我们宛总——

管弥急忙啪的一声把电话扣了。

他脸上再次现出一股惊慌之色。

在厨房忙活的许玫这时端了菜盘子出来，一边往餐桌上放一边问：谁来的电话？

管弥假装生气地：骚扰电话，今晚所有的来电都不要接。

许玫：我倒还没有接过骚扰电话。

电话就在这时又响了。

管弥挥手止住要去接电话的许玫：让它响。

电话铃固执地响着。

管弥一家在电话铃的不断鸣响中坐到餐桌前吃饭。

电话铃终于停了。

管弥开始心不在焉地吃饭。

门铃突然又响了。

管弥急忙放下碗筷，去门前通过门镜向外看。

是大冬站在门前。

管弥又蹑脚回到餐桌前对许玫和儿子：别理这个按铃的家伙，他想调动工作，不停地来缠我。

门铃停了。

管弥嘘了一口气。

46

省城大街一角。傍晚。

宛强默默站在街角的暗影里。

大冬和小二面带恨色地走过来。

大冬恨恨地：这小子既不接电话也不开门。

小二：他心里有鬼，根本不敢见我们。

宛强淡淡地：明天白天再说吧。

47

早饭后上班时间。省电视台大门口。

戴一副墨镜的宛强站在门口一侧的宣传橱窗前。

他佯装看着橱窗里的东西，眼角却在斜看着陆续停在门口的车辆。

管弥的车开过来停在了门口。

管弥打开车门下车刚要向大门口那儿进。

宛强疾步赶过去拦住他的路高声叫道：哟，管台长，你好！说着摘下了墨镜。

正想进门的管弥一愣，待看清是宛强之后，脸唰地白了。

宛强眯眼笑着：我们到对面的茶艺馆里小坐一会儿？

管弥看了一下门口的保安，似乎想估摸自己遇到的危险程度。

宛强：你想进去到大厅里或你办公室谈也行，让你们领导在场也可以，或者我去你领导那里帮你请个假？

管弥嘴唇动了一下，困难地点点头：好吧。说罢转过身，向街对面走去。

宛强跟在他的后边。

站在不远处的大冬和小二也跟了过去。

48

街对面茶艺馆。白天。

宛强、管弥、大冬、小二先后走进一个单间里。

一个服务小姐进来：四位先生喝什么茶？

宛强：龙井，不过待一会儿上。

服务小姐走出去。

管弥不安而惊惧地看着宛强、大冬和小二，急切辩解地：是万小润勾引我，她想继续主持节目，就找我——

啪！小二猛地打了管弥一个巴掌。

管弥趔趄了一下。

在这同时大冬咚地踹了管弥一脚。

管弥腿一弯差点跪了下去。

宛强急忙伸手拦住小二和大冬：不许胡来，你俩出去！

小二和大冬悻悻地出门。

宛强指了一下茶桌前的凳子对管弥：坐吧。

管弥迟疑地坐下了。

宛强冷冷地：知道我今天叫你来是谈啥吧？

管弥辩解地：确实是她勾引我——

宛强猛拍了一下桌子：少给我说这个！我不管你们谁勾引谁，我对这个没兴趣，这是你们的自由！

管弥吓得身子向后一仰。

宛强：我今天见你是为了正告你，以后不准你再去打扰我的女儿，不管以什么理由去打搅她都不行，如果再有一次，我就打断你的腿！你信不信？！说着咚一下把一个不大的铁锤放到了管弥的面前。

管弥无语。

宛强咬着牙：我反正已经坐过牢了，再坐一次也无所谓，但你的两条腿断了，你要再想当官就有些困难了！听明白了没有？

管弥点点头。

宛强痛心地：我的生活已经被你和你老婆搞得一塌糊涂，我不会允许你们再去干扰我女儿的生活，这一点你必须给我牢牢记住！

服务小姐这时端了茶壶进来。

宛强起身对管弥：茶来了，你好好喝吧！说罢，将铁锤装进衣袋，走了出去。

管弥呆呆地坐在那儿……

49

宛强、小润的新房二层卧室内。白天。

小润用胳膊遮住脸侧躺在床上。万教授和夫人默默坐在床沿。

小润的身子仍在一搐一搐，显然在抽泣。

万夫人叹口气，低低地：你呀，让我和你爸爸无话可说，我们去对宛强说什么？

万教授的脸色铁青。

小润嘤嘤地哭出了声……

50

文盛书店里。白天。

宛强默默坐在空荡荡的店堂里。

大冬和小二走了进来。

宛强抬起眼：跟房东谈妥了吗？

大冬：妥了。过户手续办得也顺利，喏，这就是房产证。说着，把一个纸袋递给了宛强。

宛强抽出看了一霎，起身向门外走去。

51

宛强、小润的新房二层卧室内。白天。

小润仍躺在床上。

万教授和夫人仍默然坐在那儿。

宛强推门走了进来。

万教授和夫人都神色不自然地站起身子。

宛强朝两位老人苦苦一笑，走到床前，把那个房产证从纸袋里掏出放到床头柜上，低声地：小润，这房子已给你买下了，你以后就住在这儿。

万教授和夫人见状，相继默然走出屋子。

小润没有吭声，仍静静地躺在那儿。

宛强平静地：我今晚回京，你多保重。以后有事，可打电话。说罢，转身要走。

小润突然伸手抓住了宛强的衣襟。

宛强停住脚，回首注目小润。

小润眼中饱含着泪水和恳求。

四目相对。

窗外街上,忽然传来一声汽车喇叭的长鸣。

宛强低低地:我试着去原谅这件事,可一想到管弥那张脸,我就控制不住自己,抱歉,我真的做不到,要是勉强过下去,我和你都不会快活……

小润的手一点点松开了宛强的衣襟……

第十五集

1

北京。宛强新开的雅华书店门口。白天。

大门两边摆满了花篮。

大字横幅悬挂在店门上方:热烈祝贺雅华书店开业。

门口两侧摆着大幅广告牌,一侧上写着一行大字:由雅华入书海畅游;另一侧的广告牌上写着:把知识从雅华带走。

书店一派喜气。

2

雅华书店里。白天。

明亮、宽敞的店堂里顾客们在静静地看书、挑书。

小二在收款台前对两个付款顾客说着什么。

大冬在指挥着两个小伙将一推车新书摆上书架。

宛强站在店堂一角,神情忧郁地望着店堂里的景象,脸上无半点喜色。

他的眼前恍然晃过小润的面孔。

小润的身后忽然出现了管弥的身影。

他急忙把头摇摇。

一名店员这时匆匆走到宛强面前轻声地:宛总,艺文出版社的一个同志找你。

宛强:领他到我办公室里去。

3

一个挂有"总经理"牌子的办公室。白天。

宛强坐在办公桌后,正与一个年轻男子交谈。

年轻男子:我们从网上知道了宛总是靠做书起家的,而且很有魄力,因此想和宛总谈谈一个选题的合作问题。

宛强立时提高了警惕:什么选题?

年轻男子：三个年轻女子写的纪实文学，一个是白领，书稿叫《白领纪事》；另一个是北漂，书稿叫《北漂纪事》；还有一个是大学生，书稿叫《大学纪事》。

宛强：它们的价值怎么样？

年轻男子：我们认为，这三本纪事对于认识和了解当代年轻知识女性的内心世界颇有意义。

宛强：那你们为何不独自做？

年轻男子：有经济风险，她们都是名不见经传的小人物，书能不能卖出去很难说，出版社不愿投资。

宛强：我们怎么合作？

年轻男子：书稿由我们出版社三审决定，政治责任由我们承担；印制费用由你出，经济风险由你承担。赚了钱咱们五五分账。

宛强淡淡地：我要亲自看看稿子才能决定是否合作。

年轻男子：当然可以，我明天就让三位作者拿上她们的书稿来见你……

4

傍晚。宛强住处。

宛强一个人坐在客厅的沙发上陷入沉思。

他的面前又晃过了小润的身影。

他冷峻的脸孔慢慢柔和起来。渐渐地，管弥的身影也出现了。宛强猛地站起身来……

5

傍晚。省城小润的住处——还是那座小楼，卧室里。

小润躺在床上。

她没有睡着，睁着的两眼十分空茫。

万夫人推门进来：小润，妈把饭做好了，起来去吃一点儿吧。

小润：我不想吃。

万夫人：不想吃也得吃，总这样躺着怎么得了？说着上前去拉女儿。

小润只好坐起身。

6

楼下餐厅。傍晚。

小润在餐桌前坐下喝粥,她吃得很慢,显然没有什么食欲。

万夫人仍在厨房里忙活。

响起了门铃声。

小润怔了一怔,起身去开门。

门拉开了,门外站着管弥。

小润的眼倏然瞪大了:你?!

管弥低声地:小润,听说你病了,我来看看你,边说边走进门。站在那儿的小润突然尖叫了一声:滚!跟着跑过去端起餐桌上的一碗稀粥就朝管弥身上泼去。

管弥吃了一惊,急忙向门外退去。

小润这时又抓起一个菜盘子向门外的管弥砸去。

菜盘子落到地上摔得粉碎。

万夫人闻声由厨房里跑过来,将激动得浑身颤抖的女儿搂到了怀里……

7

夜。小润卧室。

没有开灯,漆黑一片。

借着窗外街上偶尔驶过的汽车的车灯,能看出小润满脸是泪地拥被坐在那儿。

她慢慢转身拿起了床头柜上的电话。

她拨了一串号码后将话筒贴在脸上。

8

北京。宛强的住处。夜。

正在酣睡的宛强突然被手机铃声惊醒。

他伸手打开床头灯,拿过手机去看上边的号码。

他打开手机:小润,有事?

没有回音。

宛强耐心地听着。

9

省城。小润的卧室。夜。

小润什么也没说,又慢慢把电话扣下了。

10

北京。宛强的卧室。夜。

宛强的手机里传出了电话挂断的声音。

宛强放下手机,拿过床头柜上的座机电话,拨起了号码。

宛强对着话筒低而缓慢地:小润,我也很痛苦,我明白我应该原谅,我也想重新爱你,可每次一想到你,管弥的影子就又跟着出现了,我没有办法赶走他……

11

府城。小润的卧室。夜。

小润握着话筒默默听着,听任两行泪水涌流不止……

12

北京。雅华书店宛强的办公室里。白天。

宛强正坐在办公桌前读一本什么书,边读边陷入沉思。

一名店员推门探身进来:宛总,有三位女士要见你,说是要给你送书稿。

宛强:让她们把书稿送给业务部主任大冬。

那店员:知道了。

13

一个挂着"业务部主任"牌子的办公室。白天。

大冬坐在自己的办公桌后,正与坐在对面的三位女士谈着。

大冬:三位先把书稿放在这儿,我们看后再与你们联系。

一位长得很漂亮、发型弄得十分时尚的女子：我叫关娜，是这部《北漂纪事》书稿的作者。她说着指了一下桌上的一叠书稿：请你给我们写个收条，以免过后你不认账。

大冬意外地：怎么会呢？

关娜：我跟你们这些做书的打过交道，你们这个行当里坏蛋可是不少！有人收了书稿拿去复印，书稿就成了他自己的作品。

大冬：我们决不会的！

关娜：咱们先小人后君子吧！

大冬：好，好，写收条。边说边低下头去写。

关娜接过收条：我能不能去见见你们的老总。

大冬迟疑了一下：好吧。

14

宛强办公室。白天。

宛强仍在办公桌前支颈沉思。

大冬推门进来：大哥，那三位女作者中有一个叫关娜的要见你。

宛强：告诉她待我们读完书稿再说。

关娜这时已自己闯了进来：嗬，一个书店的经理都这么大的派头？！接见一下我都不行？

宛强被对方的大胆逗得一笑：好，好，快请坐。

关娜在宛强的办公桌对面坐下，大大方方毫不怯场地：我希望你能认认真真地读一遍我们的书稿，最后下定投资的决心，把眼光放远点，不要觉得我们是无名小辈就犹犹豫豫。

宛强：我们会认真的。听口音你是——？

关娜：河北唐山。小地方人。这是不是更让你看不起了？

宛强：我也是小地方人，中原府城。

关娜：我们需要等几天？

宛强：一周吧。

关娜起身，孩子气地伸出手：那咱们一言为定，拉个钩！

宛强笑着伸出手：好吧，拉钩。

15

夜。宛强住处。

宛强正在灯下看着书稿。

他把看完的书稿放在茶几上，拿起了电话拨号：大冬，你和小二过来一下。

片刻之后，大冬、小二推门进来。

宛强用手指了指书稿：你俩都看过了，说说你们的意见。

大冬：没有大的问题，但也不会有大的效益，属于可做可不做的书。

小二：咱们雅华开业后第一次做书，最好能火，眼下这三本书很难会达到火的程度。

宛强：我和你们的看法相同，这样吧，告诉出版社那位编辑，我们不做了，同时通知三位作者来拿走书稿。

大冬点头：好。随后又开口：为了扩大咱雅华的影响，你那天不是说请一位著名作家来店里签名售书吗？已经和著名作家马来说好了，他明天来咱们店签售他的新书《走走看看》。

宛强：我明天出面招待。

16

雅华书店门口。白天。

大幅广告牌上写着：我国著名作家马来在本店签售新书。签名本《走走看看》会成为你的家传珍物。

街边的人们驻足在广告牌旁观看。

不少人转而进了书店。

17

雅华书店里。白天。

读者们排成长队，在等候一位中年作家签名售书。

宛强站在中年作家身边照应着。

中年作家派头十足地签着名。

大冬这时走到宛强身边低声地：那三位来拿书稿的女作者，有两位已经走了，那个叫关娜的坚持要见一见你，现在在你的办公室门口。

宛强：告诉她我正在忙。

大冬：那女的挺执拗，说不见你不走！

宛强面露一点愠色：让她等吧！

18

宛强办公室门口。傍晚。

关娜也面露愠色地站在那儿。

宛强走了过来。

关娜瞪着宛强。

宛强看见关娜，猛然意识到让对方等的时间太长了，忙歉疚地：对不起，让你久等了。

关娜冷笑了一声：没事，我们小人物，等一下没什么不得了的。

宛强：快请进屋。

关娜：不用了，我见你的目的就是想告诉你，作为一个书界商人，别把眼只盯着名人，名人当初也有没名的时候，小人物日后也有可能成名！你今天拒绝我们的书稿，以后你会后悔的！

宛强：但愿，但愿。请进屋坐吧！我正想把我读你书稿的一些看法告诉你！说着推开办公室的门。

关娜迟疑了一下，走进屋去。

19

宛强办公室里。傍晚。

宛强拉亮电灯，坐下，面对着关娜。

关娜：说吧，我洗耳恭听！

宛强：你这本书写得不错，用日记体写自己的经历和心路历程，挺真切、感人，出版是完全可以的，但我们是书店，要考虑市场效益，投资是要回报的，如果回报很少，就有些划不来！

关娜激动地：你怎么就知道我的书没有销路？只要你宣传得好，我自信书是可以卖出的，可以——话到此处，关娜的手机突然响了。

关娜从手袋里掏出手机，一边打开一边对宛强：对不起，我先接个电话。

宛强做了个没什么的手势。

关娜对着手机：秦叔叔，有事？

随着手机里的声音，关娜的神情在迅速地起着变化，先是意外，后是震惊，再后来眼泪就哗地流了下来。

坐在关娜对面的宛强看着她的神色变化，很是诧异。

关娜哽咽地对着手机：秦叔叔……我马上回去……拜托你帮我照顾一下……

关娜一边合上手机一边起身。含了眼泪地对宛强：对不起，告辞了。

宛强不安地：出了什么事？

关娜：我爸他……突发心脏病去世了……

宛强意外地：哦？那你赶紧给你妈妈打电话安慰安慰她。

关娜哽咽地：我妈妈前年业已去世。

宛强更是吃惊：你们兄妹几个？

关娜：爸妈就我一个女儿。

宛强闻言猛地站起身：那谁帮你？

关娜一边向门口走一边答：我自己。我现在就回唐山。

宛强跟到门口：你怎么走？天这样晚了。

关娜抬头望着已全黑了的天空，一时显得不知如何是好：要是没车的话，我就打个出租车。

宛强：你一个女孩子家，夜里乘出租车走那么远的夜路，太危险了！

关娜：那还有什么办法？

宛强：这样吧，我开自己的车送你！

关娜含泪扭过头看定宛强：你？！我和你素昧平生——

宛强：走吧，我是十二岁时失去父母的，我知道那滋味。

关娜愣了一愣，抹了一把眼泪，随宛强向外走去。

20

京津塘高速公路。夜。

一辆轿车箭似的掠过。

21

车内。夜。

宛强开着车，旁边坐着仍在流泪的关娜。

宛强从衣袋里掏出一叠纸巾朝关娜递过去。

关娜默默地接过擦着眼泪。

宛强：你过去知道你爸有心脏病吗？

关娜哽咽地：不知道，只是看见过他劳累时总去捂自己的胸口。

宛强：那就是征兆，要是早检查就好了。

关娜：怨我，我总操心写自己的书，以为爸身体好，不会有事。

宛强；别自责了，意外事件要来谁也挡不住。

关娜固执地：怨我……说着又哭起来。

宛强伸过一只手，宽慰地拍拍她的肩：别太伤心……

22

午夜时分。唐山城郊一条小街。

没有人影人声，只有昏黄的路灯。

宛强驾车由远处驶过来。

车拐进一条巷道。

23

车内。午夜时分。

宛强：关娜，我把你送到后我就返回，书店里明天还有些事。

关娜满面是泪地点头：谢谢你！

24

巷道深处的一个平房小院门口。午夜时分。

宛强刚一停下车，关娜就推开车门，放声大哭着奔进了院子。

宛强犹豫了一下，也下了车，跟在关娜后边进了院门。

25

院子里。午夜时分。

几个男子正在院子里挂挽幛、摆花圈，准备丧事，看见关娜哭着奔进来，几个人都停了手。

其中一个五十多岁的男子随关娜进了屋。

26

关娜家屋里。午夜时分。

关娜爸爸的遗体正迎门放着，头前放着长明灯。几支香在燃着。

关娜扑到床前哀哀恸哭。

那名五十多岁的男子拍拍关娜的肩膀：孩子，先别哭，叔叔有话要和你商量。

沉浸在悲痛中的关娜没有理会，只是哀哀地哭着。

那汉子转身，叹口气，摇摇头，转身出门来到站在门外的宛强面前：小娜正伤心，我只有同你说了。我是小娜家的邻居，叫秦大山，自小娜她爸傍黑出事到现在，我和我叫来的这几个朋友一直在忙，先是送他到医院，后又拉他回来，再是开始准备后事。

宛强只好低声地代关娜：让你辛苦了。

秦大山：辛苦倒没什么，就是我身上的一点钱已经全部代关娜她爸交给医院了，这会儿我们几个还没吃晚饭哪！

宛强意外地：哦？

另外几个帮忙办丧事的人这时闻言也围了过来，语带抱怨地：关家在这儿竟没有一个亲友来照应呀！

秦大山：如今小娜伤心得不能理事，我只有找你这个女婿拿主意了。

宛强闻言急忙摆手：不，不，我可不是什么女婿，不过这样，咱们先去吃饭，先吃饭！附近有没有饭馆？

秦大山：不远处有一家，只是这时让人家生火做饭，要的钱肯定会多。

宛强：多就多吧，走，先去吃饭。说罢，进屋去搀关娜：走，你也去吃点饭，顺便把治丧的一些事项商定下来。

关娜勉强止住哭声，被宛强扶起。

27

一家小饭店。午夜时分。

秦大山和几个办丧事的人围在一张饭桌前，正吃着简单的饭菜。

宛强也在吃着一碗面条。

关娜面前的饭碗一动未动,她还在抽泣。

秦大山:小娜,你爸这丧仪你是怎么想的?

关娜抽泣着:我不懂。

秦大山:准备请哪些亲友来?

关娜抽泣着:我不知道。

秦大山:这骨灰盒的选择,你打算在啥样价位?

关娜抽泣着:我不晓得。

秦大山:你这次回来带了多少钱?我们好根据你带的钱的多少来安排。

关娜抽泣着:我走得太急,身上只带有这三百多块钱。边说边从手袋里掏出了一沓钱朝秦大山递过去。

秦大山脸上露出了不快,叹了一句:天哪,我也是个穷人,你这点钱可叫我咋着办?

坐在一旁的宛强这时同情地:这样吧,关娜回来时确实走得急,没带钱,麻烦大伙按咱这儿的规矩办她爸的丧仪,该通知谁就通知谁,该咋办就咋办,花的钱由我来出。

秦大山脸上顿时露出了满意之色:行,有你这句话就好办了。

关娜抬起满是泪痕的脸,无限感激地看了一眼宛强。

秦大山对宛强:这会儿离天亮还早,能不能先去近处的小旅店开两个房间,让我找的这几个人先歇一歇?天亮就更要忙乎了。

宛强痛快地:可以,走,去附近的旅店。

28

一家小旅店里,午夜时分。

宛强挽着关娜的一只胳膊,扶着她摇摇晃晃地走进一个房间,指着床铺:你一直在哭,万一病倒咋办?你现在先在这屋里睡一阵,天亮后再忙你爸的丧仪,我这会儿先去替你爸守灵。

关娜不安而歉疚地:怎么能让你——?

宛强:既然我碰上了这事,就帮帮忙吧。说着,拉上门出来。

29

小旅店客房里。午夜时分。

关娜在床上默坐了一霎,又摇摇晃晃地起身,拉开门走出去。

30

关娜家屋子。深夜。

宛强走近关娜爸爸遗体前,朝死者深深鞠了一躬。

宛强喃喃地:老人家,我刚刚认识你的女儿,算是她的一个熟人,她已伤心过度,我来替她给你守灵。

宛强默然在灵前弯下腰,续上香。

宛强蹲在灵前的地上,不时往燃着火纸的盆子里填一张火纸。

31

关家院子里。深夜。

关娜摇摇晃晃地走过来。

她扶住院中的一棵树,默望着蹲在灵前的宛强。

她的眼中又盈满了泪水,但这泪水显然是因为感动而流。

她慢慢朝父亲的遗体走过去。

宛强扭头看见关娜,眼中略略露出了意外。

关娜在宛强身边缓缓朝爸爸的遗体跪了下去。

她的一只手紧紧抓住宛强的手腕……

32

唐山火葬场。白天。

火化交费处。

宛强正在交费。站在一旁的关娜不停地抹着眼泪……

33

殡仪馆门前。白天。

因为伤心过度极度虚弱的关娜,抱着爸爸的骨灰盒,一步一步走过来。

走在她身边的宛强见她双手发抖,忙上前接过骨灰盒替她抱着,她由另一个女子搀扶着走在后边。

一个五十多岁的妇女带着两个年轻男子快步迎面走来。

那妇女走到宛强面前停步，声色俱厉地：这是关娜她爸的骨灰吗？

宛强有些意外地点点头。

那妇女：你为啥不早通知我？你为何要火化得这样急？你这个当女婿的竟敢擅自做主？

宛强：我——

那妇女：我要让你记住丧仪也要讲礼数！边说边啪地打了宛强一巴掌。

宛强被打愣在了那儿。

表姑——走在后边的关娜只来得及叫出这一声，就身子软软地向地上倒去……

34

关娜家。白天。

躺在床上的关娜慢慢睁开了眼睛。

宛强、秦大山和那位表姑都围在床前。

表姑真心后悔地：嘻，我打错了人，我还以为是表侄女婿擅自做主哩。

关娜慢慢地伸出手，抓住宛强的手腕摇了摇，那动作里含有无限的歉意……

35

京津塘高速公路。白天。

宛强在驾车疾驶。

关娜坐在他的身旁，能看出她的情绪已有些平静下来。

车窗外掠过的路标牌上写着：唐山—北京。

关娜轻声地：宛总，我不知该怎么感谢你，我真想叫你一声大哥。

宛强：感谢的话就不用说了，大哥可以随便叫。

36

北京大街。傍晚。车流如河。

宛强驾车在车流的大河里缓缓航行。

宛强：关娜，告诉我你的住处，我送你回去。

关娜：不用，把我放到前边的街口就行。

宛强坚持地：我送你回去。

关娜叹一口气：我住的地方太糟糕，不想让你看见。

宛强：我当初也住过糟糕的房子。

关娜手朝前一指：向右拐……

37

一栋塔楼前。傍晚。

宛强所驾的那辆车停住，关娜和宛强相继下车。

关娜指了指地下室的进口：我就住那里边。

宛强什么也没说，提着关娜的东西就朝里边走。

38

塔楼地下室关娜所住的房间。傍晚。

关娜不好意思地指着自己的房间：你看多糟糕！

宛强的目光缓慢地移着，这是一间简陋得不能再简陋的房间，不过虽然简陋，但一切东西都收拾得井井有条，清清爽爽，且带着艺术趣味。

关娜：就这间房，每月的房租还2百块哩。

宛强：比我当初住的房子还要好些。

关娜：谢谢你的宽慰，你看了这房子就会明白，我何以要那么迫切地出书。

宛强点点头：这样吧，你先歇息两天，然后再把你的书稿做些修改，我们一定把它推出来。

关娜摇摇头：现在我又不想出版了。

宛强：为啥？

关娜：因为你已为我花了很多钱，我不能让你再为书的事赔钱！

宛强：修改好了，也许不会赔钱。

关娜：真的？

宛强：你先休息，两天后我同你谈谈修改意见。

关娜默默点头……

39

雅华书店。傍晚。

宛强驾车驶了过来。

车还未停稳,小二迎上前。

宛强:这几天店里咋样?

小二:一切正常。

宛强:正常就好。

小二:为那个姓关的丫头片子,值当你亲自去忙这几天?

宛强:她挺可怜,已经是个孤儿了,我们尽自己所能去帮帮她吧。

小二默然颔首……

40

雅华书店。白天。

宛强的办公室里。

宛强和关娜相对而坐。

宛强轻声地:我对写书是外行,不过类似的书我读过不少,我觉得你这部《北漂纪事》书稿写得有些过于简单,没有把北漂一族真实的生活景况和心理景况写出来,缺乏感人的力量。

关娜默默地听着,脸上已没有了当初的那份自傲和轻狂。

宛强:我建议,你仍用日记的形式,把自己的亲身经历和所见所闻全记录下来,包括工作和吃、住、行、玩与交友等,尽可能地细致和生动,要让读者只要看了你的日记,就能想象到其他北漂人的生活状况,并进而去思考当代年轻人的生活现状和生活向往。

关娜有些钦佩地望着宛强:嗯,有点道理。

宛强:你认真改完之后,我来做!

关娜:谢谢,我马上就改。

41

叠印:

关娜在自己的地下室住处用电脑修改书稿……

宛强在读关娜交给他的稿子……

宛强又对关娜说着什么……

关娜重又在地下室住处修改书稿……

42

一个大幅报纸广告特写：雅华书店举行《北漂日记》首发式，北漂女子关娜真诚讲述亲身经历。

镜头拉开，才见是几个市民站在一个橱窗前在读一张报纸。

43

雅华书店里。白天。

《北漂日记》首发式正在大厅里进行。

宛强站在麦克风前介绍关娜和她的书：关娜小姐只身来到北京，想当一名自由撰稿人，但这条路上荆棘丛生，时有暴风和骤雨，随时都有滑倒滚入陷阱的可能，但她艰难前行，终于有了成果，有了这本《北漂日记》的诞生。关于关娜小姐和这本书，诸位新闻界朋友若有要问的，请直接向她本人询问，说着把麦克风放到了关娜面前。

关娜面孔红红地站了起来。

一名年轻男记者站起来问着什么……

关娜激动地答着什么……

一名年轻的女记者站起问着什么……

关娜激动地答着什么……

人们拿着书拥到她身边让她签名……

44

叠印：

《京城晚报》通栏新闻标题：《北漂日记》热销京城……

《京都日报》通栏新闻标题：北漂女写书大获成功……

《新京时报》通栏新闻标题：众人青睐《北漂日记》……

45

傍晚。雅华书店宛强办公室。

宛强正在不停地拨电话询问着什么。

关娜兴冲冲地推门进来：天哪，签名把我的手都签累了。

宛强笑着：我的销售网点刚刚反馈过来消息，你的《北漂日记》截至今天已在京、津、沪、重庆、广州五大城市销了31000册。

关娜喜极地抓住宛强的手：真的？

宛强：你成功了！边说边从抽屉里拿出一张支票朝关娜递过去：这是给你的第一笔稿费，5万元。

关娜真诚地：宛强大哥，我不能要这笔钱，这全是——

宛强：别说傻话了，这是你应该得的，我从你这本书上赚的钱比你更多！

关娜不好意思地：我……

宛强：有了这笔钱，你先从地下室里搬出来，老住那样的地方，对你的身体不好。

关娜眼中有了泪光：宛强哥，我新租了房子之后，我请你去我那里做客。

宛强痛快地：行！

46

白天。一栋普通的公寓楼。

关娜提着一些吃的东西走进了楼内。

47

楼内一套一室一厅的公寓。白天。

关娜对着话筒：是宛强大哥吗？我是关娜，我新租的房子已经收拾好了，我请你今天来吃晚饭！

48

雅华书店。白天。

宛强正对着手机含笑地：好，我去。

49

晚饭时分。关娜的新住处。

宛强拿着一幅装裱好的画在敲门。

门开了,关娜高兴地站在门内:快请进。

50

关娜屋里。晚饭时分。

宛强对关娜:你乔迁新居,我送一幅油画表示祝贺。说着,把带来的那幅油画上蒙着的纸撕去,露出了画面。

画面上是一片密林,树林里站着一个神情茫然的人。

关娜高兴地:我喜欢这幅画,画上的这个人是迷了路?

宛强:我不知道画家画这个人的用心,不过我也觉得他像是迷了路。

关娜:好了,咱们先不说画,吃饭,你尝尝我做的菜。说着,拉宛强走到饭桌前。不大的饭桌上,摆满凉菜和热菜盘子。

宛强笑着:嗬,这么丰盛。

关娜:妈去世之后,我开始学着做饭,做菜的手艺还行,快尝尝!

宛强吃菜,边嚼边夸:行,好吃!

关娜倒了满满两杯红葡萄酒,举起杯来动情地:宛强哥,你帮我送走了父亲,帮我将写作事业开了头,在我人生遇到的两件大事上,你伸出了援手,让我看到了你的心地,来,我敬你!说着将酒杯碰了过来,而后仰头喝下了杯中的酒。

宛强边喝酒边笑着:别把我说得太好,我帮你出书,其实也是为自己的书店赚钱。

关娜激动地:我今晚要按我们家乡人表达心意的做法,和你喝一杯交臂酒!说着又斟满了两杯酒。

宛强略略有些意外:交臂酒?

关娜自己端起一杯酒,把另一杯酒递到宛强手中,而后把自己的一只胳膊伸进了宛强的臂弯里。

宛强不安地:这样喝——?

关娜:我和你这样喝酒是为了向你表明,我愿在今后的生活中愿与你挽臂而行!

宛强有些慌乱地:关娜,这……

关娜固执地:喝吧!我已经说出来了,你得给我这个面子。边说边先把酒杯举到了嘴边。

宛强也只好举杯喝酒。

关娜放下酒杯,眉目含情地:宛强哥,我同你喝下了这杯酒,就是向你表示,你愿意对我做什么事情都行!

宛强着慌地:关娜,你喝多了吧?

关娜摇头:我头脑清醒着哩,我是在告诉你,我喜欢你,我差不多爱上了你,我愿意用这种方式报答你!

宛强急忙摆手:关娜,我俩认识的时间还不长,你对我了解得还不多,你仔细分析一下,你对我可能只是一点感激和冲动。

关娜大方地走到宛强身边,含笑直率地:你这可不大像一个男人的做派,你内心里难道不想吻吻我吗?为什么要压制自己?

宛强哭笑不得地只好探身在关娜额头上吻了一下。

关娜在这同时一下子抱住了宛强的脖子。

宛强显然也激动起来,在关娜耳边喘息着:关娜,快松开我,不然我可能就控制不了自己了,我过去在男女之事上已经受过伤害,我不想冲动过后再受伤害,更不想让你也受伤害。

关娜听了这话,双眸吃惊地一跳,双臂禁不住从宛强的脖子上滑了下来,惊讶地:你受过什么伤害?

宛强叹了口气:我一直想寻找一种白璧无瑕、未遭受任何破坏和污染的爱情,可我两次都碰了壁,我这心一想起来就疼。看见画上的那个男人了吗?他边说边指了一下他带来的那幅油画:那画中的男人一脸茫然地站在密林里,很像我寻找爱情的样子,我不知道属于自己的那份爱情藏在密林中什么地方,我该去哪里寻找……

关娜默默听着。

宛强伸手拉过关娜的手,微声地:我当然也喜欢你,可我实在担心变故,让我们彼此再熟悉一段日子,都仔细琢磨琢磨心中对对方的那份感情,如果最后觉得那确是一份真爱,我定会珍惜的……

关娜:这么说,你现在不相信我对你是真心,认为我是在欺骗你,在愚弄你的感情？边说，眼中就涌出了泪。

宛强慌了，急忙伸手去擦关娜眼角的泪水。

关娜哽噎地：我没想到自己的一番真诚表白，会被别人仅仅看成一种冲动……

宛强把关娜揽到怀里，歉疚地：对不起，我不该伤你的心……

关娜伤心地：我知道，我只是一个贫穷而普通的北漂女孩，我不该胡说什么爱你……

宛强闻言急忙把关娜紧紧地搂到怀里，心疼地：你别再说了，再说，我就也难受得要掉泪了。仿佛是怕关娜再说出什么，俯首吻住了关娜的双唇……

一阵长得没有尽头的亲吻……

一阵荡人心魄的二胡独奏乐曲从邻家的房间里飘了过来……

第十六集

1

雅华书店门口。白天。

焦韦驾车驶过来停下。

站在门里的大冬看见焦韦，急忙迎过来招呼：哟，焦总，稀客，快请进屋。

焦韦：你们宛总在吗？

大冬：在，快请进。

焦韦下车进店。

2

宛强店内办公室。白天。

宛强和焦韦对坐在沙发上，宛强亲自给焦韦沏茶，边沏茶边诚恳地：焦韦大哥，我来北京能有今天，全仗你的帮助和启发。

焦韦一笑：主要是你能干，你不能干，我再启发也是白搭。不过说实话，万史翰教授是我的恩师，他让我关照的人，我必当照应。

宛强感慨地：万教授于我也有恩哪！

焦韦：你大概不知道，我当初在一所乡村中学教书，一心想通过考研进入城市，可考硕士时差了几分，眼看还要继续在乡下教书，是万教授替我说话，硬是让我读了他的研究生，这才使我有了以后进京发展的基础。在我的内心里，他和我的父亲是处在同等重要地位的！

宛强：是呀，滴水之恩，当涌泉相报。

焦韦：噢，对了，你上次给我发了你和恩师女儿小润结婚的请帖，后来又告诉我推迟了，是什么原因？你还一直没有告诉我呢？

宛强显然不想细说，尴尬地一笑：以后再对大哥详说吧。

焦韦：是小润提出推迟的？那姑娘可是个有脾气的人！

宛强以露出一个苦笑算作回答。

焦韦：我一两天内回省城有事，到时候万教授那里是必去看的，如果需要我去做做小润的工作，你只管说，我当初跟万教授读书时，小润还小，经常逗她，我的话她应该是听的。

恰在这时，关娜提着一个保温饭盒走了进来，进屋就朝宛强亲昵，命令似的：你今天又不吃早饭，这怎么行，早饭对人最重要了！我给你煮了牛奶买了包子，赶紧吃！

宛强不好意思地：你没看我在接待贵客吗？

关娜看了一眼焦韦：接待贵客也不影响吃饭呀，边吃边谈吧！说着就从保温饭盒里拿出包子、小菜，倒起牛奶来。

焦韦一边仔细打量着关娜一边对宛强：吃吧，吃吧，你边吃边说还不是一样！

关娜指着宛强亲热地：他呀，就得有人管着，不然他连自己的身体健康都不会注意！话语中充满了妻子才有的爱意。

焦韦眼中的笑意在飞快地减少，他的一双眼眯了起来且渐渐带了冷意。他看明白了关娜和宛强的关系，显然做了另一种理解。

画外随之传来焦韦的心声：万教授，师母，小润，你们看错人了……

3

省城中原大学万教授家门口。傍晚。

焦韦在敲门。手里提着大包的礼物。

万夫人在屋内应了一声：来了。随即开了门。

焦韦恭敬地朝万夫人鞠了一躬：师母好！

万夫人意外地：是你回来了？随之转身朝书房里喊：老头子，快看看是谁来了。

万教授应声手握着一支笔走了出来。看见焦韦，高兴地：我还以为你把我们忘了。

焦韦：怎么会呢？！忘了我的老家也不会忘了你这个房门。边说边进门。

4

万家客厅。傍晚。

万教授对焦韦：这次回来是要干啥？

焦韦：就是看看你和师母、小润，另外再回乡下老家看看。

万教授：我听宛强说过，你现在的事业已很有规模了。

焦韦笑着：你以后经济上再有什么困难，学生我一个人就可以帮你解决了。哎，怎么不见小润？她还没下班？

万教授和夫人闻言神色都变得有些黯然。

万夫人：她最近心情不好，老是一个人住着，很少回家来。

焦韦关心地：她和宛强的婚事原来不是说要在北京办的吗？后来是因为什么推了？

万教授和万夫人脸上都有些不自然。万教授显然不想细说这个问题：他们的事由他们俩去决定，我们不管。

焦韦按照自己的思路：这件事呀，我这个做哥哥的还真想管管。这样吧，我晚点找小润再细谈吧……

5

小润住处客厅。白天。

小润无精打采地坐在沙发上。

焦韦坐在她的对面。

焦韦关切地：小润哪，你的精神状态不好。

小润苦笑笑：好不起来呀。

焦韦：是不是因为和宛强的婚事遇了挫折？

小润闻言无语，只是眼圈有些红了。

焦韦：你就把我看成你的亲哥哥，你有什么心事就给我说说，你们两个原来不是说好要在京城办婚礼的吗？怎么后来又变了？是因为什么？

小润的眼泪流下来了，她显然无颜说出详情。

焦韦却对小润的表现作了另一种理解。画外跟着传来他的心声：宛强，你敢欺负万教授的女儿，你可得给我小心点……

小润双手抱住了头。

焦韦：小润，你给我说句实话，你还喜欢他吗？你要还喜欢，我就去做做工作；你要不喜欢，我对他就会是另外一种态度了！

小润无语。

焦韦理解地：我知道你不好意思说出来，这样，你就用点头摇头来表示吧。你还喜欢他吗？

小润极轻极轻地点了点头。

焦韦一下子站了起来：小润，这事包在我身上，我一定会叫他回心转意的……

6

北京雅华书店宛强办公室。白天。

大冬、小二围坐在宛强的办公桌前。

宛强对大冬：最近你要抓紧安排在宣武和崇文两区增开图书连锁经销店的事，从考察地点、联系租房、到店堂装饰，要在20天内拿出一个方案报给我。

大冬点头：好。

宛强转对小二：你要抓紧把当初放在焦韦仓库里未卖完的那几千套礼品书处理掉，实在没有办法，就赠送给一些学校或郊区农村图书馆，免得继续给焦韦交仓库租金。

小二：明白。

宛强：我准备回咱府城一趟。

大冬、小二同时意外地：回府城？

宛强不好意思地：我想带关娜一块回去，好让她对咱府城有个了解。

大冬顿时明白了缘由，高兴地：应该应该，她要当咱府城人的媳妇了，对府城一点不了解怎么成？

小二也欢喜地：我去给你们订卧铺票吧，哪天走？

宛强：后天吧。

7

北京西客站站台。黄昏时分。

宛强和关娜拎着提箱、提包，登上了一列客车。

8

列车软卧车厢里的一个包厢。

夕阳的红光探入车窗，把关娜兴奋的脸蛋映得嫣红一片。

关娜兴奋地问宛强：明天早晨几点到？

宛强：8点。

关娜：我在府城能见到谁？

宛强眼中闪过一丝忧郁：你会见到该见的人。

关娜：我会看到什么？

宛强：一些普通的街景和一条小河。

关娜笑了：你是怕我期望值太高最后失望才这样说的吧？

宛强一语双关地：你得做好失望甚至生气的准备才好。

关娜笑着：你就吓我吧！

9

府城大街。上午。阳光洒满了街道。

宛强和关娜并肩走在大街上。

关娜一脸新奇和兴奋。

宛强则面露忧郁。

10

宛强家老屋门口。时近中午。

宛强由衣袋里掏出一把钥匙开锁，边开边对关娜：这就是我过去住过的房子。

门开了。

屋里一片灰暗凌乱。

有几只老鼠大摇大摆地以门槛上爬过。

关娜默然看着。

宛强：怎么样？比你当初在地下室住的还差吧？

关娜无语。

11

宛强叔叔家。中午。

华发满头的叔叔和婶子正坐在小饭桌前吃饭。

宛强和关娜出现在门前。

宛强叫了一声：叔，婶，吃饭哪。

叔叔闻唤扭头，看见宛强，高兴地站起来：小强，回来了，快进屋。这姑娘是——

宛强：她叫关娜，我的朋友。

叔叔转对关娜：家在省城啥地方？

关娜：我家不在省城，我是河北唐山人。

叔叔惊奇地：河北唐山？转对宛强：那样远？

宛强笑着：以后再给你细说。叔、婶，这是我和关娜给你们带的一点礼物。说着把两袋东西递到婶子手上。

叔叔对婶子：快去给孩子们做饭啊，愣着干啥？

关娜急忙拦住婶子：我俩已在宾馆吃过了，不用忙，坐下说说话吧……

12

滨河花园住宅小区门口。傍晚。

宛强领着关娜向大门口一侧的小书摊走去。

关娜：到这儿见什么人？

宛强：许瑜，我过去谈过的一个对象。

关娜淡淡一笑：有这必要吗？不就是谈过一个对象吗？你过去又不认识我，谈一个对象有什么了不起？以为我会想不开？

宛强没再解释，而是走到书摊前问一个照看书摊的老太太：大娘，许瑜呢？这摊子不是她摆的吗？

那老太太：她去育红幼儿园接女儿了。

关娜没有在意地：哟，又嫁人生了女儿。

宛强没有说话。

13

市区育红幼儿园门口。傍晚。

家长们都站在大门外，看着一个又一个孩子由院子里奔出来，扑到自己的爸爸或妈妈怀里。许瑜也站在他们中间。

宛强和关娜轻步站在了家长们的身后。

一个收拾得清清爽爽的小女孩——宛婉向大门走来，她看见许瑜，高兴地奔过来，边跑边喊：妈妈——

宛强向许瑜和宛婉身边走去。

许瑜弯腰把女儿抱在了怀里。

宛强轻喊了一句：宛婉。

许瑜闻声扭头，看见宛强后意外地：回来了？

宛强伸手去抚摸宛婉的脸蛋。

许瑜对宛婉：叫爸爸。

站在近处的关娜闻言一惊。

宛婉迟疑着没有开口。

许瑜：这孩子，不是整天说要见爸爸吗？

宛婉似乎鼓足了勇气：爸爸。

宛强急忙伸手把宛婉抱了过来。

一旁的关娜见状脸唰地白了。双眼震惊地看着宛强、宛婉和许瑜。

宛强深情地亲吻着女儿。

关娜惊呆地看着。

大门前的家长们都相继领上自己的孩子走了，只有关娜、许瑜和宛强父女还站在那儿。

宛强突然想起地转身指着关娜对女儿：这是你关阿姨。随之又对着许瑜：她叫关娜，我的朋友。

许瑜显然也很意外，有些不自然地笑笑。

关娜有些不知所措地握了握许瑜的手：很高兴认识你。

许瑜：要不要到我家吃饭？

宛强和关娜几乎同时摇头：不用了。

许瑜伸手去抱女儿：婉儿：咱们回家，让爸爸他们去忙吧。

宛婉顺从地扑到妈妈的怀里……

14

梅河岸边。傍晚。

宛强和关娜默坐在岸边的石凳上。

宛强低低地：现在你明白你对我的了解还不够吧？

关娜没有作声。

宛强苦笑了一下：谈谈你的想法。

关娜：你家里过去的穷困境况我想到了，但我的确没想到你还有个女儿，你应该先告诉我一声，让我好有个心理准备。

宛强：那样做没有这样给你造成的冲击力大，这会使你立刻作出决定，跟着我还是离开我。

关娜无语，只是抱住了头。

宛强：我在你之前，还找过一个女朋友，我一开始没有告诉她这些，后来，当一个别有用心的人告诉她时，她受不了了……所以我想来想去，觉得还是安排这样一次见面好。你不要勉强自己，若觉得不好接受，就算了。

关娜叹了一口气，抬头低微地：好吧，我接受那个孩子，我会把她当女儿看待的。

宛强有些意外，先是看了一霎关娜，而后伸手一把将她揽到了怀里：谢谢你！

15

北京雅华书店。白天。

焦韦走进来。

小二看见，忙迎过去：焦总，你好。

焦韦：你哥呢？

小二：他回府城老家了，这一两天就回来。

焦韦：我刚从省城回来，有些事要告诉他，他回来时让他给我来个电话。

小二：行！

焦韦：另外，我新建了办公的房子和书库，我原来的那个书库要退租，你们不是有些礼品书还在里边放着吗？干脆你们去房东那里办一个正式的租房手续！

小二高兴地：那太好了！我们也正需要一个书库。

16

焦韦原来的书库门口。白天。

焦韦正把一串钥匙交到小二手上。

小二：谢谢。

17

府城育红幼儿园门前。傍晚。

孩子们刚刚下课，像一群小鸟一样地向门口跑来。

关娜轻声地对宛强：宛婉愿跟我们去宾馆吗？

宛强：我已在电话里跟许瑜说了，让她叮嘱一下孩子，她今天也不来接了。

宛婉这时跟着一群小朋友一起向门口跑来。

关娜这时向宛婉招手：小婉。

小宛婉看了看她，没有理会。

宛强向宛婉招手：小婉。

小宛婉迟疑了一下，向他走来。

宛强伸手将女儿抱起。

宛婉对宛强：爸爸，妈妈给我说了，让我跟你到宾馆去，但我不喜欢那个关阿姨。

宛强意外地：为啥？

宛婉：我不告诉你。

宛强笑了。

关娜这时走过来，把手中拿着的一个会翻跟斗的电动猴子递到宛婉手上。

宛婉摇头：不要。

关娜有些尴尬：不喜欢猴子？

宛婉：喜欢。

关娜：那为何不要？

宛婉：因为是你送的。

关娜的脸上现出难堪。

宛强小心地看了一眼关娜，对女儿：关阿姨为了给你买这个玩具，在商场里找了很久。

宛婉：要是没有关阿姨，妈妈可能就会和我们在一起。

宛强苦笑着摇摇头：不是这样的，等你将来长大了，爸爸再给你说明白。走，我们先去宾馆。

18

宾馆餐厅。晚饭时分。

宛强、宛婉和关娜坐在一张饭桌前吃饭。

关娜不时给宛婉夹菜：吃这个，小婉。

宛婉：爸爸，我常在夜里梦见你。

宛强一阵感动：是吗？爸也常梦见你。

宛婉：妈妈总说爸爸很有本领，说爸喜欢读书和卖书。

宛强：爸爸也有许多坏毛病，等你将来长大就明白了！

宛婉：我不明白，你为啥不把妈妈和我也带到北京去？

宛强被这话说得尴尬无比。

关娜：将来我把宛婉接到北京去。

宛婉转对关娜高兴地：真的？让我去看天安门吗？

关娜含笑点头：当然真的，到时候我会抱着你登上天安门城楼。

宛婉：那样高的城楼，你抱着我能上去吗？

关娜：当然能。

宛婉跳下座位走到关娜身边：我好重哩，你试试你能抱得动我吗？

关娜笑着弯腰抱起了宛婉。

宛婉把小嘴凑到关娜耳边：关阿姨，我喜欢你！只是这话不能让我妈妈知道。

关娜：为什么？

宛婉：我怕妈妈知道心里不高兴。

关娜笑着在宛婉脸上亲了一口：宛婉真懂事……

19

夜。滨河小区许瑜所住的楼下。

宛强抱着睡熟了的宛婉，与关娜一起走了过来。

宛强对关娜轻声地：咱们一起上去。

关娜摇了摇头开玩笑地：我不上了，给你俩留个说话的空间吧。

宛强没再说话，抱着宛婉向楼里走去。

20

许瑜住室。夜。

许瑜正在屋里不安地踱步，不时抬头看一下桌上的座钟。

响起了敲门声。

她急忙上前拉开门。

宛强抱着宛婉走了进来。

她忙伸手接过女儿，轻声地：我估摸着她也该睡了，我去把她放到床上，说着，抱女儿进了卧室。

宛强默默地用目光打量着房间。

房间的一切家具什物都收拾得清清爽爽。

许瑜由卧室出来让道：快坐呀。边说边去为宛强倒开水。

宛强：你怎么还不成家？

许瑜闻言苦涩一笑：这样过着挺好，再说，我对男人也已经有心理障碍了，总觉得摸不透他们的心。

宛强不安地：还是因为我吧？我的确伤了你的心。

许瑜：不说我了，说说你，这次跟你来的姑娘，好像不是上次那个姑娘了。

宛强点头：上次的那个已经离开我了。

许瑜：为啥？

宛强叹了口气：一言难尽，不说了吧。

许瑜：要是觉着这个合适，就早成家吧，男人独自过日子，时间久了，对身子不好。

宛强点头：我这次带她回来也是这个意思，她要是能接受我有个女儿的事，我就想尽早把婚事办了。边说边站起身：不多说了，她还在楼下等着，我走了。

许瑜眼中掠过一股极其复杂的神色：走吧。

宛强从衣袋里掏出一沓钱放到桌上：宛婉就靠你了。

许瑜摇摇头，我能养活她。

宛强拉开了门……

21

许瑜楼下。夜。

宛强由楼里出来。

站在暗处的关娜走过来开玩笑地:两个人没有再萌旧情长吻一次?

宛强苦涩一笑,没有说话,拉过关娜的手轻声地:走吧……

22

北京城郊一栋豪华的别墅前。白天。

焦韦正在院中用喷壶浇一盆花。

宛强驾车驶到门口停下。

焦韦抬头看见宛强由车里出来,淡声招呼道:来了。

宛强:我到家一听小二说你找我,就赶紧来了。

焦韦做了个请进屋的手势。

23

焦韦的别墅里。白天。

宛强坐在沙发上打量着装饰豪华的房子,称赞道:真漂亮。

焦韦递过一杯茶:能猜到我要见你是为了啥事吗?

宛强:是不是有了可以合作出版的书?

焦韦摇头:不是因为书,而是因为人。

宛强一怔:哦?

焦韦神情转为严肃:我这次回去,见了万教授、师母和小润。

宛强无言,只是等着下文。

焦韦:他们三人的心情都不好,原因主要是你和小润的婚事。你和小润之间究竟出了什么问题把婚事推迟下来了?

宛强:他们没给你说?

焦韦:没有,但能看出,小润对你很有感情。我想,不管过去发生过什么不愉快的事情,你作为男子汉,都应该胸怀大度一些,给予宽容,早日和小润完婚。

宛强苦笑一下:焦大哥,你别的话我都可以听,唯独在这件事上容小弟自己来作决定。

焦韦的脸阴沉了下来：是不是因为你又喜欢上了别的女人？

宛强叹了一口气：也可以这样说吧。

焦韦的眉毛竖了起来：宛强，你有钱了玩女人我不管，但你抛弃小润这件事我可是要管的！

宛强：大哥，这件事你最好不要管。

焦韦：你再给我说一句掏心窝子的话，你愿和小润重新生活在一起吗？

宛强摇头。

焦韦立即起身朝门外一指：走！

宛强尴尬地：咱们弟兄别伤了和气。

焦韦依旧冷着脸：你走！

宛强只好讪讪地向门外走去……

24

雅华书店宛强办公室。傍晚。

宛强满脸不快地坐在那儿。

大冬走了进来：大哥，你叫我？

宛强：明天开幕的全国图书订货会你去参加一下，有好书了可以订一些。

大冬点头：行。

25

北京国际展览中心。白天。

一个巨大的横幅挂在展览中心一号大厅门前：热烈祝贺全国图书订货会召开。

人们进进出出。

大冬走了进去。

26

展览中心大厅。一个又一个出版社的展位。

大冬挨着看了过去，不时从展台上拿起书翻翻看看，下一份订单。

他走到了东南出版社展台前。

他正要低头翻书，忽然听见一声亲热的招呼：大冬，你也来了！

大冬抬头，见是焦韦，高兴地：焦总，你也来订货？

焦韦：我现在是东南出版社的经销商，所以也来参加订货会，哎，我今晚约了一些书店经理吃饭，你也参加吧。

大冬：咱们经常见面，有事你吩咐，饭就不吃了。

焦韦：不行，不行，今晚的这个活动你一定要参加，不仅是吃饭的问题，还安排有其他活动。说着把一张请柬塞到大冬手里：在世纪酒店二楼的8号包间，6点我等你。

大冬只好点头：行，我去。

27

京城世纪大酒店。晚。

大厅装饰得金碧辉煌。

进出的男女客人衣饰鲜亮。

门卫、服务生一身欧派打扮。

大冬走过来，服装普通，他被这酒店的气派压着，略略显出一点畏缩之态。

28

二楼8号包间。晚。

宽大、敞亮的包间里摆着一张奇大的餐桌。

餐桌周围摆着十六把椅子，但桌前却只坐着八个男人，包括大冬。

焦韦坐在主人位置上，他对七位男客笑着：请大家隔一个椅子坐一个人。

众人不解，但也只好依主人的意思分坐开来。

焦韦：我酒量不行，很难陪大家喝好，所以今晚给每人请了一位劝酒的女士。言毕，朝服务小姐一招手，那服务小姐哗一声拉开一旁的屏风，只见十几位打扮靓丽的姑娘站在那儿朝这边笑着。

众人眼睛一亮。

焦韦：诸位弟兄各挑一位小姐坐到自己身边就行，来，轮流挑。

几个男人就相继嬉笑着用手指了一下自己看中的姑娘，被挑中的姑娘便眉开眼笑地坐到了挑她的男人身边。

只有大冬满脸不好意思地坐在那儿没动。

焦韦笑着：大冬老弟为何不挑？

大冬吞吐着：我……就……算了……

焦韦：怎么能算了呢？每人一个，钱我都已经付了，快挑吧，大家都等你开席哩！

大冬见众人都用目光催着自己，只好抬手随意指了指一位姑娘。

那位姑娘立时走过来坐到了他的身边。

大冬浑身不自在地看了一眼那个姑娘。

姑娘朝他妩媚地一笑。

焦韦这时端起酒杯：诸位都是书界的英豪，今晚咱们是群英聚会，来他个一醉方休最好！来，喝！

众人举杯相碰……

29

雅华书店宛强办公室。晚。

宛强和小二、关娜坐在办公桌前。

小二：书店的营业额每天都在增加，两个连锁店的店堂也正在装修。

宛强点头：好，下一步我们在经营好书店的同时，该与一家出版社合作，策划一套能畅销的书。这件事关娜多想想。

关娜：我能行？

宛强：你不干怎知道自己不行？

小二笑着：你写书都行，干这个更没问题！

关娜鼓起勇气：好，我来干！

30

京城世纪大酒店二楼8号包间。夜。

焦韦办的酒席已近尾声，桌上杯盘狼藉。

客人们已与那些姑娘亲热无比，搂搂抱抱打打闹闹嬉嬉笑笑，一派欢乐气氛。

唯有大冬与身边的姑娘没有什么越轨行为，只是坐那里正正经经说话。

焦韦这时起身，给每一个姑娘发一个信封和一个房卡。信封鼓鼓囊囊，一看里边装的就是钱。

焦韦这时拍了一下巴掌示意大家安静，而后笑着：诸位朋友，这房间里酒味烟味太浓，我建议大家都去一个安静的地方喝茶说话，请诸位小姐领好你的客人去吧。

客人们都心照不宣地起身由姑娘拉着出了门。

大冬这时起身对焦韦：焦大哥，我就先回了，店里还有些事要办。

焦韦拉住大冬：那怎么能行？再忙也得喝杯茶再走呀！走，走，先去喝杯茶。说着把目光转向陪伴大冬的那位姑娘：还不主动点呀？！

那姑娘急忙媚笑着过来拉住了大冬的胳膊。

31

一间写有 3220 号码的客房门口。夜。

拉着大冬的姑娘在用房卡开门。

大冬诧异地：这儿是喝茶的地方？不像呀！

姑娘笑着：对呀！边说边把门打开了，然后拉大冬走了进去。

32

3220 客房内。夜。

姑娘摁亮了房间里的灯。

这是一间标准的客房。

大冬：我说不是喝茶的地方嘛！

那姑娘这时已一下子扑到了他的怀里娇笑着：你真渴吗？

大冬显然没经过这场面，一时有些着慌，推也不是搂也不是地：这……这……

那姑娘已一下子撩起了自己的胸衣：你要真渴了你就喝吧！

大冬的眼一下子直了，呆了短暂的一霎后，他猛地把嘴伸向了那姑娘的胸脯……

姑娘发出了咯咯咯的笑声……

33

3220客房门口。夜。

焦韦露出得意的笑容，拿出房卡，熟练地打开门走了进去。

34

3220客房内。夜。

床上的大冬一听见有人开门，慌得急忙去抓衣服往身上穿。

那姑娘倒是不慌不忙地去拿衣服。

焦韦对大冬笑着：慌什么？我又不是外人。

大冬尴尬至极地：我……我……

焦韦笑着：这有什么不好意思的？你要是不这样做倒是不正常了。

大冬满面羞惭地：焦大哥，这事千万不能让别人知道。

焦韦：这你放心！害了你对大哥我有啥好处。

大冬：以后有用得着小弟的地方，你只管说。

焦韦：不瞒你说，眼下你老哥就有一事想麻烦你。

大冬：啥事？

焦韦：我最近经销了一本书叫《功法无边》，这本书好卖，但就是我进得有点多了，想麻烦你帮我销一些。说着把一个订单递到了大冬手上。

大冬：这好办，只是我要回去同宛总商量一下。

焦韦：这点事还用同他商量？你是业务部主任，进点书还不是应该的？刚才那几个朋友，都是开口就订两万册，而且付一半定金。

大冬小心地：两万册恐怕太多了，你知道，我们那个店开业时间还不是很长，资金上——

焦韦：这本书你只要拿到手里，我保你会赚一大笔钱！我给你4折，一本20元定价的书，只要你8元，剩下12元都是你的。我甚至替你想了一个主意。

大冬：啥主意？

焦韦：这笔生意你自己做，不要报告宛强，你们不是有些礼品书还存放在我那个仓库里吗？你把这两万册书也悄悄存放在那儿，然后你神不知鬼不觉地转批给其他的小书贩，一笔钱就赚到了你自己手里。你何必死心塌地为宛强赚钱？为什么不为自己赚一笔？！

大冬：这……

焦韦：还犹豫什么？大哥我还会害你？告诉你，你只要听我的话，有你享的福！你说你跟宛强这么多年了，他啥时候让你进过这种房间？还不是大哥我让你过了回瘾？！

大冬的心明显被说动了，轻声地：那这事可千万保密！这两万册书你要我首付多少？

焦韦：你一次交够16万书款最好，没有，先交8万也行。

大冬：宛总给我的权限，一次出手不能超出10万，这样，我先给8万，余下的待书一转批出去就结清！

焦韦：行。

大冬：那我们明天傍黑到书库里，一手交款一手交书。

焦韦：成！……

35

原来焦韦的书库里。傍黑。

大冬正在指挥着几个装卸工把一捆捆书搬放到宛强所存的那些礼品书旁边。

大冬拆开其中的一包书看，全是一色的《功法无边》。

大冬指挥几个工人用帆布把书盖好。

36

书库门外。傍黑。

焦韦站在那儿。

大冬走过来。

焦韦含了笑问：书都放好了？

大冬：好了。边说边去手袋里掏出八沓百元大钞朝焦韦递过去：这是首付款！

焦韦满意地接过去……

37

郊区焦韦的豪华别墅门口。傍黑。

焦韦正问一个助手：《功法无边》全出手了吧？

那助手：一本没剩。

焦韦：好！从现在起，销毁一切有关《功法无边》的转运、销售痕迹！

那助手：明白！

焦韦：离查禁这本书还有多长时间？

那助手：两到三天。

焦韦：行，我们已收回了成本且有所赚，让那些家伙去倒霉吧！宛强，你也准备尝尝倒霉的滋味吧！

38

雅华书店里。白天。

宛强在书店里缓步巡视，大冬跟在他身后。

读者们都在安安静静地挑书看书。

宛强很满意。

大冬显得有点心神不定。

宛强转身轻声对大冬：进书时一定要把好三条：第一，黄色的书不进；第二，容易引起政治麻烦的书不进；第三，非合法渠道印制的书不进。

大冬：明白！

宛强：我刚刚得到一个未经证实的消息，明天全市统一行动，要查禁一本书。

大冬：哦？什么书？

宛强：《功法无边》。

大冬大吃一惊：真的？！

宛强：虽是小道消息，但不可不认真对待。

大冬惊愕在那儿。

宛强狐疑地：你怎么了？我们又没有进这本书，怎把你吓成这样？！

大冬忙掩饰地：我前几天还听说这本书销得很好哩！

宛强没再怀疑地：幸亏我们没有惹这麻烦！

39

雅华书店大冬办公室。白天。

大冬急得满头大汗地在拨电话，边拨边自语着：焦韦，你这存心要害我呀！

电话里传来一个提示音：没有这个电话，请查清后再拨！

大冬放下电话，匆匆出门。

40

郊区焦韦的别墅。白天。

大冬急急地敲门。

没有回音。

大冬急切地：焦韦大哥——

仍然没有回音。

大冬呆站在那儿……

41

书库里。白天。

偌大的库房里只剩下了雅华书店所存的那批礼品书和大冬悄悄进的那批《功法无边》。

大冬呆立在书堆旁边，神情失措。

他的手机响了，他打开手机，里边传出宛强的声音：大冬，你在哪里？

大冬慌乱地支吾着：宛总……我在……外边……有点私事……

42

雅华书店宛强办公室。白天。

宛强对着话筒：大冬，你办完事赶快回来，市出版管理局下午派人来咱们店里检查。

电话里大冬的声音：好，好……

43

书库门口。白天。

大冬满脸绝望地刚走出大门,一个年轻男子迎过来,低声地:先生,听说这儿的书库里有《功法无边》卖,能不能卖给我一些?

大冬喜出望外地:好呀,好呀,你要多少本?

年轻人:16000本有吗?

大冬高兴地:有,有,你啥时来拉?

年轻人:明天上午可以吗?

大冬:可以!……

44

马路对面的一间平房里。白天。

一扇玻璃窗后站着焦韦,他默然看着大冬向远处走去的背影,脸上露出一个冰冷的笑容。

画外跟着传来他的心声:宛强,我能让你发家,也能让你破家。你对小润的背弃,我要让你付出代价!

……

第十七集

1

京城。雅华书店里。早上上班时间。

大冬对小二：我去书库一趟，今天有一家客户想看看咱们库存的那批礼品书，可能有买的意向。

小二没有任何怀疑地：你去吧。

2

雅华书店门口。早上上班时间。

宛强开车载着关娜驶到门口停下。

宛强摇下窗玻璃问店内的小二：大冬来了吗？

小二走过来：哥，大冬说有一家客户有买那批礼品书的意向，他去书库领客户看书了。

宛强笑了：这样巧，我认识的一家客户也想要，说不要都不要，说要就都要了。跟着转身对关娜：咱们干脆一起去书库看看吧。

关娜点头：听你的。

宛强发动了车。

3

书库门口。上午。

大冬边踱步边不时地看表。

画外传来他焦躁的心声：但愿今天能让《功法无边》顺利出手……

4

街对面的一座平房里，上午。

焦韦正隔着玻璃窗冷笑着看着大冬。

他的身边站着一个年轻人，我们能认出这年轻人就是找到大冬要买《功法无边》一书的那个人。

焦韦转对身边的那个年轻人：打他的手机告诉他，让他先把《功法无边》搬一些到门外，以便车一到马上就装车。

那年轻人立刻拨起了手机。

5

书库门口。上午。

大冬在接听手机，随后打开库门走了进去。

片刻之后，大冬搬着两捆书走了出来，他把书放到了门口。

他再次走了进去，很快又搬了两捆书走出来。

他又一次走了进去。

6

宛强开车驶了过来。上午。

他在书库门口停下车，和关娜相继下了车。

宛强看见搬到门口的书捆，自语着：怎么换包装了？原来的礼品书不是这种包装呀？边说边和关娜一起走进开着门的库房。

7

对门焦韦所在的房间。上午。

焦韦边看着对面宛强的举动边对身边的年轻人：打电话报告出版局，就说在西郊的绿豆街47号，发现有人在批售查禁的《功法无边》一书。

那年轻人立刻点头并开始去拨手机。

8

宛强的书库里。上午。

大冬又搬起了两捆书起身要向门口走，忽然看见宛强和关娜走了进来，顿时大惊失色。

宛强还没起疑，边向大冬身边走边问：大冬，这礼品书怎么换包装了？

大冬慌慌张张吞吞吐吐地：大哥，这……这……

关娜注意到了大冬的慌张，有些奇怪地：大冬啊，你怎么了？

大冬更加慌张地：我……进了……

宛强也留意到了大冬的反常，轻声地：出了什么事？

大颗的汗珠爬上了大冬的脸，他语无伦次地：进了……一些……

宛强：你是业务部主任嘛，你有进书的权利，你怎么吓成了这样？边说边弯腰撕开了一包书的包装纸：我看看是啥书，无非是一时卖不出去。他抽出一本书起身来看。一看见《功法无边》的封面，大吃一惊：你怎么敢进这书？这可是已经遭禁的书呀！

大冬低下了头微声地：我当时只想到了赚钱，没料到……

宛强着急地：这可怎么办？你进了多少？

大冬：2万册。不过今天有人要来买这本书，想要16000册，我想低价批给他们作罢。

宛强刚要开口说什么，不想关娜这时拉起宛强就向外边走。

大冬呆呆地看着他们出门。

9

书库门外。白天。

宛强不明白地对关娜：这件大事还没处理完，你拉我出来干啥？

关娜干脆地：走，我们立刻走！边说边拉开了车门，推着宛强上了车。

宛强：我还没给他说怎么办呢？

关娜低而严厉地：政府明令禁止了这本书，他现在再批售给别人，就是违法，你和他在一起，你就也会有麻烦！懂吗？

宛强意识到了关娜这话说得对，一时无语。

关娜着急地：你只要离开此地，你不参与这件事，你就没有责任！快走吧。

宛强犹豫地：我和大冬是多年的朋友，我不能不管他。

关娜：大冬要讲友情的话，他就该在进这批书之前报告你。快走！边说边替宛强发动了车。

宛强只好开动了车。

10

一座挂着"京都出版局"牌子的办公大楼。白天。

楼内一间办公室里，一个工作人员正手握着电话转身对一个领导模样的人：龚处长，刚接到举报，在西郊绿豆街47号，发现有人在批售正在查禁的《功法无边》。

龚处长严肃地：通知公安局，叫上咱们的人，立刻去查处！

那工作人员：是！

11

书库里。白天。

呆站在那儿的大冬脸上现出了一不做二不休的神色，猛地弯腰又抱起了书。

12

书库门前。白天。

大冬已搬出了十几捆书放在门前。

他抬腕看了看手表，面露焦急之情。

他向街路两头看了看，没有车子。

他拿出手机拨号，之后对着手机：怎么回事，还没到？

13

对面焦韦所在的房间，白天。

站在焦韦身边的那个年轻人对着手机：我这儿堵车，你别急，我很快就到。说罢，对着焦韦笑笑。

焦韦不动声色地：出版局的人应该很快能到。

14

京城大街。白天。

宛强把车停在了街边。

坐在一旁的关娜诧异地：怎么不走了？

宛强：我得给大冬打个电话，让他别卖《功法无边》了，万一他卖时被人发现，那就麻烦了。

关娜：我觉得你还是别管的好，他自己经手的事让他自己去办，这样他事后也不会抱怨你。

宛强想想，又收起了电话。

15

书库门前。白天。

大冬又搬出了两捆书。

一辆轿车和一辆卡车由远而近地驶过来。

大冬以为是买书的人来了,高兴地迎上前去:我等你们好久了,书已搬出了一些。

由轿车里下来的正是出版局的那位龚处长,他的身后跟着两个警察。

大冬见不是那天来要书的人且有警察,有些着慌:你们是——?

龚处长并不说话,直接走到那堆书前,撕开一包书的包装纸抽出几本书来看。

全是《功法无边》。

龚处长转对大冬:你继续出售已遭查禁的书,已属违法,请跟我们走一趟吧。

大冬大吃一惊:不,不,我不……

两个警察已麻利地上前,咔嚓一声给大冬戴上了手铐。

龚处长对坐在卡车上的随员高声地下令:进库,搜缴所有的禁书!

龚处长的随员蜂拥着跑进书库……

16

街对面焦韦所在的房间。白天。

焦韦满意地隔窗看着大冬被押进轿车里。

他端过桌上的水杯,慢慢地喝着茶水。画外跟着响起他的自语:宛强,幸亏你跑得快,不过现在戏开演了……

17

雅华书店门口。白天。

宛强和关娜并肩走出书店大门。宛强有点心神不定。

关娜关切地:咱中午不吃快餐了,我按你们中原人的做法,给你做臊子面。

宛强:行,吃臊子面。只是大冬那边,不知怎么样了?

关娜：他自己捅的娄子，让他自己去补吧。

宛强：要不要给小二说一声？

关娜：算了，这种事知道的人越少越好。

两人的话音刚落，一辆轿车吱的一声停在了他们面前。

宛强和关娜刚想闪身走开，车门开了，出版局的龚处长下车迎着宛强：请问你是雅华书店的宛总经理吗？

宛强有些意外地点头：你有事？

龚处长：我是出版局的，鉴于你们的书库里藏有大量的禁书《功法无边》且准备出售，我们需要对你的书店也进行一次检查。

宛强假装平静地笑了：你是开玩笑吧？我的书库里怎么可能藏有《功法无边》？对于上边查禁的书，我们是从来不进的！

龚处长：宛总就不要再隐瞒了吧，我们没有证据是不会来找你的！

宛强显然不相信对方会这样快就明了情况，坚持地：那就请你拿出证据吧！

龚处长朝后边的卡车上挥了一下手：把证据拿给他看！他的话音刚落，就见一个人抱着一捆书跑到了宛强身边，刺啦一声撕开包装纸，《功法无边》的封面展现出来。

宛强看着那些书却并不紧张，只淡淡一笑：我怎么能相信这些书是从我的仓库里拿出来的？我倒觉得你们这是栽赃陷害！

龚处长这时并不说话，只是转身拉开轿车的后车门，招了一下手，随即就见一个警察拉着戴了手铐的大冬下了车。

宛强这才吃了一惊，极力镇定地看着大冬：怎么回事？

关娜也惊在那儿。

大冬低下了头没有说话。

龚处长：我们是在你的书库里当场抓获正准备批售禁书的大冬的！现在你还有什么话说？

宛强还没有从惊怔中回过神来，一时没有说话。

龚处长这时朝他带来的人挥了一下手：进店检查吧！

宛强没敢再拦，眼睁睁看着他们进了店门。

18

雅华书店内。时近正午。

出版局的检查人员在各个书架前仔细地查看着。

原本安静看书挑书的顾客们都被搅扰得扭脸看着，满眼惊疑。

不知发生了什么情况的小二吃惊地看着那些人：你们这是干啥？

19

雅华书店门外。天近正午。

宛强默然看着被两个警察守着的大冬。

大冬无限惶愧地嗫嚅着：我……我……犯浑呀……

宛强一时不知该说什么。

大冬流了泪：大哥，怨我呀……

20

雅华书店内。正午。

几个检查人员相继走到龚处长面前低声报告：没有发现《功法无边》。

龚处长挥了一下手：走。

小二这时快步过来：嗨，你们不能说来就来，说走就走呀，你凭啥来进行检查，你得给我个说法！

龚处长：你也是这儿的负责人？

小二傲慢地：也算吧。

龚处长：你只需跟我们出去一下，马上就会知道我们为啥来检查了！

21

雅华书店门外。正午。

小二不依不饶地跟在龚处长身后来到了门外：你今天必须给我个说法才行！

龚处长没理会小二，而是对站在那儿的宛强严肃地：鉴于你在自己的书库里藏匿禁书且指使下属偷偷出售，你得跟我们走一趟了！

大冬这时带了哭腔：领导，这件事跟我们宛总没有任何关系。

小二这才看见戴了手铐的大冬，顿时惊呆在那儿。

宛强这时叹了口气。

站在一边的关娜这当儿着了急：你们不能带走宛总，他的确与这件事没有关系！

龚处长冷冷地对关娜：他是雅华书店的法人代表，他的书库里出了事他必须负责！说罢，对那两个警察点了下头：带走！

两个警察刚要向宛强身边走，宛强低声地：我跟你们走。说着便向车门走去。

小二扑到车门前叫了一声：哥——

宛强回过头来平静地：你们照常营业，事情会搞清楚的……

22

街道对面的一辆车里。正午。

焦韦一动不动地坐在里边。

他不动声色地看着两个警察把宛强推进了车里。

他的嘴角现出了一个微笑。

画外随之响起了他的心声：小润，哥哥开始替你出气了……

23

公安局初审室。白天。

两名警察正在审问宛强，那位龚处长坐在一边。

一名警察肃穆地：人证、物证俱在，我想你还是交代了的好！

宛强：我确实没啥可交代的，对大冬私自进禁书和卖禁书的事，我事前的确一点也不知情，但我想我是有责任的，大冬毕竟是我的雇员。

另一名警察：所有到了我们这里的人，一开始都是这样避重就轻，要不，你就先想想?!

宛强只有苦笑……

24

雅华书店小二办公室里。傍晚。

小二愁眉苦脸地坐在那儿。

坐在小二对面的关娜：现在要紧的是捎信给你哥，让他无论如何坚持说这件事他事前毫不知情。

小二发狠地捶了一下桌子：大冬又不是傻瓜，他这次咋会这样浑？

关娜：他自己做的事他应该自己负责，我们必须把所有的责任都推到大冬一人身上，这样才能救你哥哥。

小二叹了一口气：我实在不明白大冬何以要这样做。

关娜：钱，懂吗？他是被钱迷了心窍。钱欲被充分激发时，很少有人能过了这一关，包括你们的合伙人大冬。现在埋怨他已无用，要紧的是赶紧想办法救出你哥。

25

公安局初审室。夜。

负责审问的还是那两个警察和龚处长，坐在被审席上的是大冬。

一名警察：老实交代你进《功法无边》的日期和经过，你是从哪儿进的这本书？

大冬满头大汗地：从……焦韦那里……

警察：焦韦是谁？

大冬：也是一个书商，和我们宛总认识……

26

焦韦的豪华别墅门前。夜。

龚处长和两名警察在门前下车。

一名警察上前按响了门铃。

门开了，焦韦出现在了门内，他看见警察后丝毫没有惊慌，而是一脸平静地：我估计你们该来了。请进。

几个人互相对视了一眼，走进门去。

27

别墅内。夜。

焦韦和龚处长一行坐在沙发上。

焦韦：你们不说我也知道你们找我是要问什么。雅华书店的大冬的确是从我这儿进的《功法无边》，不过那时并没有对这本书下禁售令，我是在全国图书订货会上公开征订的，我那时的发行行为全都合法。雅华书店的问题在于，当政府下了禁令之后，他们仍然进行批售。因此，他们的违法行为与我无关！

龚处长：我们今天来并不是为了追究你的什么责任，我们已了解过，你在禁售令下达后，没有销过一本《功法无边》。我们来是向你了解一下雅华书店在平日的经营中有没有违法的前科，你们彼此很熟悉，平时来往也多。

焦韦：这个吗？我还真不了解，不过听说他当年在中原省城开书店时，因印制出售黄色书籍被拘押过。

龚处长意外地：哦？！

28

夜。京城大街。

龚处长和两个警察乘坐的轿车内。

一个警察：还需要去中原省城了解宛强的过去吗？

龚处长：不用，他们省原来主管扫黄打非工作的管弥处长我很熟，过去开会时总在一起，现在调到他们省电视台当了副台长，我给他打个电话就可以搞明白了。

另一个警察：其实不问他的过去我们就可以处理了。

龚处长：我们还是慎重一些的好，如果他真是初犯，可以对他从轻一些罚款作罢；倘是惯犯，那就由行政拘留转为刑事拘留，正式交你们司法机关严惩！

29

中原省城。电视台会议厅。白天。

一场全台人员会议已接近尾声，有人已开始合起自己的笔记本准备起身。

坐在台上的管弥正在结束自己的讲话：总之一句话，我们一定要讲正气，做正事，把风气搞正，将各项工作做得更好。我今天就讲到这儿，谢谢大家。

一阵掌声。

坐在后边的万小润不屑地撇了撇嘴。

人们开始起身退场。

一个工作人员匆匆走到台上对正在收拾讲稿的管弥：京都出版局的一位处长打电话找你。

管弥急忙起身。

30

管弥的办公室。白天。

管弥拿起电话对着话筒：喂，你好。是老龚呀，你这京官怎么忽然想起我们这外省小吏了？

31

北京。龚处长办公室。白天。

龚处长对着电话：管大台长，有件事想麻烦你啊，你分管扫黄打非工作那么长时间，是否认识曾在你们省城开过书店的宛强这个人？

电话里的声音一怔：你怎么想起问他？

龚处长高兴地：这么说你认识他了？

电话里管弥的声音：他的骨头我都认识。

龚处长对着电话：他现在北京开了一家雅华书店，最近，该店违反出版规定，批售政府明令禁止的书，我们眼下正研究对他和他的书店的处理办法，我今天给你打电话的目的，是想了解一下他过去在省城开书店时的表现，如果他过去表现很好，那这次就属于初犯，我们在处理时就会从轻一些，倘是他有前科，处理时可能就会是另一个样子……

32

省城。管弥办公室。白天。

管弥握着话筒，眼中现出了一副幸灾乐祸的神情，他慢吞吞地：宛强这个人，我对他可以说十分了解，他基本上可以被定性为一个为所欲为唯利是图的人，在他眼里，从来就没什么法律纪律，他看重的就是钱，为了钱，他啥事都敢干，在我们省城时，他就因为印制出售黄色书籍蹲过监狱，要不是他四处送钱拉关系找人说情，他现在就还在监狱里！

电话里的声音：哦，是这样……

33

北京。龚处长办公室。白天。

龚处长对着一个下属：你和小谭去一趟河南，详细了解一下这个宛强过去坐监狱的情况！

那位下属：是。

34

省城。管弥家。夜晚。

许玫正坐在沙发上看电视。

管弥推门走了进来。

许玫起身上前接过管弥的公文包和外衣。

管弥一边往沙发上坐一边快活地：知道吧，宛强那小子在北京又出事了。

许玫淡淡地：他有钱，出事他也能摆平了。

管弥强调地：那可不一定。

许玫撇了撇嘴：他在省城你都没能治了他，他到北京你说话还能算数了？

管弥：不管算不算数，可因为我说了话，他这次就又要受点罪了。

许玫：他受点罪是应该的，他把小瑜可是害苦了，到现在，小瑜还是一个人带个孩子过日子。我上次回府城，见小瑜一个人在街边摆个小书摊，看见小瑜卖报纸、刊物的那个可怜样子，我这心里对宛强的恨就又加了几分……

35

北京。某公安分局初审室。白天。

大冬坐在被审席上。

坐在审问席上的仍是那两名警察和龚处长。

大冬怯怯地抬眼看了一下审问他的警察，低声地：会咋样处罚我？

警察：按法律规定，得判刑了。因为你批售政府明令禁止的书籍。

大冬低头嗫嚅地：如果是两个人办的这件事，会不会因为分担责任而使处罚轻些？

警察：可能吧。你这样说是什么意思？

大冬：要是两个人办这件事可以从轻处罚的话，那就把我宛强哥也算上。

警察：算上？他究竟知不知道批售《功法无边》的事？

大冬沉吟了半晌后点头：知道。

两个警察和龚处长互相对视了一眼。

一个警察：我们原来就估计，你作为他的雇员，不会不经他知道就去办这样大的事。你终于说出了事情的真相，这对你自己是很重要的！

大冬无语，只是把头更深地垂了下去……

36

公安局院内。白天。

大冬满脸愧意地走着，边走边小声自语着：宛强哥，原谅我咬了你，也许这样，咱俩分摊一下责任，就都能出去了……

37

郊区焦韦的豪华别墅餐厅。夜。

焦韦正和他的妻子女儿在围桌吃饭。

保姆走过来轻声地：有人找你。

焦韦：让他进来。

片刻后，一个年轻人走进餐厅。

焦韦望着他：有事？

那人走到焦韦身边，低声地：刚刚得到消息，那个大冬咬定卖《功法无边》的事宛强知道。

焦韦高兴地用筷子敲了一下碗沿：好啊，戏在朝我们期望的方向演啦！继续打听消息！

那人：明白。

焦韦的女儿好奇地：什么戏呀，爸？

焦韦瞪了一眼女儿：小孩子家，甭问这些事。

38

焦韦家客厅。夜。

焦韦拿起了电话拨号,之后对着话筒:是小润吧?我是你焦韦哥哥。你最近身体好吗?心情好些了没?

39

省城。小润住处。卧室。夜。

小润一手拿着一本书一手握着话筒,有些意外地:是焦韦哥,这么晚了,有急事吗?我的心情还不是那么回事?!无所谓好也无所谓坏,我现在觉着人活着没意思,混日子吧……

40

京城焦韦家客厅。夜。

焦韦笑着:我知道你的心情不好是因为什么,放心吧,我不久就会让你听到一个好消息……

41

省城。小润卧室。夜。

小润握着话筒不明白地:什么好消息?哪方面的?

电话里焦韦的声音:你等着吧!

小润放下了电话,自语着:好消息?我还有好消息?

42

某公安分局一间初审室。白天。

又一次审问正在进行中。负责审问的仍是那三个人。

坐在被审席上的是宛强。

一个警察:想了这么长时间,你该想清楚了吧?关于批售《功法无边》的事,你究竟知不知道?

宛强:你们看来是不相信我不知道的。

警察:你别管我们相不相信,你只说真实情况吧。

宛强：你们去问大冬就明白了。

警察：大冬已经说明白了。要不要我给你做个提醒？有一天上午，你开车带着一个女士去了书库，看见了书库里放着的《功法无边》一书。

宛强叹了口气：那就按大冬说的行了吧……

43

精诚律师事务所门口。白天。

关娜和小二走了进去。

44

精诚律师事务所内。白天。

一个年轻律师正对着关娜和小二：宛强已经承认，大冬批售《功法无边》的事得到了他的同意。

什么？关娜吃惊地站了起来。

小二也惊在那儿。

律师：事情正在朝对宛强不利的方向发展。

关娜生气地：宛强他为什么要这样做？他应该坚持说明事情的真相，大冬确实事先没告诉他呀！

律师：我问过宛强了，他说他想替大冬分担一些责任，不然的话，他担心大冬会被判刑，大冬跟了他这么多年，他不忍心看着他被判刑。

关娜气极地：这真是愚蠢！不判大冬，就有可能治他呀！

律师：宛强先生懂义气却不大懂法律……

45

拘留所门口。白天。

大冬一步一挪地走了出来。

跟在他身后的警察朝他和善地笑着：大冬，再见！

大冬胆怯地朝警察鞠了一躬。

警察：以后可要吸取教训，奉公守法呀！

大冬点头。

警察：走吧。

大冬嗫嚅地：我们究竟啥时候出来？

警察：你就管你自己的事吧！

大冬呆立在那儿……

46

京城大街。白天。

大冬弓了腰沿街边走着。

他小心地四下打量着。

他边走边低低地自语：去哪里？回雅华书店？怎么对小二和关娜解释？回府城？今后的日子怎么办？

……

47

龚处长办公室。白天。

他派往河南的那个属员正在向他汇报：……宛强在河南坐监的情况就是这样，我们还顺便了解到，宛强和管处长家有些私人恩怨……

龚处长陷入沉思……

48

雅华书店门外。白天。

书店正在营业，门前顾客三三两两进出着。

一辆卡车驶抵门前，卡车上装满了书。

一个年轻人由驾驶室下来，高喊了一声：小二！

小二应声由店内出来。

那年轻人：你要的火爆畅销书《拿什么感谢你》送来了，1万册，不过这书可是要现钱的！你按6折给我钱，我当场给书。

小二犹豫了一霎：可以。随后转对几个店内工作人员：来，搬书！

几个工作人员来到了卡车前，由那年轻人向下发书，每发一捆叫一句：50本……100本……150本……200本……

49

雅华书店里。白天。

《拿什么感谢你》正被撕开包上架零售。

顾客们排成了队。拿着这本书交钱。

小二高兴地对身边一个店员低声地:今儿个要赚一笔了!

关娜这时匆匆走进店堂,用目光寻找着小二。

关娜向小二身边匆匆走来。

小二看见关娜,也迎了过去。

关娜招手示意去小二的办公室里。

小二意识到了什么,忙向自己的办公室走。

50

雅华书店小二的办公室里。白天。

关娜急急地对小二:我刚刚打听到消息,龚处长他们已对雅华书店做出处理决定。

小二一惊:怎么处理?

关娜:可能是停业整顿,他们马上就会来宣布。

小二:天哪,我们刚进了1万册市场上正火的畅销书《拿什么感谢你》,要是让咱停业,这些书堆在店里,过了这个火爆期,谁还会要?

关娜:我看见门口正在向店里搬书,你赶紧去让他们停止。

小二慌慌地向门外跑去。

51

龚处长办公楼楼下。白天。

龚处长和两个工作人员上了一辆轿车,龚处长对司机:青西路雅华书店!

司机点头,发动了车……

52

雅华书店门口。白天。

小二对正在扛书的店员们挥手:停止,停止!

卡车上那个发书的年轻人对小二：你不说要1万册吗？差得多呢！

小二走上前低声地：我刚才到账上查了一下，一时没有现钱，所以不能要了，刚才搬下去的书也还要搬上来，最多给我留1000册。

那年轻人有些火了：你搞什么鬼？一会儿要一会儿不要，捉弄我呀？！

小二赔着笑脸：确实没有钱了，你要把书放下，也行，我可是没钱给你！

那人气急败坏地：快，给我再搬上来！

店员们重又由店里向外搬书。

小二对那人：走，跟我去拿1000册的书钱！

53

小二的办公室里。白天。

小二把两沓钱放到了那年轻人手里。

年轻人满脸不高兴地：这简直是开玩笑！

就在这时，店外突然传来一阵尖厉的刹车响声。

小二一惊，对那人：你快走！

54

雅华书店门口。白天。

龚处长一行乘坐的轿车在尖厉的刹车声中停下，龚处长从车里走了出来。

他一脸冷峻地向书店大门走去。

他与那个拿书款出门的年轻人擦身而过……

第十八集

1

北京。雅华书店。白天。

龚处长大步走进店堂。

小二迎了过来,满脸小心地:欢迎龚处长来指导工作。

龚处长:你是宛小二?

小二点头:是的,请去办公室里说话。

龚处长:不用了,我来宣布一项决定。说着,展开一张纸,郑重地念道:鉴于雅华书店违反政府禁令,批售《功法无边》一书,现决定该店自即日即时起停业整顿,重新营业时间等待通知⋯⋯

小二默然听着。

店内的顾客都惊奇地扭脸看着。

关娜无言地站在书店一角⋯⋯

2

京城大街。一个小饭馆。傍晚时分。

大冬一个人伏在桌上,默默喝着一小瓶二锅头。

面前的饭桌上只有一小盘花生米。

他对着瓶口又喝了一口,在咽下酒的同时,有两颗泪珠滚下了脸颊。

店里只有大冬一个顾客。

3

精诚律师事务所。傍晚。

小二和关娜坐在年轻律师对面。

律师:你们店里的大冬已经释放,对宛强究竟怎么处理还未最后决定。

小二:估计会怎样处理?

律师:还很难说。那2万册《功法无边》的书最后没有批售出去,这种并没有造成实际恶果的事情,处理起来应该说弹性是比较大的⋯⋯

关娜默默听着⋯⋯

4

雅华书店门前。夜。

大冬沿着街边慢慢地走过来。

他的步子迈得迟迟疑疑。

他走到了书店门前,看见了一个白色的纸牌挂在店门上,纸牌上的四个大字在街灯的照耀下十分触目:停业整顿。

他站在那里默看了一霎,而后慢慢地蹲在了地上。

5

精诚律师事务所门前。夜。

关娜和小二走出大门。

关娜:大冬可能已经回到书店了,你打算怎么处置他?

小二:我还没想好。

关娜:让他滚!对这种招灾引祸、心怀叵测的人不能心慈手软!

小二点头。

6

雅华书店门前。夜。

小二由远处走了过来。

他走到店门前掏出钥匙刚要开门,忽然发现了蹲在门侧的大冬,冷冷地:是你?!

大冬急忙站了起来,怯怯地:小二,是我。

小二打开锁推开门,犹豫了一下,仍旧冷冷地:进屋吧。

大冬小心地看了一下小二的脸色,无言地走进了店门。

7

雅华书店小二的办公室里。夜。

小二和大冬对面坐在沙发上。

大冬畏畏缩缩地看着小二:这件事怨我……

小二怒气冲冲地:咱们的生意刚有一个好局面,这一下子又完了。

大冬双手抱住了头：我后悔呀……

8

京郊焦韦的豪华别墅里。白天。

焦韦正在书房里看着一本书，一个助手走进来：焦总，雅华书店已被勒令停业整顿，先前抓进去的那个大冬已被释放，估计全部责任都要落在宛强身上，他这回是在劫难逃了！

焦韦高兴地拍了一下桌子：我要的就是这个结果！言罢，伸手拿起电话去拨。

焦韦对着话筒：小润吧？你现在说话方便吗？方便？那行，我告诉你一个好消息，那个当初让你难受的宛强，现在自己也难受了！

9

省城电视台小润办公室。白天。

小润拿着话筒，有些听不明白地：宛强难受？他怎么了？

话筒里焦韦的声音：我让他倒了霉了，他让你难受，我就让他难受！我说过我要为你出气！

小润的神色为之一变：你对他做了什么了？

电话里的声音隐隐约约。

小润听着听着慌了……

10

省城。中原大学万教授家。傍晚。

小润骑车来到门前，急急地敲门。

万夫人开了门，见是女儿，笑着：敲这样急呀，我以为是有人求救呢？

小润：俺爸呢？

万夫人：在书房里。

小润匆匆向书房走去。

11

万教授书房。傍晚。

小润急急地对万教授：爸，你的学生焦韦刚才给我打来电话，说他在北京把宛强给整了，让宛强失去了人身自由，宛强办的书店也被勒令停业整顿了！

万教授意外地：哦？他俩为何事闹到这种地步？

小润：焦韦说他就是想为我出气！他觉着宛强对我不好——

万教授不高兴地拍了一下椅子扶手：真是乱弹琴，谁叫他来管这事的？

站在书房门口的万夫人这时开口：焦韦虽然是好心，可把事情弄糟了，日后宛强还以为是我们要害他呢！

小润叹口气：真想不到焦韦大哥插了这么一杠子，把事情越弄越乱。

万教授沉吟地对小润：这种事打电话也说不清楚。这样吧，你去北京一趟，好好对焦韦说说，让他一定想办法把事情平息了，咱不能害人，何况宛强并没有真对不起咱们。

小润点头：好吧。

万夫人：要去就快点去，别让事情弄得不可收拾了。

小润：我明天一上班就请假……

12

省电视台小润办公室。白天。

小润对一个中年妇女：韩姐，我想请个假去北京几天。

那妇女：哟，现在台里把准假的权利收到头头手中了，你去北京得找管台长批准。

小润一听这话眉头不由得一皱。

13

省电视台管弥办公室。白天。

小润一脸不情愿地上前敲门。

里边传来管弥的声音：请进！

小润推开了门。

坐在办公桌后的管弥看见小润，有些意外地站起身：有事？

小润冷冷地：我想请假去北京几天。

管弥含了笑地：公事，私事？

小润冷淡地：私事。

管弥依旧含笑地：不是去看宛强吧？

小润有些着恼：你问这么清干吗？

管弥不温不火地：我听说宛强出了点事，估计你是去看他的，好，你去吧，记住别缠绕到他的事情中去。

小润转身就走……

14

北京。大街。清晨。

一辆出租车正在疾驶。

小润坐在车里。

小润注意地看着街边建筑。

车驶到雅华书店门前时，小润对司机叫了一声：师傅，停停。

车慢慢停下。

小润没有下车，只是隔着车窗玻璃看着雅华书店店门。

店门上那四个大字——"停业整顿"十分醒目。

小润默看了一霎，转对司机：走吧。

司机重又启动了车子……

15

京郊焦韦的豪华别墅。白天。

小润按响门铃。

一个保姆打开门后问：请问找谁？

小润：焦韦。

保姆：是预先约好的？

小润好笑地：不约好就不能见他了？她干脆放声喊了一句：焦韦大哥——

焦韦和妻子闻声走了过来，夫妻俩一看见是小润，都笑着：快，请进呀！

16

焦韦别墅内。白天。

焦韦夫妻和小润围坐在客厅的沙发上。

焦韦兴奋地：小润，接到我报信的电话是不是特高兴？我终于为你出气了！

焦韦妻子在一旁帮腔：是呀，对这种喜新厌旧玩弄女人情感的东西是要想办法治治他！对你大哥治宛强这事，我是一百个赞成！

小润苦笑了一下：谢谢大哥、大嫂的好心，我这次来的目的，就是告诉你们，这件事算了，不用再治他，我不想日后让别人笑我小肚鸡肠，借你们之手整他！

焦韦笑了：我治他他也不知道是怎么回事，更不会猜到你的身上，这点你放心！

焦韦夫人：你心别太软，对这种男人，就该下狠手让他知道疼痛！

小润神色坚定起来：大哥、大嫂的心意我领了！请你们尊重我的意愿，把这件事尽快了结掉！

焦韦见小润态度如此坚决，也郑重起来，认真地：好，好，既然你是这个意思，就按你的意愿办，只是眼下事情已进展到我们不能控制的地步，要阻止事情向前发展，已很难了。

小润坚决地：难，你也要赶紧阻止，要尽快把宛强解脱出来！

焦韦叹口气：好吧，我原以为办了件好事，没想到事情会是这样，我努力去想办法吧……

17

中原省城。管弥家。晚饭时分。

管弥和夫人许玫正在吃饭。

电话响了。

许玫起身去拿起听筒，听了一阵后对管弥：台里通知你，后天去北京开会。

管弥走来接过话筒又听了一阵，说声"再见"，放下电话。

管弥对许玫：这个时候去北京开会，倒可以顺便看看宛强那小子倒霉后的样子。

许玫眼中闪过一丝快意：但愿他这次倒霉后再也没有爬起来的机会！

管弥哼了一声：让他爬吧！……

18

北京。龚处长办公室。白天。

龚处长和管弥对坐在办公桌前喝茶。

管弥装作随意地：哎，你上次打电话问我一个叫宛强的书商的情况，那人现在是怎么处理的？

龚处长一笑：你还记着这事呢，那天我也是猛然想起你管过扫黄打非的事，就给你打了电话。

管弥一本正经地：这个宛强哪，可不是个地道的商人，可以说是一贯为害社会，对这样的人，你处理起来决不能手软！

龚处长：对他的处理，现在有两种意见，一种是移送检察机关正式起诉，判他的刑！另一种认为他并未造成严重恶果，可以以罚代惩，给他继续经商的机会。

管弥：我们对这类人手软，就是对人民犯罪呀！

龚处长不置可否地：喝茶，这可是正宗的金骏眉……

19

雅华书店门口。白天。

小二开车驶了过来，车内坐着宛强和关娜。

小二停住车，扭头对宛强：你取保回来的事我谁也没说，包括对大冬也没说，咱暂时谁也不见。

关娜：对，谁也不能见，万一别人再打了什么小报告上去，又是麻烦。

宛强一脸疲惫，淡淡地：好，咱谁也不见。说着拉开门下车。

他默默看了一眼店门前那四个大字——停业整顿，缓步走进门去。

20

雅华书店内宛强办公室。白天。

宛强坐在自己的办公桌后，久久无言。

站在一旁的关娜：眼下要紧的是继续疏通关系，争取最好的处理结果。

宛强点头，看了一眼关娜和小二：你俩觉得谁是最关键的人物？

关娜：那个姓龚的处长，我们这件事，他可以说轻，也可以说重。说重了，那就是法办；说轻了，就只是罚款。

小二：关姐说的是。

宛强：有没有找到和他相熟的人？不经过第三者贸然找他会不会被拒绝？

小二：正在找，眼下还没有找到合适的人。

关娜：我们现在要分秒必争，必要的时候，我和小二只有亲自去了。

宛强无语。

就在这时响起了敲门声。

小二低声地：又是大冬。

关娜气恨恨地：把他赶走！

小二拉开门走了出去。

21

办公室门外。白天。

大冬脸上带着巴结的笑容站在那儿。

小二出门后随手关上了门。

大冬可怜巴巴地：小二，我来看看有没有活儿要我干。

小二：现在停业，哪有啥活儿？

大冬：要不要把书架上的书整理整理？

小二：算了，眼下又不营业，整理它也没用处，再说，现在也没这个心情。

大冬：大哥那边有没有啥消息？

小二淡淡地：还没有。你先回去歇着吧。

大冬叹一口气，点点头：好吧。

22

办公室里。白天。

关娜对宛强低声地：应该立刻把他赶走！

宛强倾听着门外的动静，没有说话。

关娜低声地：这场灾祸就是他引起的，在政界、军界这类人就叫叛徒，你对他可不能心慈手软！

宛强仍然没有说话……

23

焦韦别墅门外。傍晚。

焦韦开车驶到门口下车。

小润迎上去：怎么样？有什么消息？

焦韦：我打听了，他们已给宛强办了取保手续，宛强业已回他家了。

小润有些释然。

焦韦：人回家就不会受罪了。

小润：我想去看看他。

焦韦意外地：这个时候？

小润点头。

焦韦：天已经晚了。

小润：我自己打车去，你不用操心。

焦韦笑了：还是我送你去吧，天快黑了，出了问题咋办？上车。

小润只好上车。

焦韦启动了车掉头开走……

24

紧挨雅华书店的宛强住处。天已黑定。

焦韦驾车驶到门口停下。

焦韦：到了，下车吧。

小润迟疑了一下，开门下车。

焦韦上前敲门。

25

宛强住屋内。夜晚。

宛强和关娜正坐在饭桌前吃饭。

宛强吃得心不在焉。

关娜给宛强碗里夹菜：多吃点。

响起了敲门声。

关娜起身上前开门。

门刚拉开，焦韦就高腔大嗓地：宛强，小润要来看看你！

宛强闻声急忙站起迎过来：焦大哥，小润。

小润目不转睛地盯着宛强：我来北京出差，顺便来看看你。

宛强让着：快请坐下。

关娜注意地看着小润。

焦韦：我也是刚听说你出了点事，小润到我那里，一听说你出了事，就急忙要来看你。

宛强：谢谢你们挂念。

关娜对焦韦：听宛强说过焦大哥很能干，有一个很大的图书公司。

焦韦笑着：混日子呗。说着转向宛强：事情已经了结了吧？

宛强叹一口气：还没有完全了结。

小润无语，只是把关切的目光投到宛强身上。

焦韦注意到了小润目光的专注，淡淡一笑。

关娜显然也注意到了小润目光的不同，眼神中显出了戒备……

26

京城大街。夜。

焦韦驾车疾驶。

小润默坐在一旁。

焦韦笑了一声：我看出来了，你对宛强还怀着深情。

小润装作不快地：瞎说什么？我只是以一个熟人的身份来看看他。

焦韦：你不要给我犟嘴，你的目光暴露了你的内心。

小润仍然否认地：瞎说！

焦韦：你给我说句实话，你是不是还在爱着他？

小润无语。

焦韦把车在路边停下：如果你爱着他，我对他是一种帮法，如果你不爱他，那我对他就是另一种帮法了。

小润仍旧无语。

焦韦：你不说话可以，你还用摇头、点头表示一下，我好心中有数！

小润很快地点了下头。

焦韦：我明白了。说着，重新启动了车……

27

京城宛强的住处。夜。

宛强正在洗手间洗漱。

关娜走过来靠在洗手间门口，声音酸酸地：这个小润长得还是蛮漂亮的！

宛强只是扭头看了一眼关娜，并没有说话。

关娜：她看你的目光可是含着深情的。

宛强：别瞎说。

关娜：我可没有瞎说，对女人的目光我还是能辨别清楚的。

宛强：不过是一个熟人罢了。

关娜：我过去可没有听你说起过她！

宛强：我的熟人太多了，哪能都介绍到？

关娜没有再说话……

28

雅华书店。白天。

宛强办公室里。宛强正坐在那儿想着什么。

关娜在一边收拾着什么东西。

小二走了进来。

关娜：小二，找的那几个关系有回话了没？

小二：那几个关系人到那位龚处长面前都碰了壁。

关娜：礼没送出去？

小二：姓龚的好像挺清廉不吃这一套。

宛强：送多少？

小二：10万。

关娜：再加一倍。

小二：钱没问题，只是那几个关系都碰过壁，再托谁送呢？

关娜：咱俩去。

小二：两个人去送礼，他不敢收。

关娜：你把我送到他家门口，剩下的我来办。

小二转而看着哥哥。

宛强点头：去吧，只是要小心，他如果实在不要，就拿回来，别让他收了钱再交上去，办咱个行贿罪！

小二和关娜点头。

29

夜。龚处长家。

龚处长正在客厅看报纸，其妻在一旁看电视。

响起了敲门声。

龚处长的妻子起身去开门。

关娜站在门口：龚处长在吗？

龚处长妻子点头：在，请进。

关娜手拎一个提袋走了进来。

龚处长起身看着关娜：你是——

关娜笑着：龚处长在雅华书店见过我的，我是宛强的女朋友关娜。

龚处长闻言让道：哦，请坐。

关娜：宛强的事，让龚处长操心了，我和他都非常感激。

龚处长淡淡地：对他的处理还没有最后做出决定呢。

关娜：所以呀，今晚来看看处长，想请你多多关照。这件事宛强应负的责任的确不大。

龚处长：请你相信我会秉公处理的，而且不该让他负的责任，我们也不会让他负！

关娜：那是，那是。边说边站起身：不多打扰，告辞了。说着就向门口走。

龚处长指了一下关娜留下的提袋：你的东西忘拿了。

关娜笑着：给龚处长带了几本畅销书，供你闲时翻翻，也算表示一点心意。

龚处长：畅销书？不会吧？说着上前拎过提袋，掏出里边的东西。

全是一沓沓整齐的钞票。

关娜无比尴尬。

龚处长冷笑着：这书我可不敢读呀！

关娜嗫嚅着：一点心意，请龚处长收下。

龚处长：你要不拿走也可以，我明天就交到纪委去！

关娜满脸通红地上前接过提袋。

龚处长：你年纪轻轻的，可不要再做这事！

关娜一声没吭地拎着提袋出门。

30

宛强住处。夜晚。

宛强和小二默坐在沙发上看着电视。

关娜开门走进来。

小二见状急忙起身：怎么样？

关娜没有说话，只是啪的一声把那个装钱的提袋扔到了宛强身上。

宛强没有说话，只是把提袋拎起放到一边。

关娜爆发地：我长这么大从来没受过这种难堪！没丢过这种人！说罢，扭脸跌坐到沙发上呜呜哭了起来……

31

雅华书店门口。夜晚。

大冬在那里默默踱步。

一霎，他像是下了什么决心，猛地挥手拦住了一辆出租车。

他上车对司机说了一句什么。

32

郊区焦韦的别墅门外。夜晚。

大冬下了出租车，径向焦韦的别墅门口走去。

他重重地敲响了门。

谁呀？焦韦开了门，见是大冬，意外地：你？！

大冬：你把我害得好苦！你不仅害了我，还害了我们宛总！

焦韦呵呵笑了：大冬，你这么晚来我门前胡闹，我是可以拨打110让警察处置你的！你说我害了你，你当时进《功法无边》是自愿干的呀！我逼你了吗？

大冬哑口无言。

焦韦：告诉你，我现在也正在设法救你们宛总，而且已经想出办法了，你回去告诉你们宛总的女朋友关娜，让她明天来见我！

大冬：真的？

焦韦：不信你就滚吧！

说着啪一下关上了门……

33

宛强住处。卧室。

灯已熄灭。

宛强枕臂躺在床上，大睁着两眼苦想着什么。身旁的关娜已经睡熟。

他轻轻地起身，悄步向客厅走去。

34

宛强住处。客厅。夜。

他拉亮了一盏落地灯，拿过一本书去看。

他显然没看进去，只是在习惯性地翻着书页，脑子里分明在想着别的什么。

门外响起了很轻的敲门声。

宛强一怔，走到门后，低声地：谁？

大冬的声音：大哥，是我。

宛强迟疑了一下，随后打开了门。

大冬面露怯意地站在门外。

宛强点了点头，示意他进来。

大冬进了门。

宛强低声地：这么晚了，怎么还不睡？

大冬：睡不着。我看见小二总往你这儿来，估计你回来了。

宛强：只是暂时取保在外。

大冬低下了头：大哥，是我给你造成了这样大的麻烦，全怨我。

宛强无语，半晌才慢腾腾地：大冬，我们弟兄这些年在一起干活，大哥我一直没有拿你当外人吧？

大冬点头：我能有今天，全仗大哥的帮助。

宛强：那为何进售《功法无边》那样大的事情，你事先一点讯息也不透给我？

大冬：我是昏了头了，当时一心想赚钱……

宛强长长地叹了一口气。

大冬：我刚才去找了焦韦，他说他有救你的办法！

宛强苦苦一笑：他也是一个做书的，能有什么办法救我？

大冬：大哥，他说得很肯定，他让关娜明天去见一下他就行。

宛强意外地：让关娜去见他？

大冬：对。

通卧室的门口突然传来关娜的声音：行，我明天就去见他！

宛强和大冬扭脸去看，只见关娜披了外衣站在那儿，一脸坚定。

大冬：我明天陪着关娜去见焦韦，我想他不至于敢欺负关娜，如果他真要对关娜不敬，我就和他拼了！

关娜淡淡一笑：你想到哪里去了？我估计他是要和我商量商量。

35

郊外焦韦的别墅内。白天。

客厅里，焦韦的妻子和小润正坐在那里说话，焦韦从书房走了过来。

焦韦对妻子：你待一会儿领上小润去外边山坡上走走，我要和人商量营救宛强的办法。

焦韦的妻子：行。

小润：焦大哥，你可要快点！

焦韦点头。

36

焦韦的别墅门外。白天。

小二驾车载着关娜、大冬驶来。

小二停下车对关娜：我和大冬在车上等你。

关娜点头一笑：你们先走也可以。说着提了礼物下车，上前按响门铃。

焦韦拉开了门高声笑道：是关娜？快请进！

37

别墅内客厅。白天。

关娜将所提的礼物放在桌上，笑着：宛强和我听说你有救他的办法，心里都很感动。

焦韦也笑着：救宛强的办法我是想出来了，不过需要你的配合！

关娜坚定地：需要我怎么配合都行，你说吧！要我做什么？

焦韦：要你做的事情其实非常简单。

关娜：说吧！不过我要提醒你，那个龚处长是个清廉之人，送钱是行不通的。

焦韦：这你就不用操心了，反正我最后争取让宛强不受法律处置，只接受一点罚款作罢。你说行吗？

关娜高兴地：行，行，我们现在就是在朝这个目标努力！你只说要我做什么吧！

焦韦：你只需做一个承诺！

关娜意外地：承诺？承诺什么？

焦韦：承诺当我把宛强救出来后，你离开他！

关娜呼地站起身：你这是什么意思？

焦韦：意思就是你今后不要再和宛强在一起！

关娜牙咬了起来：为什么要我做这种承诺？我想听明白！

焦韦：在你愿意做这个承诺之后，我才能告诉你！

关娜：如果我不做这个承诺呢？

焦韦：那我就不救宛强，听任他被移交司法机关，被判刑！那样，他的书店也就可能垮掉，你最后就成了一个刑满释放分子的老婆！

关娜闭了一霎眼睛，胸脯急剧起伏。

焦韦：你也可以回去想想，想不通就作罢，想通了再给我打电话！

关娜睁开了眼，面露一股坚定之色：行，我做这个承诺！

画外跟着响起她的心声：宛强，为了你的平安，只有这样了……

焦韦笑着：你想好了？！

关娜：想好了！

焦韦依旧笑着：我可没逼你！

关娜：我是自愿的。

焦韦：为了保证你事后不反悔，有一份材料需要你签个名字！

关娜再次意外地：什么材料？

焦韦从衣袋里掏出一张纸，微笑着：这是以你的口气拟就的一份承诺书，当然是虚构的！当你不违背你做出的承诺时，这份承诺书就永远藏在我的保险柜里，当你违背你的承诺时，也就是在我把宛强救出后你仍然坚持和他在一起的话，我们就公布这份有你签名的承诺书！

关娜咬着牙：你可以念念这份材料吗？

焦韦：可以。材料是这样写的：我叫关娜，我出来卖身只是为了快乐，我和宛强交往之后，有时仍然控制不住做这种事，我对他充满愧意——

关娜恨恨地：焦韦，你可真卑鄙！

焦韦笑着：没有办法，这也是为了我们的交易能够成功！你要实在不愿意，我们现在还可以取消交易！

关娜咬牙无语，显然是在往下压心中的怒气。

焦韦：你别太生气，你完全可以不做这件事！

关娜气极地：好了，我做！你拿笔来！

焦韦将那张纸和一支笔朝关娜递过去。

关娜接过那张纸和那支笔坐到了桌前，在签名之前流下了两行眼泪。

焦韦扭脸向外，去看窗外的景色。

关娜抹去头上的泪水，在纸上唰唰签上了自己的名字，而后把签了名的纸递到焦韦手上。

焦韦：很抱歉让你这样做，不过你放心，这张纸只要你不违背承诺，永远只有我们两个人知道！

关娜：现在可以告诉我让我做这种承诺的原因了吧？

焦韦：因为一个姑娘非常真挚地爱上了宛强，因为你的存在，他们没法结合。

关娜：她叫什么名字？

焦韦：万小润，你见过的，就是那天晚上我去看宛强时带上的那个姑娘。

关娜：她让你用这个办法来帮她占有男人，实在让人恶心！

焦韦：她没有让我这样做，我是自愿做的，她爸爸是我的恩师，她因为失去宛强而陷入深深的悲痛不能自拔，我要用这个办法来将她从精神的苦海里拉出来！

关娜一时无语。

焦韦：还要说明一句，我们之间所做的交易，你永远不能向外人包括向宛强说出来，否则，就按你违背承诺处理！

关娜冷冷地：假若你并不能兑现你的承诺，就是说你救不出宛强怎么办？

焦韦：我将立即将这份材料当面交你并赔偿你精神损失费10万元。

关娜：那好吧，我就等着你的结果！说罢，猛地转身拉门走了出去。

38

焦韦别墅外。白天。

关娜拉开小二驾驶的车门，坐了上去。

小二轻声地：走吗？

关娜爆发地：走！

大冬胆怯地看了一眼关娜：说了这么长时间？

关娜转向大冬几乎是吼叫地：要推敲事情的细节，懂吗？

大冬不敢再吭气。

小二不安地看了一眼关娜：还要我们做什么吗？

关娜：等待！

39

宛强住处。白天。

关娜推门走了进来。

宛强起身：焦韦出了什么主意？

关娜淡淡地：他没说，只是让我们放心。

宛强狐疑地：能行？

关娜：他说得很肯定，我们就等吧。

宛强：没说别的？

关娜：没有。事成之后，要让我们请一次客，在五星级饭店！

宛强松了一口气：这没问题，没想到焦韦在关键时刻伸出了援助之手。

关娜向洗漱间走去，边走边自语：我得洗洗脸了。

40

宛强住处洗漱间。白天。

关娜在向脸上撩水时，大颗的泪珠流了出来……

41

焦韦别墅门前。白天。

焦韦向自己的轿车走去。

去山坡上散步的焦韦妻子和小润这时走过来。

小润：焦大哥，你去哪里？

焦韦一边上车一边答着：去市里，找人救宛强去！

焦韦发动了车。

小润默然注视着车子驶远……

第十九集

1

龚处长办公室。白天。

焦韦坐在龚处长的办公桌对面。

龚处长笑着：焦总可是我们市民营书店的领军人物，最近的销售情况如何？

焦韦：承蒙龚处长的支持，我那里的销售情况还行，数字逐月攀升。

龚处长：好好干，书业目前仍是个朝阳产业，应该是前途无限，当然，行业的竞争也会越来越激烈。

焦韦：龚处长说得极是，正是基于这种考虑，我们几家民营书店的老总这个周末准备在京郊金沙湖度假村搞一个小型研讨会，届时想请龚处长去做做指示。

龚处长：成，到时候我去听听你们的高论！

焦韦笑着：主要是听你的指示……

2

一个上写"金沙湖度假村"的铁艺大门。白天。

焦韦驾车驶了进去。

一个老板模样的人媚笑着迎上来。

焦韦停车下来，与那人握手。

老板笑着：欢迎焦总的光临。

焦韦：我需要10个套间。

老板：没问题！

焦韦：去给我把那个漂亮女孩安莺叫来，就说是聘她当会议的书记员，酬金每天给2000元。

老板：没问题。

焦韦：吃喝玩乐各样都要搞好！

老板：没问题。

焦韦笑了：全是没问题，你这里什么有问题？

老板也笑着：什么都没问题……

3

京城。龚处长办公室。下午下班时间。

龚处长正在收拾办公桌上的东西准备下班。

电话响了。

龚处长拿起话筒：哦，是管台长啊！有什么指示？

4

中原省城。管弥家。傍晚。

管弥对着话筒：……对那个宛强可不能仁慈呀！

龚处长：请放心，我们会秉公处理的……

管弥：欢迎方便时来我们这个小地方视察……

许玫走过来，看定正放话筒的丈夫：谁呀，说得这样热情？

管弥：京城的龚处长，就是他负责处理宛强的事情，估计这一回宛强是真的跑不掉了！

许玫来了兴趣：会怎么处置他？

管弥：应该是判刑！上次在省城让他溜掉了，这次我看他还往哪里跑！

许玫：要是判了刑，他的书店，八成就开不成了！

管弥：那是当然。哎，对了，他的书店要是一垮，他的资产势必要流散，你得让你的妹妹也去争一份财产，要不，她以后一个人养活宛强与她生的那个孩子，那可是吃大亏了！

许玫：小瑜那个脾气，我叫她去她就去了？

管弥：这事你现在不管，待她们娘俩日后生活无着落受苦时，心疼的还是你。

许玫叹了一口气。

管弥笑着：你可以略施小计！她那孩子宛婉不是眼睛有些弱视吗？你回府城见她一次，就说是在北京儿童医院打听到一个好医生，你愿陪她去给孩子治治，到了北京城，你再想法让许瑜去宛强办的那个书店里，为宛婉争一份财产。

许玫想了想后点头：就照你的主意办吧。

5

府城。滨河花园住宅小区许瑜住处门外。清晨。

许玫拎着两袋子礼品在敲门。

门开了,许瑜站在门内意外地:姐姐?!

许玫不自然地笑笑,拎着礼物进屋。

6

许瑜住处客厅。清晨。

许玫刚在沙发上坐下,卧室里传来了宛婉的高声询问:妈,谁来了?

许瑜像过去没发生过芥蒂一样:你大姨,快过来给大姨问好!

穿戴整齐头扎蝴蝶结的宛婉像鸟一样飞过来,见到许玫,礼貌地行了一个礼:大姨好!

许玫忙从自己带来的礼品袋里掏出一盒巧克力朝宛婉递过去:来,大姨给你带的糖!

宛婉懂事地看了一眼妈妈,不知该不该接。

许瑜:拿住吧,你大姨已经给你买了。

宛婉上前接过那盒巧克力,先掏出一块上前递到妈妈口中,然后才自己吃了一块。

许玫含笑地:宛婉好懂事,这糖好吃吗?

宛婉:好吃,我爸过去给我也买过。

许玫听宛婉说到她爸,脸色为之一变,转对许瑜,低声地:过去的事就不说了,不管你心里咋想,反正姐姐是为你好。你今天的生活变成这样,还不是他造的孽!

许瑜显然不想谈这个,急忙阻止地:姐,我去给你和宛婉做早饭。

许玫叹一口气:好,不说了,咱啥都不说了,姐这次回来,是特意为宛婉回来的。

许瑜诧异地:为宛婉?

许玫:你上次在电话里不是说,宛婉的眼睛有点弱视吗?我打听到北京同仁医院有个医生,治这病有办法,我已在电话里和人家约好,带你和宛婉过去看看。

许瑜闻言顿时有些感动，饱含感情地：姐，谢谢你这么操心宛婉。

许玫：谁叫她是我外甥女哩！

许瑜：咱们啥时去？

许玫：越快越好！

许瑜：那我饭后就去买火车票！

7

北京。西客站。夜晚。

许玫、许瑜拉着宛婉拎着提包走出出站口。

许瑜和宛婉惊奇地看着站前大街车灯组成的河流。

宛婉惊呼着：妈妈，这么多轿车呀！

许瑜笑了：这是北京，国家的首都，比咱府城大多了！

宛婉：爸爸不是就在北京吗？

许瑜扭脸看了一眼姐姐，然后转脸点头低声地：在。

宛婉：那咱去看看爸爸吧，让他知道我来了呀！

许瑜刚要开口，许玫接了过去：你爸爸出事了！

许瑜吃惊地：啊？！

宛婉不明所以地：出啥事了？

许玫：到宾馆里再说。说着拉了她们娘俩坐上了一辆出租车……

8

京郊金沙湖度假村。夜晚

度假村一楼宴会厅，灯火辉煌。

一张巨大的餐桌前，围坐着十几个男女，焦韦坐在主人位置上，龚处长坐在主宾位置上。

焦韦笑着举杯：今天听了龚处长的指示后，我可真是茅塞顿开，对我们民营书店今后的发展信心更足了！来，为了表达诚挚的谢意，我先敬龚处长三杯！

龚处长含笑谦虚地：什么指示呀，不过是说说上边的精神，这是我应该做的，来，喝酒！说罢与焦韦碰杯喝下。

焦韦端起刚斟上的第二杯酒对坐龚处长身边的一位妙龄女郎笑叫：小

安,你在研讨会上是我们的书记员,在酒桌上也当书记员吧,记一下我们谁喝的酒多,看谁是酒中英豪!

桌上的其他人都叫:对,对,小安当书记员!有人当即传过一张纸、一支笔递到小安手上:记,记,看谁喝得多!

小安露着媚人的笑靥推了推龚处长的胳膊:我听龚处长的,你们说的不算,他是这里的最高领导,他说让我记我才记!

龚处长笑了:记!今晚就看看谁是酒中英豪。

众人都笑:好!

焦韦对龚处长:那咱们就喝下这第二杯!

龚处长举杯:喝!……

9

京城市内。一家挂着千盛宾馆的普通楼房。夜晚。

二楼一个房间里。

许玫和许瑜各坐在一张床上,宛婉已在许瑜床上睡熟了。

许瑜:姐,宛强究竟出啥事了?你快给我说说。

许玫为了赚大钱:批售禁书,要判刑了!

许瑜的双眼吃惊地瞪大:怎么回事?

许玫恨恨地:他这个人,今天不出事,明天也会出事的!他不出事才是怪事!

许瑜:姐,这消息你听谁说的?确实吗?

许玫:你姐夫亲口给我说的,北京这边的官员专门给你姐夫打电话告诉他的,还能有假?!

许瑜吸了一口冷气:那我和宛婉明天就先去看看他。

许玫讽刺地:对他还挺关心的嘛!

许瑜苦笑了一下:他毕竟是宛婉的爸爸呀!

许玫:明天反正是星期日,医院也不上班,你借这个机会去看看他也好,听说他现在取保在家。你去看他时要多一个心眼,他这回一判刑,他办的书店肯定也会散伙,他的财产就有了流失的问题。宛婉既然是他的亲生女儿,他就该给她留点财产,不能让他的财产都流到别人的腰包里,尤其是流到他现在的女人手里!

许瑜无语，只是在呆呆地想着什么……

10

京郊焦韦的豪华别墅里。夜。

客厅里，小润和焦韦的妻子坐在电视机前。

小润握着电视遥控器不停地换台，显然无心看电视。

焦韦的妻子笑了：是不是还在挂心着宛强的事呀！

小润苦笑了一下：嫂子，要是焦大哥最后阻止不了对宛强的法律处置，他真的判了刑，你说这辈子我这心里能轻松吗？啥时想起来宛强是因为和我的感情问题而坐了牢，我能睡着觉吗？！

焦韦的妻子：你不必着急，我知道你焦大哥神通广大，他答应办的事，就一定能办成！

小润担心地：但愿吧……

11

宛强家。夜。

宛强和关娜披衣拥被坐在床上。

宛强手里拿着一本书，在默默地翻着。

关娜两眼盯着墙角，显然在默想着什么。

宛强扭头看了一眼关娜：在想什么呢？

关娜叹了一口气：我在想焦韦能不能把事情办成。

宛强：别想了吧，办成了，固然好；办不成，大不了我就去坐一两年牢。我查了一下，这种事即使判刑，时间也不会长，有多大的事？只要你愿意等我，出来咱们就结婚！

关娜扭头看了宛强一眼，表情极其复杂地：我倒是愿意等啊……

宛强伸手把关娜揽到怀里，一边拍着她的后背一边说：既然有这种精神准备，咱就什么也不怕了。

关娜的眼中流出泪珠……

12

金沙湖度假村。夜晚。

一楼宴会厅。依旧灯火辉煌。

酒宴仍在进行。

人人都喝得豪爽,劝酒、碰杯声不断。

焦韦每每将酒喝到口中,跟着就用毛巾擦嘴,在擦嘴的当儿,把酒吐到了毛巾上。

他始终保持清醒。

龚处长瞥见了焦韦吐酒的举动,不动声色,眼中的警惕又多了几分,他也借端水杯喝水之机,将酒吐到了水杯里。

焦韦对那妙龄女子:小安,公布一下你的记录结果,看今晚谁是酒中英豪。

小安起身朗声念着手中那张纸上的记录:焦总24杯,刘总25杯,龚处长28杯,雷总24杯,方总21杯,齐总23杯,解总26杯,姜总27杯,韩总20杯,苟总19杯,冯总18杯,喝得最多的是龚处长,龚处长是酒中英豪!

众人噢地朝龚处长伸出了大拇指。

龚处长佯装醉意地歪了一下身子。

13

度假村二楼206室一个大套间。夜晚。

小安搀扶着佯醉的龚处长进了门。

焦韦和一个拿着微型录像机的年轻人跟在后边。

小安媚笑着把佯醉的龚处长放倒在床上。

焦韦对小安笑着:该你动手了!

小安去解自己上衣的衣扣。

焦韦对手拿微型录像机的年轻人:录清楚!

年轻人点头举起录像机。

只穿着乳罩和短裤的小安开始去解醉趴在床上的龚处长的上衣衣扣。

龚处长此时猛地打开小安的手,一下子站起身转对焦韦大声地:好了,演出到此结束!焦总,告诉我,下边的情节是不是让这位安小姐脱光了我的衣服,然后你们拍一段录像,再威胁我按你的要求办事?

毫无防备的焦韦大吃一惊:这……这……龚处长……这从何说起?

龚处长指了一下手拿录像机的年轻人，然后转对焦韦：你对那个宛强的雇员大冬，玩的不就是这套把戏吗？

焦韦急忙辩解地：那怎么……可能……

龚处长严厉地：焦总，不要把别人都看成傻瓜！这世界上，人们的智力水平都相差不大，我劝你还是老老实实经商，别耍小聪明！我今晚来，其实就是想告诉你这个！

焦韦惊呆在那儿……

14

京城。宛强住处。早晨。

宛强在不大的后院里打着太极拳。

他打得极其认真投入。

小二匆匆走过来：哥，焦韦大哥那边有什么动静没有？

宛强：别着急，还没来电话呢，是福不是祸，是祸躲不过！

小二无语。

15

金沙湖度假村一个房间内。早晨。

焦韦抱头坐在沙发上。

一个下属走进来低声地：你夫人来电话问事情办得怎么样了？

焦韦抬头叹了口气：告诉她，我尽力了……

16

早饭后。京城大街。

许玫、许瑜和宛婉乘坐的出租车停到了雅华书店门前。

三人下车。

许瑜注意到了书店门前写着"停业整顿"四个字，脸色凝重起来。

许玫幸灾乐祸地：看见了吧？书店都已经被勒令停业！

宛婉四下里环顾着问：妈妈，怎么不见爸爸呢？

许瑜轻声地：咱们去找他。

小二这时开了边门出来，看见许瑜，忙意外地迎过来：许姐，你来了？及至看见许玫，又是一惊。

　　许瑜和气地笑着：我来给宛婉看眼睛，宛婉吵着要来看看他爸爸。

　　小二：我哥在那边住着，我领你们过去。

　　宛婉先点头应道：好的。

17

　　宛强住处。早饭后。

　　宛强和关娜坐在客厅里各自翻着一本书看，但两个人分明都没看进去，不时把发呆的目光投到面前的地上。

　　响起了敲门声和小二的喊声：哥。

　　宛强上前拉开了门，看见许瑜、许玫和宛婉站在门前，很是意外地：你们来了？

　　许玫冷冷地：没想到吧？

　　许瑜急忙温和地笑着：来给宛婉看看眼睛，宛婉吵着要来见见你。

　　宛强欣喜地看着宛婉：宛婉，爸早该接你到北京来玩的！说着朝女儿伸出两只手。

　　宛婉迟疑了一下，扑到了爸爸的怀里叫道：爸爸！

　　关娜这时在宛强的背后喊了一句：快让客人进屋呀！

　　宛强也赶忙让着：请进屋，请进屋。

　　许玫和许瑜进屋坐下。

　　关娜忙着沏茶。

　　宛婉：爸爸，我想看天安门，你能领我去吗？

　　宛强笑着：当然可以，爸爸一会儿就领你去！

　　许玫冷笑着：你现在出门方便吗？

　　宛强一怔：我出门有什么不方便的？

　　许玫：你不是出事了吗？人家让你随便出门吗？

　　宛强的脸一下子冷了起来：你知道的事情还挺多的！

　　许玫得意地：那当然！我还知道你不久就要被移交司法部门处置，你的书店开不成了！

　　关娜吃惊地看着许玫。

　　许瑜急忙制止地：姐！

宛强气极地：你就是因此来看笑话的?！

许玫冷冷地：看笑话倒不是，我们今天是来为宛婉索要应该给她的财产的！你将来一被判刑，你的财产势必要流散，你作为父亲，应该给你女儿留一份钱！

许瑜也生气地对许玫：姐，你能不能少说点?！我们自己的事你能不能少管点?！

许玫：少管？我多管你还吃了这样大的亏，一个人带着孩子过苦日子，少管你还能活下去？

许瑜脸煞白地对宛婉：宛婉，你也见过爸爸了，爸爸好好的，咱们走吧。

宛婉见大人们都已动气，忙走到妈妈身边，拉住了妈妈的手。

许瑜对宛强和关娜勉力一笑，拉上女儿转身就走。

许玫阻拦地：许瑜，你个傻瓜，你该要的不要，日后你会后悔一辈子！

宛强朝许玫逼近了一步，嘴唇气得哆嗦地：你敢当着我女儿的面说我出事，让一颗幼小的心受到惊吓和伤害，你还有点人性没有？

许玫撇着嘴讽刺地：哟，你还知道讲人性，你讲人性怎么会丢下女儿不管不顾，在外边和一个又一个女人鬼混?！说着斜眼瞥了一下关娜。

关娜脸涨红地：你怎么这样说话?！

许玫：要我怎么说话？说你们是一对遵纪守法真心相爱的模范夫妻?！呸！

气极了的宛强猛地提起了拳头恨恨地：你要再在这里撒野我就揍你了！

许玫把身子朝宛强面前凑了凑：打，你打呀！你以为你有几个臭钱，就没有人敢来管你了?！告诉你，你敢动我一根指头，我立马拨打110，你一个取保在家的东西，小心罪加一等！

宛强呼地挥起了拳头。

小二见状急忙扑过去拉住了宛强的胳膊，同时叫道：哥，你冷静一下，冷静！

关娜也急忙把宛强扯到了自己身后息事宁人地：有话好好说，可不能乱来。

许玫：我没有乱来！我妹妹不好意思要她女儿该要的财产，我替她要！

关娜叹一口气：你想怎么个要法？

许玫：宛强家产的至少三分之一，应该给宛婉！

宛强气恨地：我给宛婉多少钱，凭什么要你来管？！

许玫：因为我是宛婉的大姨，因为我妹妹许瑜懦弱，所以我必须管！

关娜：好，好，就由你来管。可宛强的财产大多是固定资产，比如书店店面、书、书库、汽车等，这些一时都不能变现，怎么给你呢？

许玫寸步不让地：那就先把流动资金一分为三，给宛婉三分之一，固定资产你们给开一个清单，待日后变现了再分！

关娜转对小二：咱们还有多少流动资金？

小二不甚情愿地：也就六七十万吧。

许玫急切地：那就先给宛婉20万！

关娜：好吧！那就先给20万。跟着转向小二：去，给她拿钱！同时准备一份协议书。

小二为难地：今天是星期日，银行里一下子取不出这么多钱。

关娜转向许玫：能不能这样，你明天来拿！

许玫：行，就按你说的办！我相信你们也跑不到哪里去！说罢，转身出门。

宛强恨极地捶了一下墙壁：这个泼妇！

关娜过来拍拍宛强的后背：咱犯不着跟她生气……

18

许瑜、许玫、宛婉所住的宾馆房间。白天。

许玫开门走进去。

许瑜、宛婉不在屋里，许玫诧异地四处看着：这娘俩去哪儿了？

她看见了桌上放着一张纸，急忙上前拿起去看，画外跟着响起了许瑜的声音：姐，别找我和宛婉了，你回省城忙工作吧，给宛婉看病的事我自己来办。

许玫放下纸自语地：傻东西……

19

天安门广场。白天。

许瑜正拉着宛婉在广场上走。

许瑜指着天安门城楼：看见了吧？那就是天安门。

宛婉惊叹地：比电视里大多了呀！

许瑜脸露忧郁地嗯了一声。

宛婉注意到了妈妈的忧郁神色，小声地：妈，你还在为爸爸担心吗？

许瑜掩饰地：刚才见你爸爸身子还好，妈放心了。走，咱们到城楼里看看，说着，拉了宛婉向金水桥走去……

20

同仁医院。白天。

许瑜领着宛婉走进一个挂有"专家"牌子的诊室。

许瑜指着宛婉的眼睛向一名年迈的老医生说着什么。

那老医生让宛婉坐在诊椅上，用器械检查宛婉的眼睛……

21

早饭后上班时间。龚处长办公室。

龚处长正在一份文件上签字。

一个下属走进来：处长，你叫我有事？

龚处长：梁远，关于那个宛强的处理决定我已签过，你去雅华书店当面宣布一下！

梁远：好的！

22

焦韦郊区别墅。早饭后。

焦韦坐在沙发上，脸上无了往日的那份自信和霸气，满含歉意地对小润：很抱歉，我把宛强的事弄得乱七八糟，他看来要被判刑了。

小润脸色凝重而痛苦：我得去看看他！

焦韦叹了口气：我和你一起去吧！

23

宛强住处门口。白天。

许玫正在敲门。

小二开门走了出来，看见许玫，有些不快地：是来拿钱的？

许玫：当然，今天该能从银行取出钱了吧？

小二分明忍着气：一会儿就去取，你先进屋坐吧。

许玫边进屋边催：你最好快一点！

小二刚要转身进屋，焦韦走了过来。

小二看见焦韦，急急走到焦韦身边，低声地：焦总，事情办得怎么样了？我哥会被判刑吗？

焦韦无言地拍拍小二的肩膀：轻声地：我努力了，但可能效果不理想，让他做好被判刑的心理准备吧！

小二抹了一下眼角的泪。

24

宛强住处客厅。白天。

宛强看定进屋的许玫：来拿钱的？

许玫：你必须兑现你的承诺，我要拿回属于宛婉的20万元！还有固定资产的清单。

宛强：放心，今天都会给你。

25

北京西客站。白天。

许瑜拉着宛婉走到一个公用电话机前。

许瑜在拨号，边拨边对宛婉：拨通后你跟你爸爸说话。

宛婉点头。

电话通了，许瑜对着话筒：我找宛强。

26

宛强家。白天。

关娜把电话朝宛强手里递去：找你的。

宛强拿过话筒：我是宛强。

话筒里传来宛婉的声音：爸爸，我是宛婉。

宛强意外而激动地：宛婉，你在哪里？

坐在一旁的许玫意外地听着。

27

西客站公用电话机前。白天。

宛婉对着话筒：爸爸，我和妈妈在一起，我们马上就要上车回家，妈妈让我告诉你，要保重身体！妈妈另外还让告诉你，我们不要钱，我和妈妈能过好，妈妈让你把钱用到正地方，争取早日把事情了结，我们以后再来看你！

28

宛强家。白天。

宛强握着话筒，眼泪流了下来，哽咽地：宛婉，爸爸说过要带你看天安门的！你和妈妈先不要走！

29

西客站公用电话前。白天。

宛婉对着电话：爸爸，天安门我已经看过了，下次再来时，你领我去看长城吧。这次我们不住了，妈妈说我们对北京不熟，住在这儿也帮不上你的忙，还会给你添乱，待以后再来看你，再见！

宛婉把电话交给了许瑜。

话筒里传来宛强的声音：我去车站送你们！

许瑜握了一会儿话筒，将电话挂断了。

许瑜拉着宛婉向候车室走去……

30

宛强家室内。白天。

小二眼含泪水走到宛强身边，附耳对宛强低声地：哥，焦总让你做好被判刑的心理准备。

宛强分明心中一震，但尽量平静地：知道了。

关娜握了一下宛强的手。

许玫可能听到了小二的话，幸灾乐祸地一笑。

31

宛强家门前。白天。

焦韦走到自己的车前，拉开后座的车门对小润：去吧，他就在家里。

小润下车，手抿了一下头发，平静了一下自己，然后向宛强的家门走去。

一辆汽车此时忽然吱的一声停在了宛强家门前，龚处长的那个下属梁远开车门下车。

小润意外地停下了脚步。

梁远敲门，高声地：宛强在吗？

小二开门出来。

梁远对小二：让宛强出来，听取对他的处置决定！

小二略略一愣，转身向门内走去。

32

宛强家室内。白天。

小二含泪走进来对宛强：哥，出版管理局来人了，要宣布对你的处置。

宛强看了一眼关娜，抬脚要走。

许玫冷冷地对宛强：慢，你要是马上被带走了，我究竟找谁拿钱和清单？

宛强：小二和关娜都行，你放心！说罢转对小二和关娜：把书店转卖了吧。

许玫冷笑了一声：我很难放心！

33

宛强家门前。白天。

宛强走出来。他的身后跟着小二和关娜。

许玫也走出了门,画外随即传出她的心声:看你还往哪里跑?

站在不远处的小润一脸痛苦地看着这边。

焦韦一脸凝重。

小二无力地靠在门框上。

关娜伤心地站在宛强身边,手抓住他的手腕。

梁远:宛强,现在我宣布对你的处理决定:雅华书店工作人员企图销售违禁书籍,法人代表宛强负有教育监督不力责任,鉴于该批图书最终没有销出,未造成实际社会影响,决定给予罚款10万元之处分。所进之禁书全部没收销毁。希望吸取教训,自今以后合法经营。书店自今日起,可以恢复营业……

惊喜出现在宛强的脸上。

关娜、小二、小润意外而轻松的面孔。

焦韦深长地呼出一口气。

许玫发呆地看着……

34

一个电话亭里。白天。

许玫手拿话筒满脸愤恨地:管弥,你让我跑到北京丢了一次脸……

35

雅华书店门口。白天。

小二高兴地摘掉那个停业整顿的牌子,拉开了大门。

一个年轻人走过来问:又开业了?

小二满面春风地:开业了,欢迎进去看书!说着,拿起一个扫把要打扫门前的落叶。

一直蹲在大门一侧的大冬这时畏畏缩缩地走过来,抢过小二手里的扫把扫起来。

小二瞪了大冬一眼,没再说什么。

36

宛强家门口。白天。

宛强握住焦韦的手感激地：谢谢焦大哥帮忙，让我减轻了处分！

焦韦尴尬地：你主要得感谢龚处长……

宛强：我是要感谢龚处长，可没有你从中斡旋，怕是不会有今天的结果。

焦韦眼中闪过一丝难堪。

宛强：走，咱们到家里喝一杯！说着，拉起焦韦的手就要进屋。

关娜在一旁冷眼看着。

宛强对关娜：去，到附近的饭店里买几个菜。

关娜没甚热情地应着：好！

焦韦看了一眼关娜：等等，我车里还有一个朋友，我去叫她一起过来。

37

焦韦车前。白天。

焦韦拉开后车门，发现后座上是空的。

焦韦诧异地：小润去哪了？

他抬头四顾，突然发现小润正站在远处的街边拦出租车。

焦韦向小润跑过去：小润，你要去哪里？

38

大街边。白天。

小润朝一辆出租车招手。

出租车在她面前停下。

她拉开车门上车。

39

出租车内。白天。

小润对出租车司机：去西客站！

司机：好的。车启动。

车外传来焦韦的声音：小润，你要去哪里？

小润摇下车窗玻璃：焦韦哥，我回去上班了……

40

街边。白天。

焦韦站在那儿，有些莫名其妙地自语着：怎么现在要走，这不正是你和宛强加深感情恢复关系的机会吗？

他充满遗憾地看着小润乘坐的出租车消失在车流里……

41

宛强家。白天。

宛强在给焦韦面前的酒杯斟酒。

宛强举杯充满感情地：焦大哥，没有你，我惹上的这桩麻烦还不知要到啥时候才能结束呢，经济损失不知还会增加多少！来，让小弟敬你一杯！

焦韦举杯：弟兄们相互帮忙照应，还是应该的！言毕，与宛强碰杯喝下。

关娜这时也举起了杯子对焦韦：焦大哥，你没有食言，救了宛强，我心里很感动，来，敬你一杯！

焦韦举着杯子笑道：我受你之托，焉敢食言？言毕，又一语双关地：人一食言，就无法立足于世了！

关娜自然听出了焦韦话中提醒她践诺的意味，淡淡一笑：你我都是一样的脾气，绝不会食言！

宛强当然听不出二人话中的深意，只道：咱们闲话少说，只管喝酒，咱今天来个一醉方休……

第二十集

1

省城火车站出站口。夜。

万教授和管弥分别站在接站的人群中望着出站口,两个人谁也没有注意到对方。

小润和许玫一前一后走出出站口。

万教授向小润迎过去。

管弥向许玫迎过去。

2

省城大街。夜。

万教授和小润坐在一辆正在行驶的出租车上。

万教授望着女儿:事情解决了?

小润淡淡地:解决了。

万教授严肃地:爸妈不会陪你走一辈子,有一条做人的底线你一定要守住!

小润扭头看着爸爸。

万教授:永不害人!

小润点头,轻声地:明白,爸爸!

3

省城大街。夜。

管弥开车载着许玫在街上行驶。

许玫一脸冷色地坐在那儿。

管弥边开车边小心地:没想到事情又起了变化。

许玫生气地:你交的都是什么朋友?

管弥不敢再说话了……

4

京城雅华书店里。白天。

店堂里已挤满了读者。

宛强站在书店一角,默默地看着那些翻书、购书的人。

5

雅华书店宛强办公室里。白天。

关娜坐在那里发呆。

电话响了,关娜伸手拿过话筒礼貌地:喂,你好!找宛总吗?

电话里传出焦韦的声音:不,就找你!

关娜:是焦大哥?催我践诺?

电话里焦韦的声音:也可以这样理解!

关娜:我想和他出去旅游一段日子,然后找个理由和他分开!

6

焦韦所住的别墅。白天。

焦韦坐在书房里对着电话:可以,但时间不要太长!你也要为另一个姑娘着想,她是因为你才无法和宛强交往的!

7

夜。宛强住处。

宛强和关娜坐在沙发上。

宛强兴致勃勃地指着自己画的一张草图对关娜:我想在咱的书店一角摆几张茶桌,让读者可以坐下边喝茶、边看书、挑书,当然,是收费的。

关娜苦笑了一下:这事你以后再办吧,我这段时间太累了,想让你陪我出去旅游几天!

宛强痛快地:行呀,去哪里?

关娜沉思了一霎:我想去香港玩玩。

宛强:行,就去香港!

8

白天。首都机场。

一架飞机昂首上天……

9

香港维多利亚港湾。白天。

宛强和关娜在并肩游览。

宛强显得兴致勃勃。

关娜则显得心事重重。

宛强快活地：这儿的风景美吧？

关娜点头：真美呀。

宛强：你要喜欢，明年我再带你来！

关娜：明年你带的恐怕已经是另外一个女人了！

宛强吃惊地：你胡说什么？

关娜笑着：好，算我胡说！

10

香港一家商场。白天。

宛强和关娜提着购物袋走向卖毛线衣的柜台。

关娜指着一件毛线衣对宛强：你喜欢这件吗？

宛强点头。

关娜掏出钱包就要付钱。

宛强笑着：喜欢就要买呀？

关娜：买吧，这也可能是我为你买的最后一件衣服了。

宛强笑道：说得这样绝情？以后就不给我买衣服了？

关娜笑笑，不语，只把售货小姐递过来的毛线衣收起来……

11

香港。一家宾馆里。夜晚。

宛强和关娜坐在电视机前。

关娜：宛强，我们两个是因为一部书稿才认识的吧？

宛强从电视屏幕上扭过目光：对呀！你拿着书稿去找我。

关娜：我以后还要以写书为生！

宛强：好呀，你写书，我投资给你出书！

关娜：我写书就要找一个谁也找不到的安静地方去写。

宛强：我也找不到吗？

关娜：当然！

宛强：你敢！

关娜苦涩地笑了……

12

省城。万教授家门外。傍晚。

焦韦驾车驶到了门口。

他下车去敲门。

13

省城。万教授家餐厅。傍晚。

万教授夫妇和女儿小润正在吃饭。

一家人都听见了敲门声。

万夫人去开门，在门开的同时欢喜地叫道：哟，焦韦回来了？！

焦韦一脸喜色地走进屋来。

万教授和小润都起身朝他迎过来握手。

万教授指着餐桌前的座位：坐下，坐下，一起吃饭。

焦韦：我已经吃过了，我今天回省城是专门要告诉小润一个好消息！

小润笑了：是吗？我还能听到好消息？

万教授也笑了：有好消息我也愿听听哩！

万夫人催着：焦韦，说吧，什么好消息？

焦韦一本正经地：现在跟着宛强的那个名叫关娜的姑娘，我已经想办法让她很快离开宛强！

万教授不解地：这是什么好消息呀？

焦韦：我知道小润一直爱着宛强，关娜一走，小润不就可以重新回到宛强身边，可以完婚了吗？！

万家三口脸上的喜色都暗了下去。

焦韦非常意外：怎么了，小润？你好像并不高兴？

小润：焦韦哥，你怎么接连办错事呢？

焦韦吃惊地：错事？我可是全身心地想为你好呀！

小润：我心里是还爱着宛强，可这并不意味着我就想和他结婚啊，我们彼此都已没有成婚的激情了。

焦韦奇怪地：是这样？

小润低声地：还有一点我一直不好意思告诉你，我和宛强没能成婚的原因，不在那个关娜身上。

焦韦默然了。

14

万家。万教授书房。夜晚。

万教授和焦韦对面而坐，万教授在沉重地说着什么。

焦韦一脸意外……

15

京城。焦韦别墅内。白天。

焦韦在拨电话。

电话通了，他对着话筒：是宛强吗？我从小二那里打听到了你住的宾馆，你和关娜在香港玩得好吗？

16

香港一宾馆房间内。白天。

宛强对着话筒高兴地：焦大哥，你好，我们玩得很好！

话筒里焦韦的声音：我想对关娜说件事！

宛强把话筒递到关娜手上：焦大哥要给你说事。

关娜接过话筒，一脸不高兴地：你在催我吗？我们很快就回去！

17

京城。焦韦别墅内。白天。

焦韦对着话筒充满歉意地：关娜，很抱歉，打扰你了。我打这个电话不是为了催你，而是告诉你，你已经没必要再履行当初的那个承诺了！

18

香港。宾馆房间内。白天。

关娜惊奇地对着话筒：为什么？

19

京城。焦韦别墅内。白天。

焦韦对着电话：别问原因，那个纸条我已经烧了，你只管好好去爱宛强就行了……

20

香港。宾馆内房间里。白天。

关娜先是怔怔地放下电话，随后突然高兴地笑了。

宛强意外地看着她：焦韦给你说什么了？

关娜：一件喜事，走，我们喝酒去！

她不由分说地拉起宛强就走……

21

宾馆酒吧。白天。

宛强和关娜两人在一张桌前相对而坐。

关娜举杯与宛强相碰：喝！

宛强：你还没告诉我焦大哥刚才在电话上给你说了什么。

关娜笑着：他提醒我要请他喝喜酒！

宛强笑了：好呀！咱们从香港回去就把婚礼办了，我当初也答应过你，等我遇到的麻烦一解决，就和你结婚。

关娜高兴地：那么说，我很快就要成为雅华书店正式的老板娘了？

宛强也笑着：当然！

关娜仍然笑着：既然我马上就是老板娘了，那请宛老板告诉我你的手里究竟有多少钱？我好心里有个谱呀！

宛强含笑地：宛老板我的家底嘛，不厚也不薄，反正不会让你饿肚子的！

关娜撒娇地：我们日后能不能也像焦韦大哥那样，买一栋豪华别墅，买一辆轿车，每年去国外旅行一次？

宛强眉头略略一皱：应该是没有问题的，不过，眼下最要紧的还是创业！

关娜已高兴地叫起来：噢，我也要有别墅了……

22

香港大街。白天。

宛强和关娜并肩边说笑边走着。

宛强突然停步，看着前边的一座楼房。

那楼房前挂着一幅巨大的宣传广告：今日拍卖——《至德纪事》一书。

关娜奇怪地：你看什么呢？

宛强指指那广告：看见了吧，今天要拍卖《至德纪事》那本书。

关娜：那与我们有什么关系？

宛强：你可能不太清楚，我读过一本书知道，这《至德纪事》是唐肃宗李亨在至德年间亲笔写下的，书中对前朝皇帝李隆基当朝时的许多事情做了评价，并披露了许多宫中秘事，对研究唐朝中期历史极有价值！

关娜：那与我们——

宛强不由分说地：走，走，咱们去看看这本书到底谁买去了，你知道我一向喜欢书，我从小到大这么多年来一直都在与书打交道！

关娜不甚情愿地被他拉着走。

23

拍卖行拍卖大厅外。白天。

有人正在阅读写在大型广告牌上的有关《至德纪事》的介绍。

三三两两的人在向大厅里进。

宛强向拍卖行一个工作人员询问着什么。

宛强拉着关娜走进去。

24

拍卖大厅。白天。

人们陆续入座。

拍卖师走上拍卖台。

一本线装的《至德纪事》古书放在拍台正中。

负责电视直播的摄像师把摄像机对准了拍台。

宛强拉着关娜走进大厅,在最后一排座位上坐下。他手里也拿了一个牌。

拍卖师举槌:唐代《至德纪事》宝书现在开拍,底价190万。有没有愿出高于这个价的人?

有人举牌:191万。

拍卖师:好,191万! 191万!

关娜开玩笑地对宛强:你也举呀!

宛强笑笑。

又有人举牌:192万!

拍卖师:好,192万! 192万!

再有人举牌:200万!

拍卖师:好,200万! 200万……

25

中原省城。万教授家客厅。白天。

万教授正一人坐在电视机前看着电视。

电视机屏幕上是香港《至德纪事》一书的拍卖现场。

小润推门走了进来,她看见万教授坐在电视机前,奇怪地:爸,大白天的,你怎么看起了电视?

万教授指指屏幕:我想看看《至德纪事》这本书会落到谁手里。

小润注意地看了一眼屏幕,也在爸爸身边坐下了。

万教授对小润:这本《至德纪事》,二十世纪被一英国人从北京弄走,前不久方被这个英国人的后裔拿出来,进了拍卖行拍卖。它也算是我们的一件国宝,但愿它能在拍卖行里被咱们中国人再买回来。

屏幕上,拍卖师正在叫:405万!有人出405万!

小润饶有兴味地看着电视屏幕……

26

香港。拍卖大厅。白天。

拍卖仍在进行。

拍卖师还在叫：414万，有人出414万！

坐在后排的宛强和关娜都用两眼盯着拍卖师，宛强的眼里满含着紧张，关娜的眼中则全是事不关己的一份新奇。

拍卖活动最后集中到了两个买主身上，只剩他们两人轮番举牌了。这两人一个是中国香港人，另一个是美国人。

那个香港人举牌：425万！

拍卖师：有人出425万！425万！

那个美国人举牌：428万！

拍卖师：有人出428万！428万……

27

省城万教授家。白天。

万教授和小润仍坐在电视机前。

万教授担心地自语：但愿这本书别再落到美国人手里。

小润笑着宽慰：也许那个香港人更有钱！

28

香港。拍卖大厅。白天。

那个港人再次举牌：480万！

拍卖师：有人出480万！480万！

那个美国人再次举牌：485万！

拍卖师：有人出485万！485万！

坐在后排的宛强神情紧张地盯着那个香港人。画外跟着传来宛强焦急的心声：快呀，快呀！别让他拿去呀！

香港人再次举起牌：486万！

拍卖师：有人出486万！486万！

那个美国人再次举牌：500万！

那个香港人低下了头去。

拍卖师：有人出500万！500万！

那个香港人没有抬头。

拍卖师：500万！

29

省城。万教授家。白天。

电视屏幕前。

万教授和小润都紧张地一下子站了起来。

万教授指着那个香港人：叫呀，叫呀，对方也快放弃了，再加1万就成！

但那个香港人始终没有抬起头来。

30

香港。拍卖大厅。白天。

拍卖师：我再叫一遍，500万！同时举起了槌子。

就在拍卖师手中的槌子要下落的一瞬间，坐在后排的宛强突然举起了牌子叫道：501万！

全场的人都回过头来看着宛强。

坐在宛强身边的关娜原本满脸都是看热闹的笑容，这时一下子震惊至极地扭头来看着宛强。

拍卖师这时高兴地：有人出501万，501万！

那个美国人这时再次举牌：506万！

人们又一下子回头去看那个美国人。

关娜这时焦急地对宛强：你疯了？你凑什么热闹？你有几个钱？！

宛强没有理会关娜，只是满脸涨红地看着拍卖师。

拍卖师：506万！

宛强又一次举牌：506.5万！

那个美国人冷冷一笑，再次举牌：508万！

关娜扯了扯宛强的手：走，走，你别在这儿犯傻了！

拍卖师：有人出508万，508万！

宛强猛地再次举牌：510万！

那个美国人这次低下了头。

拍卖师：有人出510万，510万，510万。

那个美国人脸有不甘，但没有再抬起头来。

拍卖师的槌子落了下来：成交！510万！

大厅里响起了热烈的掌声。

很多人向宛强扭过头来。

关娜气极地：你逞什么能？510万哪，就为了一本破书？

宛强呆了似的站在那儿……

31

省城。万教授家。白天。

电视机前。

万教授一下子高兴地拍起手来，指着屏幕上的宛强：那不是宛强吗？

小润定睛一看，也惊呆了：是他呀！

万教授自语地：好孩子，真是个好孩子……

32

香港《文公报》报纸版面的特写：

大字标题：内地书商宛强香港拍卖行出手，510万买回国宝级图书《至德纪事》……

一张又一张报纸……

一幅又一幅宛强拿着那本书的照片……

33

香港。宛强、关娜所住的宾馆。傍晚。

宛强正在对着电话：是小二吧，立刻想办法凑齐510万元汇到香港来！

电话里小二吃惊的声音：哥，我上哪儿去弄510万元！

宛强：收拢全部现金，卖掉我的那辆车，出手几个连锁店，把我和你住的房子立刻卖掉，除了雅华书店总店外，其余东西能卖的都卖！

关娜坐在一旁冷冷地看着他。

室内的电视屏幕上开始播报新闻：北京书商宛强把花510万元拍得的国宝级图书《至德纪事》，于下午5时20分交于国务院驻香港联络处官员，请他们转交中国国家图书馆收藏。宛先生之所以这样做，可能也有安全上的考虑……

关娜冷冷地：你花了这么多钱买一本破书就够傻了，再把这书交出来，你是不是吃错药了？

宛强苦笑笑：在拍卖厅里我也是一时性起，觉着书不能再落到外国人手里，就买了；可买了后放在手里，不仅咱个人没用处，而且不安全——

关娜冷冷地打断他的话：看来我过去是真的没有了解你，你原来还是一个爱慕虚荣的人！

宛强讨饶地笑笑：钱已经花了，以后再挣吧。

关娜心疼至极地：510万哪，按现在的市价，什么样的别墅和轿车也够买了！你竟然一下子为一本破书就扔出去了！那要真是国宝，国家为啥不操心？倒要你去操心了？

宛强满含歉意地笑着：我也心疼那些钱啊，那都是一分一分赚来的，可事情已经做了，再后悔能有什么用？再说，那书也确实宝贵，为它花了，也不算太亏！

关娜没再说话，只是不屑地把眼移向了窗外。

窗外，夜的香港灯光如海……

34

北京。白天。宛强和关娜住处门外。

宛强和关娜坐出租车驶到了门口。

门前站着几个人，小二也在其中。

宛强和关娜下车。

小二看见，急忙跑过来：哥，你们回来了，你的房子已经卖出去了，你要钱要得急，人家今天就让腾房子。

宛强点头：好吧。

关娜冷着脸：没人动我的东西吧？

小二：没有，我坚持让他们等你们回来。

关娜没再理谁，径直走进屋去。

35

宛强和关娜住屋。白天。

关娜在冷着脸收拾自己的东西。

宛强也在往箱子里装自己的物品。

宛强拿起了三本旧书，仔细地看着：一本是父亲当初给他买的《365天》，另两本是许瑜当初给他买的《珍惜青春》《至强之路》。他很珍惜地把书放到了箱子里。

门外传来了两个男子的悄声对话：听说了没，这家的主人花500多万元买本古书送给了国家图书馆。

另一个男子：让钱烧的，烧迷糊了，傻瓜一个！……

宛强默默听着。

关娜分明也听见了，冷笑着去看宛强……

36

一座住宅楼外。白天。

小二、宛强、关娜同坐一辆出租车驶到楼下。

小二下车，一边拎东西一边对正在下车的宛强、关娜满含歉意地：因为手上一时无钱，合适的房子没有找到，你们先在这座楼的地下室住几天，待找着适合租的房子，立马搬走。

37

住宅楼地下室。白天。

关娜把手提的东西朝很窄的床上一扔，扑通坐下，自嘲地：行呀，奋斗了这么久，又重返故里啦！

宛强苦笑笑：放心，面包会有的！好房子也会有的！咱们不是还有雅华书店吗？

关娜冷然地：谁敢保证你以后赚了钱不会再去买一本旧书？

宛强：怎么会呢？

关娜：怎么不会呢？510万，你预先连跟我商量一句也没有，张嘴就扔了！我还敢相信你？

宛强满脸歉意地：抱歉，抱歉，我一开始确实没有要竞拍的心，后来一看那书真要落到外国人手里，就急了——

关娜：你能为一本旧书那么着急，可从没为我这个大活人的需要着过急，我在那天之前还专门给你说过我想要一套豪华别墅和一辆名车，你为何就不想想我的需求？

宛强开玩笑地：因为你过去给我说过，你看重的是我这个人，并不是看重我的钱。

关娜显然有些着恼：我是看重你这个人的人品，但我也是个正常的女人，我也希望自己的男人有钱，能给自己带来一份富裕的享受，而不是像现在，把成捆的钱扔出去，再住到地下室里来！

宛强赔着小心：对不起……

38

雅华书店里。白天。

宛强正在帮助一个店员往书架上摆新书，累得满头是汗。

小二和大冬也正在由门外向屋里扛书。

一个穿着文雅的中年男子这时走进书店，走到收款台前轻声地：请问哪位是宛强总经理？

一个收款员朝宛强轻叫了一声：宛总，有人找你。

宛强来到收款台前，那中年男子上前与宛强握手：我是国家图书馆办公室的，叫鲁仲，你捐赠的国宝级图书《至德纪事》驻港联络处已转交给了我们，我们想明天在国图为你办一个表彰会。

宛强急忙摆手：算了，算了，你们收到放好就行了，没必要开什么表彰会。

鲁仲笑着：你花如此大的一笔款子为国家买回一本极有价值的图书，理应受到表彰。再说，领导已经定了开会，请你务必去一下，要不，我就算没有完成任务。

宛强只好点头：好吧。

鲁仲笑着：那我明天上午9点开车来接你，你可以带上夫人。

宛强笑了一下：好，我等你。

39

宛强、关娜新住处楼外。白天。

两个年轻女子在问一个中年妇女：这就是京安里16号楼？能认出她俩就是当初和关娜一起找宛强出书的那两个女子。

中年妇女点头：对。

其中一个女子拿出手机拨号，然后对着手机：关娜，我们已经到了你楼下，请告诉我你住几层几号？

40

宛强、关娜新住处屋里。白天。

侧躺在床上的关娜对着话筒吃惊地：你们怎么来了？

41

地下室进口。白天。

那两名女子扑到关娜身上笑着，其中一人快嘴快舌地：一傍上大款，就把我们忘了？来看你还推三阻四地不想见我们？我们刚才在雅华书店问你住在哪里，那个叫小二的家伙也是不愿说，后在我们逼迫下才勉强说了楼号。你现在是万贯家产，随时担心别人暗算你是吧？

关娜苦笑着：瞎说什么呀！

另一个女子诧异地：你怎么从地下室里出来？是轿车停放在里边？

关娜难堪地：我现在就住在这儿的地下室里。

一个女子笑着：你骗鬼去吧！谁不知宛强先生有钱，我们从报纸上看到了，他光从香港买一本什么破书都敢用510万元钱，那他手里现在还不是几个亿了？

关娜拉着两位女友的手走进她和宛强住的地下室里，伤心地：你们看看，我怎么会骗你们？他只顾在社会上图虚名，把钱都胡花了。说着，眼泪就流下来了。

其中一个女子冷了脸：真没想到，这年头还有这样的男人！不顾自己女人的死活，倒去图别人的一句表扬，傻猪一个！

另一个女子也笑道：他脑子是不是有毛病？你该带他去医院看看，别是得了青年痴呆症了？

关娜的泪水流得更急了……

42

夜。宛强和关娜所住的地下室里。

宛强和关娜并肩躺在床上。

宛强含笑低声地：明天上午，国家图书馆要开一个关于《至德纪事》那本书的会，咱俩一块去吧。

关娜没有说话。

宛强伸手摸了一下关娜的脸颊：听见了吗？

关娜烦躁地一下子推开宛强的手：不去！

宛强讪讪地：好，好，你不去算了……

43

早晨。雅华书店门外。

一辆送书的卡车停在门口。

宛强、小二、大冬和几个店员一起从车上向下扛书搬进店里。

每个人都忙得满头是汗。

宛强边搬着书向店里走边问小二：租房子的事咋样了？

小二：快谈成了，三室一厅的。

宛强：谈成后就让保洁员收拾一下，我想把我和关娜的婚礼办了。

小二：行！跟着又叮咛：哥，你记住，上午国家图书馆的会！

宛强：记着哩。

44

国家图书馆会议大厅。白天。

一行大红的横幅悬在大厅正中：《至德纪事》回藏国图表彰会。

放在玻璃罩里的《至德纪事》一书置于主席台正中。

会议厅里座无虚席。宛强坐在主席台上。

许多架摄像机对着会议主席台。

一个白发白须的老者走到主席台一侧的麦克风前朗声地：女士们，先生们，一百多年前的一天，有一个英国人随着一支军队进入北京，从当时的圆明园里偷走了《至德纪事》一书；一百多年后的一天，一个中国人用自己经销图书赚的钱，从香港买回了这本书……

45

宛强、关娜新住的地下室楼外。白天。

关娜站在楼下路边向远处看着。

焦韦开车驶了过来。

关娜迎上去：焦总找我有事？

焦韦下车向关娜歉意地一笑：我来是特意向你当面道歉的。

关娜意外地：道什么歉？

焦韦：我当初不该逼着你承诺离开宛强！

关娜淡淡地：我现在有点感谢你那一逼。

焦韦：什么意思？

关娜：没什么意思，我仍然打算履行那个承诺！

焦韦有些着急地：你完全不必，真的！你爱着宛强，你应该和他在一起，我过去把事情弄错了！

关娜淡淡一笑：爱情这个东西有时是很娇嫩的，遭一点碰撞就可能破碎！

焦韦听得摸不着头脑……

46

国图会议厅。白天。

表彰会仍在进行。

宛强从那个白发白须的老者手上接过一张大红的国家图书馆特聘馆员的聘书。

宛强走到麦克风前发言：诸位，不要把我说得太好，我在拍卖行买下那本书后还在心疼我的那些钱呢，我当时就想一条，咱中国人的书不能放到外国人那儿收藏……

47

宛强、关娜新住的地下室。白天。

宛强兴冲冲地推门进来，边进门边高兴地：关娜，你看，国图聘我当馆员了，我——

他突然噤口看着屋内。

屋里很乱，所有属于关娜的东西都已不见。

他惊异地走到床前，拿起了桌上用茶杯压着的一张纸。

画外跟着响起了关娜冷淡的声音：

宛强，回来后不要找我了，原谅我不辞而别。我永远都会记住，你在我最困难时给予我的帮助。我原来是想和你拥有一个共同的家的，但在我们同居的这段日子里，我发现我们对生活对幸福的理解差得太远，思前想后，我觉得你并不适宜做我的丈夫，我们还是按照各自的愿望去继续寻找吧……

宛强呆呆地看着……

48

雅华书店宛强的办公室里。夜。

宛强呆坐在那儿，脸上是一副受到沉重打击后的极度疲惫和失望。

小二推门走了进来：哥，你找我？

宛强低微地：清明节到了，我想回去给父母烧几张纸，我也觉着太累，想顺便歇歇。

小二理解地：那我去给你订票。临起身时又低声地：哥，你想开点……

宛强双手抱住了头……

49

府城乡下宛强父母的坟前。白天。

宛强在跪着烧纸。

纸灰像鸟一样地飞着。

宛强闭了眼睛跪在那儿，一动不动，两滴泪滚出了他的眼眶。

有一只手落到了他的头顶上，那只手轻轻揉着他的头顶。

他抹了一把脸上的泪，扭头去看。

原来是许瑜。

许瑜低低地：小二给我打了电话……

50

府城滨河花园大门口一侧。白天。

宛强拉着宛婉来到许瑜摆的书摊前。

许瑜正在忙着照应顾客。

宛强的双目凝定在书摊上摆着的一本书上。

那本书的书名是《他的人生》。

他伸手拿过来，慢慢地翻开。

他一页一页地翻着。

定格：他翻阅《他的人生》这本书的图像长久地留在屏幕上……

深沉而撼动人心的音乐声由弱而强地响起……

2024 年 11 月第四稿于北京寓所